妖精王は妃に永遠の愛を誓う

釘宮つかさ

illustration:
尾賀トモ

CONTENTS

妖精王は妃に永遠の愛を誓う

＊

雑談を交わしながら常連客の女性を店の入り口まで送る。

小振りなフラワーアレンジメントを入れた紙袋を手渡し、篠田蓮樹（しのだれんじゅ）は「毎度ありがとうございます」と微笑んで頭を下げる。顔を上げてから、ハッとして言った。

「あ、中山（なかやま）のばあちゃん、そこ、段差があります」

ついうっかり幼い頃からの親しげな呼び方が出てしまい、慌てる蓮樹に彼女はうふふと笑う。

「大丈夫よ、レンちゃん」と、同じように昔からの呼び方で答えてくれた。

「いつも綺麗（きれい）なお花をありがとうね」と言いながら、小さな段差をそっと乗り越え、じゃあまた、と小さく手を振る。和らぎ始めた夕暮れ間近の日差しの中を、小柄な後ろ姿が古い商店街をゆっくりと、だが確かな足取りで帰っていく。

近所に住む中山は、三年前に亡くなった蓮樹の祖母と同い年で、親しい友人だった。日暮れの色に染まっていくその背中がしゃんとしているのに安堵して、蓮樹は店の中へと戻った。

今日中山が選んだのは、籠に爽やかな色合いの和紙を敷いた中に、季節の花を纏（まと）めたものを入れた初夏のフラワーアレンジメントだ。夫の月命日に仏前に供えるためらしい。

まだ前に買った花が枯れていないときでも、彼女は「ちょっと玄関に飾れるお花が欲しくて」や「今日はお友達の退院祝いなの」などと言って、ほぼ毎週欠かさず買い物に来てくれる。

古びた商店街の片隅にひっそりとある、お客さんが十人も来たらいっぱいになってしまうような小さなこの店には、ありがたい顔馴染み客だ。

人のいない店の中を見回す。ふと、奥行きを広く見せるために壁に設置してある鏡の中の自分と目が合った。

そこには、濃いブラウンのエプロンをつけ、ジーンズに長袖のシャツを着た大人しげな青年が映っている。

毎朝市場に花を仕入れに行き、注文品の重い鉢植えを運ぶことも多いけれど、体質なのか細身な躰にはどうやっても筋肉がつかない。学生のときはコンプレックスに感じていた一七〇センチあるかないかの少し小さめな体格と女顔は、花屋を継いだあとになってみれば、主な客層である女性に威圧感を与えないという利点となり、むしろありがたく感じている。

艶やかな黒髪と大きな黒い目は、祖母の若い頃にそっくりらしい。

この篠田生花店は、花が好きだった祖母のゆり子が始めた小さな花屋だ。

わけあって、赤ん坊の頃からゆり子に育てられた蓮樹は、小学校に上がってからずっと店の手伝いをしてきた。物心ついたときには、あらゆる種類の花がそばにあった。ゆり子が毎日のように色とりどりの花々を仕入れては水切りを施して命を延ばし、あっという間に美しい花束を作り上げていく魔法のような光景を眺めて育った。蓮樹が花を愛するようになるのは、ごく自然の流れだった。

暮らしががらりと変わったのは三年半前——高校卒業を目前にした日に、突然祖母が倒れ、運ばれた病院でそのまま亡くなったときからだった。ゆり子は蓮樹のたったひとりの身内で、育ての親だった。高校からは毎日アルバイトとして店に立ち、卒業後は自分が祖母を支え、恩返しする番だと思っていた。まだ七十代になったばかりで、こんなに早く逝ってしまうことなど想像もしていなかった。

前日までは元気に仕入れに行っていた。近所の商店街の人たちからは普段通り買い物にも来ていたのにと驚かれ、残された蓮樹と一緒に、皆祖母の死を悼んでくれた。

地元で長年店を開いていたゆり子には友人知人が多く、葬儀にはたくさんの人々が訪れた。近所の人たちに助けられてなんとか葬儀を済ませると、蓮樹の中に、次第にこの店をなんとかして残したいという気持ちが湧いてきた。

自分が継がなければ閉店するしかない。だが、祖母が大切にしていた店をどうしても潰したくなかった。予定していた大学への進学をやめ、フラワーアレンジメントとラッピングの講習を受けた。思い出の詰まった小さな店を自分が継ぐ以外の道が、どうしても思いつかなかった。

そうしてあっという間にときが過ぎ、店主となって三年と少し。まだ二十一歳の蓮樹は、商店街の寄り合いや生花店の組合に出れば当然最年少で、子供扱いされてばかりだ。それでも、祖母と長いつき合いのあった取引先や、変わらずに通い続けてくれる常連客のおかげもあって、なんとかこれまでは大きな問題なく店を切り盛りできていた——そう、これまでは。

人のいない店内で小さくため息を吐き、壁にかかった古い木枠の時計を見上げる。

十七時過ぎ。二十時の閉店時間まではあと三時間弱ある。もうそろそろ会社や学校からの帰宅時間になり、一日の中でも混みやすい時間帯がくる。

ふと思い立ち、蓮樹はカウンターの奥にある自宅スペースに繋がる扉へと近づく。そばで耳を澄ませていると、扉の向こう側から複数人の楽しそうな話し声が聞こえてきた。ほんのかすかに食べ物のいい匂いもして、思わず自然と頬が緩む。

(……なにも心配はいらないみたいだな)

安堵して、扉は開けずにそっと離れる。

それから店内をぐるりと眺め、補充すべき商品がないか探した。

まず、壁際の冷蔵ケースの中に並べてある今朝作ったばかりの生花のアレンジメント類を確認する。事前予約も受けつけているが、忘れていた祝い事や見舞いなどで突発的にアレンジメントを求める人も多い。花瓶が不要ですぐに飾ってもらえる完成済みのアレンジメントは売れ筋なので、常に一定数は置いておきたい。

(今日は、中山のばあちゃんが買っていってくれたの以外にも、花籠がふたつ売れたしな……)

ちょうど蕾が開きかけている季節の花が何種類かある。明日は定休日だから、明後日の朝、それらを使って新たなアレンジメントを作ればいいだろうと考えながら、手に取ってもらえそうな手頃な値段の組み合わせをあれこれと考える。

レジカウンターの内側にしゃがんで、思いついたアレンジメントに使えそうな花籠の在庫を数えていたとき、店のガラス扉が開く音がした。

慌てて立ち上がり、「いらっしゃいませ」と声をかける。入ってきたのは、買い物袋を提げたスーツ姿の男性と小学生低学年くらいの女の子という親子らしきふたり連れだった。

祖母が亡くなる前から、ここ数年の休日や夕方はほとんど蓮樹が店に出ているが、見た顔ではないのでどうやら初めての客らしい。親子は冷蔵ケースの中の生花を眺めてああでもないこうでもないと悩み始めた。聞こえる会話から、今日は女の子の母親の誕生日らしいとわかった。小さな手に持った駅前のケーキ屋のロゴが入った紙袋の中身は、おそらくバースデーケーキなのだろう。

しかしそんな微笑ましい状況とは裏腹に、店に入ってきたときから女の子はなぜか頬を膨らませている。父親も困り顔なのが不思議だった。

「――だって、ママは青色がいちばん好きって言ったんだもん！」

「青が好きなのはママじゃなくて、翔(しょう)くんだろ？　ママは女の人なんだから、もっと女性らしくて可愛らしい色の花を買ってあげようよ」

青色の花を指差す女の子を、父親は優しい声で説得しようとしている。

どうも、自分のお小遣いで母親が好きな青色の花束を買って渡したい、というのが女の子の希望のようだが、父親のほうは、娘が選んだ花の色を受け入れられないらしい。

「ピンク色のバラか、それともこっちの赤いのとか、せめて黄色とか……こういうののほうがきっと喜ぶから」お金はパパが出してあげるから、こっちのにしようね？と言い含め、父親がレジ前の蓮樹に顔を向けて「すみません」と声をかける。

彼の背後で、女の子がいまにも泣きそうに顔を顰めるのが見えた。

「女性へのプレゼントなので、ピンクとか赤なんかの綺麗な色合いで、適当に二、三千円くらいの花束を」

そう言って、財布を取り出す彼に、蓮樹は「あの」と思わず声をかける。

「差し出がましいようですが……個人的になにか理由があって嫌いな色だということでない限り、性別を問わず、青色の花を受け取って喜んでくれる人は多いのではないかと思いますよ」

「……でも、やっぱり女の人にあげる花ですから」

彼は面食らったように反論する。どうやらプレゼントの色に関する強い思い込みがあるらしい。普段はアドバイスを望まれない限り、客の要望に口を挟むことはしない。けれど、今日だけは、泣きそうな女の子の顔を見ていたらどうしても言わずにはいられなくなった。

「確かに、赤やピンク系の花はプレゼントとしてとても人気があります。ただ、多少一般的ではなくとも、贈り手が覚えていてくれた自分の好きな色の花を受け取って、嬉しく思わないなんてことはないんじゃないでしょうか？」

そう言うと、父親は戸惑った目で蓮樹を見返した。

「うるさく口を挟んでしまってすみません。ですが、もしよろしければ、今年の誕生日だけは、とりあえず青色の花束を贈ってみてはいかがでしょう？　娘さんが、こんなに強く希望されていることですし」

涙を堪えていた女の子が、蓮樹の提案を耳にして、潤んだ目を瞠る。父親はちらりと娘の顔を見たが、それでもまだ踏ん切りがつかないらしい。最後のひと押しで蓮樹は口を開いた。

「ブルー系の花でしたら、こちらのデルフィニウムや、小振りな花が可愛らしいブルースター、淡い色が上品なブルーレースフラワーなどがあります。どれも女性がよく買っていかれる花なんですよ。万が一受け取った方が『青の花はちょっと』と言われるようでしたら、ピンクや赤の花と交換しに来てくれて構いません。返金も受けつけます」

「そ、そんな、そこまでは」

予想外の申し出に父親は驚いた様子だが、蓮樹は本気だった。レジカウンターの上に置いてあったショップカードを渡して、定休日と営業時間を伝える。

「娘さんの希望通りの青か、もしくは一般的な赤やピンク、どの色を受け取り手の方がもっとも喜ばれるのかはわかりません。でも交換や返金が可能であれば、とりあえずこの場で娘さんが希望されている青を選んでも問題はないですよね」

「まあ、そうですね……」

「でしたら、ぜひ今年は青の花を。もし青でも赤系の色でもなくまたべつの色の花がよかったと言われたら、改めて来年その色の花束をお作りします。一年後にまた花を贈るときの新しい楽しみができますよ。……誕生日は、平和であれば毎年祝えるものですから」

父親は、蓮樹が言った最後の言葉にわずかにハッとした。

人生の中で、誕生日を祝うこともできない状況に陥ることもある。

――家族皆が無事に自宅に帰ってきて、ささやかな記念日を皆で祝えること。

それは、当たり前のようでいて当たり前ではない、得難い幸福だから――。

注げる限りの愛を注いで、たったひとりの不遇な孫を可愛がってくれた。大好きだった蓮樹の祖母は、もうこの世にはいない。どんなに祝いたくても、死んでしまったら誕生日は祝えない。蓮樹には、誕生日を祝ってくれる家族も、祝いたい家族もいない。だから、彼らが、妻、そして母の誕生日祝いの花の色で揉められることですら眩しく思えた。

ただの花屋が、口を挟み過ぎたと思う。でも、どうしても言わずにはいられなかった。怒って帰ってしまうかもと思っていたが、しばしの間彼は眉を顰めて考え込んでいる様子だった。

それから、希望の青い花があるケースの前から動かない娘のほうをゆっくりと振り返る。

「……今年は、ひなちゃんが選んだ色にしようか？」

気まずそうな父親の言葉に、女の子がパッと顔を輝かせた。

「うん！」と答えて涙に濡れた瞼をごしごしと擦ったその子は、青い花の中からどれを選ぶのかまで、すでに決めていたらしい。一番大きく開いている濃い青色をしたデルフィニウムを三本と、それからブルーレースフラワーを二本。「あと、おくのほうの右を向いているの」と小さな指で示されて、蓮樹は冷蔵ケースの中から希望通りの花を選び取る。

完全に開いた花の寿命は短い。おまけとして、長く眺められるように開きかけた蕾の花を二本足しておくことにした。バランスを見ながら纏めると、濃い青と淡い青の組み合わせがグラデーションになっていい感じだ。

根元に水分と花の延命剤を含ませたシートを巻き、その上からラッピングペーパーで包んで、女の子が選んだ花に合う色のリボンをかける。

出来上がりを待つ親子の目が、店内の棚にある秋の飾りつけに向いていることを確認してから、蓮樹は〝マル〟と小さな声でそっと呼んだ。

しばしの間のあと、寄せ植えの花の鉢があるところから、呼びかけに応じて飛んできたのは、片方の掌にちょうど乗るくらいの大きさのふんわりとした光の玉だ。どうやら眠っていたらしく、少し飛び方がよろよろしている。ごめんね、と謝って花束を見せる。

頼むまでもなく、その光の玉――〝マル〟は、作りたての花束の周りをふわんと一周する。かすかな光の粉のようなものがきらきらしながら花束にかかり、その一瞬、花たちが生き生きと輝いたように見えた。

ありがと、と囁き、レジカウンターに置いてある小さな飴の包みを開けて差し出す。いつもその包みを狙っているマルは、急いでぱくんと呑み込むようにしてご褒美を受け取る。それから、〝どういたしまして〟というみたいにふわふわと飛んで蓮樹の肩の上にちょんと止まった。

「――お待たせしました」と言って、親子の元に完成した花束を持っていく。マルの姿は不思議と蓮樹以外の人の目には見えないようなので、親子が不思議な存在に気づくことはない。

希望通りの花束に、女の子は跳びはねんばかりの喜びっぷりだった。

「ママ、きっとよろこんでくれるよね！」

父親のほうは「そうだね」と苦笑しつつも満更でもない様子だ。

支払いを済ませ、手を振って笑顔で店を出ていく親子に、蓮樹も手を振り返す。手を繋いで仲良く帰っていくふたりの背中を、温かな気持ちで見送った。


ひとりになり、広げたラッピング用品を片づける蓮樹の肩の上に、マルはちょこんと乗ったままだ。蓮樹が物心ついたときには、この不思議な光の玉はすでに当たり前のようにそばにいた。

子供の頃は学校にも買い物にもついてきた。蓮樹が大人になったいまは、昼間は店のどこかにいて、寝るときは一緒に自宅スペースに帰る。本当の名前は知らないが、丸い光なので、勝手に『マル』という名前をつけて呼んでいる。呼べば出てきてくれるし、蓮樹の言うことはほぼ伝わっているようなので、とても懐いてくれている犬や猫のような感覚だ。ただ、なぜか亡き祖母や客たちなど、他の人にはまったく見えないらしいのが不思議だった。

自分にしか見えないとなると、妄想なのではないかと不安になるところだが、マルが撒いてくれる光の粉のおかげで、この子が実在する存在だということがわかる。

そっと撫でてやると、マルは嬉しそうにふわっとまた光の粉をわずかに散らす。

あるとき蓮樹は、こうしてマルが光の粉を振り撒くと、花がみるみるうちに美しさを増し、切り花はも通常の倍くらい長く持つという驚きの事実に気づいた。

——花を長生きさせる光の粉。まるで、魔法でもかけたみたいに。

客観的に考えると、もし誰かが他人には見えない不思議な光の玉と、それが振り撒く光の粉の話をしたとしても信じられないのが普通だろう。相手によっては病院の受診を勧められてしまうかもしれない。

蓮樹もスピリチュアルなものに興味はないし、魔法も実在しない気がするけれど、マルの存在とその力だけは、実感として信じている。

もしかしたら、この子はうちの店に宿った花の妖精なのかなあと不思議に思いながらも、花屋的にはお願いしない手はない。おかげで客からは『この店で買った花はすごく長持ちする』と評判が良く、インターネット上の少ない口コミも好意的なものばかりで、なんともありがたい魔法だ。

その後は立て続けに数組の客が訪れ、にわかに店は忙しくなった。

記念日のためにオレンジ色の大振りな百合をメインにした華やかな花束を作り、注文されていた複数の鉢植えを車まで運ぶ手伝いをし、サービス品の花束を簡単にラッピングする。忙しく立ち働きながら、蓮樹は店内を自由に浮遊しているマルをこっそり呼び寄せては、光の粉を撒いてもらう。ご褒美の飴も忘れずに与えた。

最後の客が店を出ると、ちょうど閉店時間になった。

駆け込みの客がいないかどうかを確認してから、入り口に『CLOSED』の札を下げる。本日の営業も無事終了したことに、蓮樹は安堵の息を吐く。

入り口のシャッターを三分の一だけ下げて、レジに鍵をかけると、いったん店の奥の自宅スペースに戻る。にぎやかな茶の間で手早く夕飯をとったあと、ふたたび蓮樹は店に戻った。

店内の掃除を終えて、レジ締めをしていたときだ。ガラス扉が開く音がして、スーツ姿の男がシャッターをくぐって店に入ってきた。

「お疲れさま、桜也さん」

「おう、お疲れ！　悠太はどうしてる？」

駅から走ってきたのか、額に汗を浮かべて訊ねるのは、商店街の二軒隣の原田青果店の次男、原田桜也だ。

「夕食も残さず食べて、今日もいい子にしてましたよ」

蓮樹の答えに桜也は頬を緩ませた。

桜也は、蓮樹より二歳年上で、子供の頃はよく一緒に遊んでくれた地元の幼馴染みだ。蓮樹の祖母と彼の両親が家族ぐるみのつき合いをしていて、中学生くらいまではたびたび季節の野菜や彼の母手作りのお惣菜を渡しに来てくれていた。彼が高校に上がった頃から自然と行き来が途絶え、その間に桜也は大学に進学し、当時交際していた同級生の彼女との間に子供ができて、学校を中退して就職する道を選んでいた。しかしだんだん妻とうまくいかなくなり、息子の悠太が一歳になる前に離婚を決めたそうだ。

妻は親権を望まずに出ていき、幼い子を抱えてシングルファーザーとなった彼は、昨年、地元に戻ってきて実家の近所に部屋を借りた。蓮樹の店にも挨拶に来てくれて久し振りに再会し、それからまた友人としてのつき合いが復活していた。

「そういえば、昨日母さんから電話があったんだけど、最近、ここらをうろついてる黒い大型の野良犬がいるんだって？」

桜也の言葉に現金の計算を終えてレジに鍵をかけながら、蓮樹は頷く。

「僕はまだ見たことないんですが、その犬の話はたまにご近所の人から聞きます」

かなり大きい犬らしく、警察と保護施設にも連絡済みで、周囲を定期的に巡回してもらっているという。

「野良っていうか、迷子なのかな？　早く捕まって飼い主見つかるといいな」

子供の頃から動物好きだった桜也は、怖がるというより犬の安否を気にしている様子だ。

「ていうかさ、母さんから『悠太が噛まれないように気をつけて』って何回も言われたんだけど、俺なら噛まれてもいいのかよって感じだよなあ」

ぼやく桜也に思わず笑ってしまう。

雑談をしながら、蓮樹が前に立ち、店の中から自宅に繋がる扉を開けたときだ。

「だめ――――！」という子供の甲高い声が響き渡った。

驚いたのか、もしくは子供が苦手なのか、ふっと肩の上からマルの気配が消える。

「これで遊ぶのはぼく！」

「だめ、ゆなもぉ!!」

ちゃぶ台の前には、急須を手にした青年が座っている。

すぐそばの畳の上には様々な立体物を作って遊べる組み立て式のおもちゃの部品が散らばり、その前に座り込んで揉めている幼い子供がふたりいる。

頬を膨らませている男の子は桜也の息子の悠太で、半泣きの女の子は、悠太の保育園の同級生である友菜（ゆな）だ。

「ほら、友菜ちゃん。悠太君も。お茶が入ったから、おもちゃはいったん置いてこっちにおいで」

ちゃんと冷ましたからもう熱くないよ、と青年に勧められて、悠太は渋々と彼の隣に行って腰を下ろす。友菜も反対側の隣に座り、青年の腕にしがみついて、差し出されたマグカップを受け取ろうと手を出した。

整った顔立ちをした彼は、アルバイトで悠太と友菜のベビーシッターをしてくれている大学生の黒田だ。

（すごいな……）

毎日夕方から親が迎えに来るまでの間を一緒に過ごすふたりは、兄妹みたいに仲がいいが、そのぶん喧嘩も遠慮がなくて激しい。いまにも掴み合いになりそうな雰囲気だったのに、黒田に促されると、あっさりとおもちゃから離れてお茶を飲み始めた。

いったい、どんな方法を使ったのか。

子供には好かれるほうだけれど、蓮樹はふたりと一緒に食卓を囲むと、すぐに膝に乗られたり、まだ遊ぶのだと泣かれたりしてしまう。要するに遊び相手として認識されているようだ。真剣にお願いすればなんとか言うことを聞いてはくれるものの、いま黒田がしたように、遊びに夢中なふたりにおもちゃを自主的に置かせることなど到底できない。

蓮樹より一歳年下だというのに、彼には子供を安心させるような、または大人しく従わせる

ような、不思議な威厳のようなものがあった。

「あっ、ぱぱ！　レンちゃん！」

開いた扉から見ていた父親と蓮樹に気づいたようだ。パッと顔を輝かせて、悠太が慌ててこちらに駆け寄ってくる。

「――原田さん、お疲れさまです」

蓮樹たちに気づくと、黒田は軽く頭を下げた。

「レンちゃんおかたづけおわった？」

友菜が嬉しそうに蓮樹のところにやってきて「ゆなと遊ぼ」と手を引く。

「ごめんね、片付けは終わったんだけど、もう少し店の用事しなくちゃ」と蓮樹が謝るのを見て「友菜ちゃんがお茶飲み終わったら、俺も一緒にレゴ作ろうかなあ」と黒田が独り言のように言う。その言葉を聞いて、「わーい！」と友菜は喜んで彼のところに走る。駄々を捏ねられてしまう前に興味の対象を変えさせてくれた黒田に感謝しつつ、友菜が残りのお茶を飲んでいる間に、蓮樹はそそくさと店に戻った。

簡単に言うことを聞いてくれるわけもないやんちゃな三歳児だ。ふたりを同時に見るのは数時間でも大変なはずだが、子供の扱いに慣れた黒田になら安心して任せられる。

桜也から少し遅れて、友菜の父親の高木も娘を迎えにやってきた。

優しげな雰囲気の高木は、桜也と同じく、妻と離婚したばかりのシングルファーザーだ。

専属で毎日友菜の送り迎えを頼んでいたベビーシッターが辞めてしまい、途方に暮れていたときに、保育園の送り迎えでたびたび顔を合わせる桜也と話すようになったという。互いに似た環境だったことから自然と意気投合して、いまではすっかり仲のいいパパ友だ。

「いやあクロくん、今日もありがとうな！」

「いつも助かります、ありがたくいただきますね」

自宅と店とを分ける扉が開き、桜也と高木が黒田に礼を言いながら出てくる。嬉しそうな彼らは、ふたりとも黒田が作った夕食入りの弁当箱が入った袋を手にしている。

もうちょっとここで遊びたい、とぐずる子供たちを宥めながら、「篠田さんいつもすみません」と高木は深々と蓮樹に頭を下げ、「蓮、また明日も頼むなー！」と桜也は明るく肩を叩いてくる。

「今日もお疲れさまでした。悠太くん、友菜ちゃん、また明日」と蓮樹は彼らを笑顔で送り出す。

カラフルな保育園用のバッグを肩にかけたふたりの父親は、少し眠そうに手を振る子供たちを連れて帰っていった。

桜也たちが去って間もなく、鞄を斜めがけにした黒田も自宅に通じる扉から出てきた。

「片づけが済んだので俺も帰りますね」

「ありがとう。クロくんもお疲れさま」

「明日の夕食は野菜たっぷりのデミグラスハンバーグと大根サラダの予定ですから。蓮樹さんもハンバーグ好きでしたよね」

「あ、うん、大好き」と言って、蓮樹は思わず頬を緩める。なにせ黒田手作りのハンバーグは肉汁が溢れるジューシーさで、焼き加減も絶品なのだ。蓮樹の反応を見て微笑み、じゃあお疲れさまでした、と言い置いて彼は帰ろうとする。

「く、クロくん、ちょっと待って！」

蓮樹は大切なことを思い出し、慌てて彼を引き留めた。今日こそは、彼に伝えなければならないことがあるのだ。

「なんでしょう」

足を止めてくれた黒田に向き直る。言葉を選びながら口を開いた。

「やっぱり、僕のぶんの夕飯まで作ってもらうのは悪いよ。桜也たちの夕飯を作ってくれるだけでじゅうぶんだから」

黒田は悠太と友菜のシッターをしてくれるだけではない。毎日、夕方になるとふたりを保育園まで迎えに行き、そのままスーパーに寄って予算内の食材を購入する。それから、蓮樹の家の茶の間で遊ぶ子供たちを見守りながら、繋がった台所で子供たちと自分のぶん、更に最近は、親ふたりに蓮樹のぶんまで、なんと合計六人分の夕飯を作ってくれているのだ。

シッターになった当初の予定では、彼が作る夕飯は、子供たちと彼自身のぶんだけのはずだった。だが少し前、桜也と高木が残業で遅くなる日が続いたとき『ぱぱのお夕飯ね、まいにちカップラーメンなの』『うちのパパはコンビニのおべんとうだよぉ！』という子供たちの無邪気な会話を小耳に挟んでから、黒田は自主的に親たちと、それからなぜか蓮樹のぶんの夕飯を用意してくれるようになった。ありがたいけれど、買い物も作る手間も倍以上で、黒田の負担にならないはずがない。しかも材料費は桜也たちから支払われていて、蓮樹が払うと言っても受け取ってもらえず、ずっと心苦しく思っていた。

蓮樹の言葉に、黒田は不思議そうに首を傾げる。

「何度も言ってますが、蓮樹さんの食材代も原田さんたちからしっかりいただいてるんです。高木さんも『預かり場所を提供してもらって毎日光熱費も増えてるはずなのに、お礼を受け取ってもらえなくて申し訳なく思ってたんです』とおっしゃってましたし」

「僕は場所を貸してるだけだし、光熱費なんてほんとに微々たるものだから」

「『ぜひ篠田さんのぶんも作ってもらいたい』とおふたりから頼まれているんで、本当に遠慮は不要なんですよ」

「でも、それだけであんなに美味しい手作りの夕食を毎晩無料で作ってもらうなんて、あまりに役得過ぎないかな……？」

それが蓮樹の正直な気持ちだった。その言葉を聞いて、黒田が軽く目を瞠る。

「——まったく、相変わらず、お人好し過ぎますね」

「え？　ごめん、なに？」

ぼそりと呟いた声はよく聞き取れなかった。

「……すみません、ただの独り言です」と言って、彼は口の端を上げた。

「蓮樹さんは頼られて、迷惑には思わないんですか？」

「迷惑？」

蓮樹は思わず目を瞬かせる。

こうして保育場所を提供していることについてです、と言われて改めて考えてみる。突然桜也に泣きつかれて、店を開きながら悠太を見る羽目に陥ったときのことが蘇り、蓮樹は小さく笑った。

「そうだね、最初は店の営業時間中にひとりで悠太くんを預かってたから、怪我をさせないかとか、どこかに行っちゃわないかとか、不安でいっぱいだったけど、いまはこうして黒田くんが来てくれて安心だし……場所を貸すくらい、ぜんぜん迷惑なんかじゃないよ。悠太くんも友菜ちゃんも懐いてくれて可愛いし、むしろ平日は寂しくなくて、嬉しいくらい」

蓮樹の母は、桜也と同じように、大学在学中に交際していた相手との間に子ができた。しかし、すぐに結婚を決めた桜也とは違い、ふたりは入籍するかしないかで散々揉めて、結局母は、未婚のまま蓮樹を産むことになった。父は認知すらもしてくれないまま音信不通になり、大学を中退した母は、乳飲み子の蓮樹を自らの母に押しつけて家を出ていったらしい。

ゆり子は決して蓮樹の母を悪く言わないので、成長したあとで近所の人から聞かされた話だ。母からは、蓮樹が小学校の頃までは養育費が送られていたが、その後は『子ができたので再婚する。蓮樹をよろしく』という知らせがきたのを最後に、連絡がつかなくなってしまったそうだ。

だから蓮樹は、子ができてすぐに入籍し、離婚しても子供を手放さず、悠太に愛情を注いで必死に子育てを頑張っている桜也を密かに尊敬している。

幼い頃、店の仕事と孫の育児を背負い込むことになったゆり子とともに、蓮樹は近所の人にたくさん世話になった。その恩返しではないが、自分にできることがあるなら、多少の無理をしてでも桜也や高木の手助けをしたいと思う。

最初に悠太の預かりを断り切れなかったのは、そんな気持ちからだった。

詳しく言うことは避け「僕も、子供の頃は悠太くんと似たような環境だったから」とだけ伝えると、「そうですか」と神妙な顔で黒田は頷いた。

「だったら俺も、蓮樹さんのぶんも加えた夕飯を作るのは、ちっとも迷惑なんかじゃないです」わかってもらえますよね?と、彼は少し悪戯(いたずら)っぽく笑う。

そう言われると、自分が迷惑じゃないと言った手前、断れなくなる。蓮樹は苦笑した。

「料理は好きなほうなんで、ちょっと作る数が増えるくらい本当になんでもないんです。蓮樹さんこそ、早朝に花を仕入れに行って、それから店頭に出て、ひとりで毎日疲れてるでしょう？　そんな中でプライベートスペースの一部を無償で貸してまで人助けをしているんだから、夕食くらい気遣いせずに食べてください。悠太くんたちも蓮樹さんも、本当に美味しそうに残さず食べてくれるし、桜也さんたちも喜んでくれるから、俺も、仕事のためじゃなくて作るのが楽しいんです……あ、それとも、俺の料理、どこか口に合わないものでもありましたか？もしくは、他に誰か作ってくれる人ができたとか？」

心配そうに言われて、慌てて蓮樹はぶるぶると首を横に振る。

「ううん！　クロくんのご飯は、いつも本当に美味しいよ！　他に作ってくれるような人なんていないないし、僕は簡単なものしか作れないし……えっと、この間作ってくれた筑前煮も、あ、あとブリの西京焼きも、どのメニューもびっくりするほど上手だった！　それに、なんだか懐かしいくらいあったかい味で……」

「――それはよかった。じゃあ、明日のメニューは悠太君たちに伝えてしまったので、明後日は蓮樹さんの好きな筑前煮にしますね」

にっこりと清々しい笑顔で微笑まれてしまうと、これ以上反論もできない。

なんだかうまく言いくるめられてしまった気もするが、仕方ない。

お世辞などではなく、黒田の作る料理は美味しい。作ってもらえて嬉しくないわけではないのだ。

「スーパーにいいブリがあったら西京焼きも作りますから、楽しみにしててください。じゃあ、また明日」と言って、黒田は蓮樹の隣をすり抜ける。

「あっ、お、お疲れさま　気をつけて帰ってね」

振り返り、お疲れさまです、と律儀に返してから、彼は店を出ていった。


――桜也と蓮樹が、初めて黒田と会話を交わしたのは、半年ほど前のことだ。

当時、地元に戻ってきた桜也は、母の助けを借りてなんとか手探りで悠太を育てようとしていた。

だが、その頼みの綱の母が運悪く自宅の階段を踏み外し、脚を骨折して入院してしまったことで、事態は一変した。

八百屋を継いだ桜也の兄は独り身ではあるが、店を閉めたあとに駆け込みで母の病院に見舞いに行くのがせいいっぱいだ。

つまり、保育園から帰った悠太の面倒を見てくれる人がいない。

都内にある桜也の会社からは、定時に上がったとしても延長した保育園のお迎え時間にぎりぎり間に合うかどうかだ。市のファミリーサポートでも探したそうだが、毎日自宅に送り届けるだけならともかく、桜也が帰宅する時間まで悠太を頼める人は見つからなかった。

そうして、追い詰められた桜也が、『頼むから数日だけ』と言って泣きついたのが、まさかの地元で花屋を営む蓮樹のところだった。

困惑したが、窮地に陥った幼馴染みの懇願をどうしても断れず、蓮樹はシッターが決まるまでという約束で、悠太を毎日数時間預かることになってしまった。

悠太は元気で人懐っこく、蓮樹にもすぐ懐いてくれた。ファミサポのスタッフに保育園から送り届けられたあとは、父親に言い含められた通り、家から持たされたパンやおやつ、蓮樹が用意した簡単な夕食などを食べて、大人しく店の奥の自宅スペースで遊んでいてくれた。

しばらくは問題が起きることもなく順調だったが、店の仕事もあり、たびたび気にしながらも蓮樹はずっとそばにいてやることができない。そして——やはり、ひとりで待たせておくには三歳の子供は幼過ぎた。

預かりを始めて一か月ほどが経った頃だ。

今日はやけに大人しいなと思っていたある日、蓮樹が預かっている間に悠太が高熱を出した。どうやら夕方から具合の悪さを我慢していたらしい。慌てて店を閉めて救急病院に駆け込みながら、蓮樹は体調不良に気づいてやれなかった自分を責めた。今回は発熱だけで済んだが、これが怪我だったとしても、店に出ていたらすぐに気づけないかもしれない。

そう考えると、改めて、いまの状態に強い危機感を覚えた。

——このままではまずい。やはり悠太には、ちゃんと見てくれる誰かが必要だ、と。

蓮樹から店の営業時間に悠太を預かるのは難しいと伝えられた桜也は、状況を理解してくれた。なんとかシッターを探そうと奔走しても、条件に合う者はなかなか見つからなかった。ならば週に数日ずつ、二、三人のシフト制にして回してもらうのはどうだろうと条件を緩めて募集をかけてもみたが、そもそも『平日の夕方から夜にかけて』という短時間で毎日の依頼は、シッターの仕事として旨みが少ないようで、やはり適任者は見つからなかった。

その頃、桜也は営業職の仕事が繁忙期ではあったが、上司に頼み込んでなんとか定時に上がり、悠太のお迎えに行っていた。元妻にはすでに同棲中の恋人がおり、悠太を預かることは一時的にでも無理だった。社内にシングルファーザーは彼以外にはおらず、次第に周囲の対応が冷たくなっていくのを感じていたようだ。

土日休みの八百屋が年末年始の休みに入り、昼寝中の悠太を実家に預けている間に、桜也は息抜きをしに年末最後の営業をしていた蓮樹の店を訪れていた。

『このままじゃ、会社をクビになっちまう。でもそれじゃあ悠太を育てられないだろ？』

頭を抱えたくなるような状況に、蓮樹も胸が痛かった。

『もうどうしようもない。シッターが見つかるまでの間、一時的に悠太を施設に預けるしかないかも』と桜也が弱音を吐いていたときだった——店内にいた客の中から、救世主のごとく現れた者がいたのは。

『……俺でよければ、シッターのバイトできますけど』

レジの近くに立っていた青年が唐突にそう言い出し、桜也と蓮樹は目を丸くして彼を見た。

それが、黒田との最初の会話だった。

植え替え用の苗をいくつか手にした青年は、漆黒の髪に、涼やかな切れ長の目の整った賢そうな顔立ちをしていた。一八〇センチはありそうな長身に細身のジーンズを穿き、シンプルな黒のコートを着ているだけなのに、スタイルがいいせいかやけに目を引く。物静かで落ち着いた雰囲気も相俟って、身の内から滲み出る礼儀正しさを感じさせた。

蓮樹たちが驚いたのは、シッターとして名乗りを上げた黒田が、どう見ても保育や子供とは無縁そうないまどきの若者だったからだ。

実は、蓮樹は彼に見覚えがあった。青年は、蓮樹の祖母が亡くなったあと、しばらくしてから時折この店を訪れるようになった常連客だった。

そもそも花屋の客は女性が八割以上を占めていて、更に蓮樹の店は、古い商店街の中という立地もあってか若い男性客はとても少ない。苗や種、それから小さな鉢などを定期的に購入していく彼の存在を蓮樹が記憶していたのはそのせいだったのだろう。

面食らいつつも桜也が詳しく話を聞いてみると、黒田と名乗った青年は、駅前にできたタワーマンションに住む大学二年生で、高校までは親の仕事の関係でアメリカで暮らしていた――つまり帰国子女らしい。日本の大学に入学することが決まり、一昨年ひとりで帰国してきたそうだ。

一年次に単位もかなり取れたので、そろそろアルバイトをしようと探しているところだったのだという。バイトの必要などなさそうな裕福な家の出に思えるが、親の意向で子供の頃から小遣いは自分で稼ぐ決まりになっているそうだ。

そんな中で、黒田が向こうでも経験があるシッターのアルバイトを探していたのは、彼が将来は教員志望で、専門が発達心理学のため、バイトをしつつ勉強にもなるからという理由らしい。

しかし、日本は海外とは事情が異なり、男性のシッターは滅多に募集がない。そもそも若い男というだけで、面接すら受けられないことがほとんどだったそうだ。

『海外ですが、乳幼児から中学生までのシッター経験があります。もし心配でしたら大学に身元を問い合わせてもらって構いません。サークルには入っていないので、平日は夕方から夜まで自由になりますし、ひとり暮らしだから残業にも対応可能です。料理も好きなので、子供用メニューを作って夕飯を食べさせるところまでできますよ』

そう言って都内の有名国立大学の学生証を見せられ、弱り切っていた桜也と蓮樹はぽかんとした。

唐突に、あまりにも都合の良すぎる人材が目の前に現れて、困惑したのだ。

『もし不安でしたら、シッター中はホームカメラのようなもので常時チェックされてもいっこうに問題ないです。偶然話が聞こえたんで、困っているようなら声をかけさせてもらいましたが、不要でしたらすみません、忘れてください。中高生の家庭教師とか塾講師のバイトならすぐ見つかると思うので、ダメならそっちを探すつもりでいたんで』

じゃあ、と言って帰ろうとする彼に、桜也と蓮樹は慌てて飛びついた。

念のため、アルバイトを始める前に確認させてもらった黒田の学生証は、本物だった。それでも、初対面の若い男に幼い子供を預ける不安はある。そこは、保育場所を蓮樹の店の自宅スペース部分にしたことで払しょくできた。


そうして年明けからアルバイトを始めてもらうことが決まった。黒田に承諾を得てから桜也が高木に声をかけ、友菜も一緒に見てもらえるようになった。保育園から手を繋いで子供たちを連れて帰ってくる黒田と毎日顔を合わせるようになると、些末な心配などいっさい不要だったということがわかってきた。

彼は、見つけようとしてもそうはいないほどの、完璧過ぎるシッターだったのだ。

子供たちは、初日にはもう黒田を『クロにいちゃん』と呼び、あっという間に彼に心を許してしまった。父親たちが迎えに来ても、黒田と別れるのを寂しがって『クロにいちゃんもうちにお泊まりしよ？』と必死で誘うくらいだ。

しかも、海外在住時に料理上手なハウスキーパーに教わったという彼の料理はどれも絶品だ。買い物は予算内に収めつつも旬の食材を取り入れ、栄養価も考えてある上に、片づけまで、きっちりとこなしてくれる。

忙しさから自炊どころではなく、母親が入院してからというもの、罪悪感を覚えながらも息子に日々コンビニ食を食べさせるしかなかった桜也は、黒田が作ってくれる手作りの夕食に感激していた。

そこまでしてくれるのにもかかわらず、彼が提示したシッター代は、ふたりの子を延長保育させるよりはるかに安上がりだった。

退院した桜也の母は、杖を突けばなんとか歩けるようになったが、自らの身の回りのこと程度はかろうじてこなせるけれど、幼い子供の世話は難しい。母も桜也の兄も桜也も、これからも黒田にシッターをお願いしたいということで、話は纏まった。

彼が子供たちを見ていてくれれば、親たちは迎えの時間を気にせず仕事に集中できる。二組の親子は毎晩健康的な食事がとれる上に、帰宅後は子供たちを風呂に入れて寝かせるだけで済むのだ。洗濯やその他の雑務はあれど、『夕飯』に纏わる家事が丸ごとなくなるだけで、桜也も高木もどれだけ助かることか。

黒田がシッターになってくれてから、悠太が熱を出すこともなくなった。友菜も風邪をひく回数がずいぶん減ったらしい。寂しい思いをしながら待つ時間がなくなったのだから当然だろう。

原田家も高木家も、正に、黒田様様の状態だ。

頼まれて保育場所を提供し、悠太の世話に関わることになった蓮樹も、黒田が来てくれてからいいこと尽くめだった。

夕飯を作ってもらえるという利点だけではない。

祖母が亡くなったあとしばらくの間は、近所の人たちが気を使ってたびたびお惣菜のお裾分けを持って訪ねてきてくれた。だが、食べるのはいつもひとりだった。

いまは毎日、悠太たちが遊ぶのを眺めながら食事をとる。にぎやかな茶の間に用意された温かい夕飯は、ひとりで食べるより何倍も、何十倍も美味しく感じられた。

祖母を見送ったあとの痛切なまでの寂しさがいつの間にか薄らいでいったのも、二組の親子と黒田が毎日やってくるようになったおかげだろう。

少しも迷惑だなんて思わない。

保育場所として蓮樹の家を選んでくれた桜也には、むしろ感謝の気持ちしかなかった。

小さな店を祖母がしてきた通りに日々開けながら、幼馴染みの子育てにささやかな手助けをする。

訪れる客の希望は様々で、飽きることもない。季節ごとに移り変わる旬の草花を育てながら、花の仕入れ量や帳簿づけに頭を悩ませながら過ごす。

ひとりなので、朝から晩まであらゆる店の作業に追われるものの、苦にはならない。

なにせ、唯一と言ってもいい蓮樹の趣味は、植物や花を育てたり眺めたりすることだからだ。最近では、空き時間にあれこれと組み合わせを考えて、箱庭風の寄せ植えの新商品を作るのにもハマっている。サイズが大きいと少々値も張るが、だんだんと気に入って購入してくれる客も増え、たまに『こういうのを作ってもらえないか』と注文されることもある。楽しみにしてもらえると作り甲斐があった。

仕事が趣味と実益を兼ねているというのは、きっととても恵まれているのだろう。

休日は少ないし、見た目よりもずっときつい仕事だ。それでも、この店と花屋の仕事を愛している。静かな幸福を感じながら、蓮樹は日々を過ごしていた。


代わり映えはしないけれど穏やかな、いつもと同じある日のことだ。

水曜は、桜也の会社も高木の会社もノー残業デーになっているらしく、いつも少し早めに子供たちを迎えに来る。彼らが帰ってしまうと、いつもなら子供たちが帰ったあとも、蓮樹が食べ終えるまではいてくれる黒田まで「夕飯はできてるので、すみませんが温めて食べてくださいね」と言い出して、早々に帰る支度を始めてしまう。

ちょうど客が途切れたところだった蓮樹は、自宅スペースを覗いて首を傾げた。

「今日はクロくんも帰っちゃうの？」

「ええ、提出が近いレポートがあるので」

一気に人気がなくなる寂しさに、蓮樹は思わず「そっか」と漏らす。

それを聞いて、屈んで靴を履いていた黒田が身を起こす。蓮樹のところまで来ると、少し屈んで顔を覗き込み、神妙な表情で訊いてきた。

「……寂しいなら、もうちょっといましょうか？」

まるで悠太たちに言うときみたいな優しい声をかけられて、蓮樹は唐突に恥ずかしさを覚えた。きっといまの自分は、彼がそう言わずにはいられないほどしょんぼりした声を出していたに違いない。

「う、ううん、ごめん、大丈夫！　ひとりには慣れてるから平気だよ。レポート、頑張って」

慌てて笑顔を作り、黒田の背中を押す。

扉の手前でふいに足を止めた彼が、身を反転させて蓮樹の手をそっと握った。

意志の強そうな漆黒の目が、まっすぐにこちらを見下ろしてくる。

「……店が終わったらしっかり戸締まりをしてくださいね。もしなにかあったら、いつでも、ささいなことでも遠慮せずに携帯にかけてくれて構いません。どこにいても、すぐにあなたのところに飛んできますから」

まるでボディーガードのような言葉に目を丸くした。だが、彼が本気で言ってくれているのが伝わってきて、にわかに胸が温かくなった。なんでもスマートにこなせる器用さのせいか、普段は感情表現が薄く感じるときもあるけれど、黒田は本当に心根の優しい青年なのだ。

嬉しさと照れくささで思わず下を向きつつも、「ちゃんと気をつけるよ。ありがとね」と小さな声で、せいいっぱいの礼を言う。心配そうな顔でときどき振り返りながら帰っていく彼を見送り、なるべく元気に見えるように蓮樹はぶんぶんと手を振った。

こんな小さな古い花屋に押し入る強盗はいないと思うが、物騒な世の中だ。きっと、身寄りのないひとり暮らしの自分を気遣ってくれているのだろう。

ひょんな縁で毎日会うようになり、子供たちのことのみならず、蓮樹のことまで真剣に心配してくれる。年下の彼の思い遣りが、今夜はやけに身に沁みた。

皆が帰ってしまうと、急に冷えてきたような気がした。

梅雨入り前ということもあって、日暮れ後はエアコンを入れなくても過ごせるくらいの涼しさだ。温度計を確認すると、室内の温度は昼間と変わらなかった。いつも店の奥にかすかに感じるにぎやかな気配や生活音が聞こえてこないだけで、寒さを感じるのが不思議だ。

桜也が悠太を連れてこの町に戻ってくるまでは、これが普通だった。それなのに、いつしか夕方になると誰かが自宅スペースにいる暮らしに慣れてしまったらしい。

マルは蓮樹から遠く離れることはないので、いまも店内のどこかにはいるはずなのだが、ざっと見て回っても光の玉は見当たらない。しばらく客がいない時間のあとに呼ぶと、よろよろと寝ぼけたように飛んでくることが多いので、きっと、いまはどれか寝心地の良さそうな鉢植えの葉っぱをベッド代わりにして気持ち良く寝ているところなのだろう。

ぽつぽつと客がやってきて、その対応の合間に少しずつ補充や事務作業を進める。来客数は花を贈るようなイベントの有無や天候によってかなり波があるが、この日は天気は良かったもののなにもない平日のせいか、特に客が少ないようだった。

閉店まで十五分を切り、もう今日はこれでおしまいかなと蓮樹が思い始めた頃だ。

客足の途切れた店のガラス扉を開けて入ってきた、長身の人影があった。

いらっしゃいませ、と声をかけようとして、琥珀(こはく)色の瞳と目が合う。

呆然と立ったままの蓮樹に視線を向け、入り口に現れた彼は口を開いた。

「まだ、入っても構わないだろうか」

「あ……は、はい、もちろんです！」

カッと頬が熱くなる。蓮樹がなにも言わないので、閉店間際で歓迎されていないのかと思っ

たのだろう。動揺を胸の内側に押し込め「どうぞごゆっくり見ていってください」と笑顔を作り、ぎくしゃくとした動きで男を促す。

その客はかすかに口元を緩め、店内へと足を進める。切り花や完成したアレンジメントが並ぶ冷蔵ケースの中を眺め始めた。

蓮樹は彼の邪魔にならない場所に下がり、さりげなくその様子を窺う。

身長はおそらく一九〇センチ以上はあるだろう。平均身長には少し足りないやや小柄な蓮樹からすると、見上げるほど背が高い。すらりとした長躯に仕立ての良さそうな三つ揃いのスーツを身につけている。

年齢は三十歳前後だろうか。淡い蜂蜜色に煌(きら)めく前髪はやや長めで、長い睫毛(まつげ)に縁取られた印象的な色の目にかかっている。乳白色の肌に金髪、高い鼻梁(びりょう)に薄い唇、くっきりとした彫りの深い顔立ちは、どこか北欧の血を感じさせた。

流麗な日本語を操っているけれど、体格も容貌も自分と同じ人間だとはとても思えない。

彼が店に入ってきたとき、蓮樹はなにが起きたのかよくわからなかった。

モデルとか、俳優とか、そういうレベルではない。その客の容姿は、まるで血の通った人間じゃないみたいな、桁外れの美しさだったからだ。

目が合うと、まるで金縛りに遭ったか、もしくは雷に打たれたかのように動けなくなっていた。店員だというのに、入ってもいいかと訊かれるまで、我を忘れて陶然と彼に見入っていた自分が恥ずかしくなる。

（……そう訊かれて、やっとこの人が花を買いに来た客だって気づくなんて……）

花屋に花や植物などを購入する以外の目的で来るはずがないだろう。今更ながら、穴があったら入りたいくらいの気持ちになった。

店員としての顔を保たなくてはと、必死で自分を律していると、ふいに美貌の客が、眺めていた冷蔵ケースから蓮樹へ視線を移した。

「――店にある切り花を、あるだけすべて購入したいのだが」

「えっ!?　こちらを全部、ですか……？」

予想外の注文に驚く。子供の頃から店の手伝いをしてきたが、こんなとんでもない注文は初めてだった。小さな花屋ではあるけれど、客の多様な要望に応えるために在庫はそれなりに揃えている。商店街の裏に地主が趣味でやっているカラオケスナックがあり、定期的に店に飾る大きな花束を頼まれるので、それ用に少し値が張る花も用意してある。在庫の花をすべてとなると、本数だけでなく、金額のほうも結構な額になるはずだ。

「あの……切り花は、種類も量もかなりあります。ご希望は、店頭にある切り花すべてをお買い上げということで、本当にお間違いないでしょうか……？」

蓮樹がおずおずと確認すると、「その通りだ」と真面目な顔で彼は頷く。

事前に注文するのならともかく、種類も数もバラバラの花を全部買い占めるなど、いったいどういった目的のためなのだろう。だが、悪戯ならわざわざ来店する必要もない。そもそも彼はそんなことをするタイプの客には見えなかった。

半信半疑のまま少し待ってもらい、急いで在庫の切り花の本数と種類をチェックする。念のため、本数と代金を計算して予め伝えると「それで構わない。先に支払いをしておこう」と進んで言い出し、現金で清算してくれてホッとした。

ラッピングや組み合わせの希望を訊ね、大量の花の用途を不思議に思いながらも作業に取りかかる。手早く水切りを済ませると、蓮樹はありったけの切り花を手早く丁寧に纏めていった。

七月に入り、本格的に夏がきて、黒田の大学も夏休みになった。

お盆休みの数日以外、父親たちは休みが取れない。悠太たちも変わらずに昼間は保育園に通っているが、少し早めの時間に黒田がお迎えに行ってくれるようになった。そのおかげで、平日はなかなか行けない公園や図書館、児童館などに連れていってもらえて、ささやかなお出かけに悠太も友菜も大喜びしていた。

夏休み中の黒田は、シッターのバイトがない土日もときどき蓮樹の店に顔を出し、ついでのように常備菜や夕飯を作ってくれるのがありがたかった。

季節は移り変わり、秋の始まる頃には、日にちが近い悠太と友菜の四歳の誕生日を、ちょっとしたパーティーを開いて感慨深く皆でお祝いした。

——そして、十月初めのある日。

客足が途切れるたび、蓮樹は壁掛け時計をちらりと見上げた。

閉店時間が近づくにつれ、いつの間にか無意識にそわそわと時間を気にしている自分に気づく。

(今日は、第二水曜だから……きっと、来るはずだよな……?)

残業のない日のため、桜也と高木はすでに子供たちを迎えに来た。蓮樹の夕飯を作り、その片づけまで済ませた黒田も、ついさきほど帰っていったところだ。

少し前までの水曜は、子供たちが早く帰ってしまう、寂しいだけの曜日だった。

しかし数ヶ月のある日から、蓮樹には、その孤独な水曜日に、密かに心待ちにしているささやかな楽しみがあった。

時間が過ぎるにつれて少しずつ緊張が高まっていく。扉が開くたびにどきどきしながら、いまは仕事中だぞ、と自分に言い聞かせ、丁寧にラッピングを施し、接客に集中しようと努めた。

そうして閉店が近づいてきた頃、店に入ってきたのは、待ち兼ねた人の姿だった。

(来た…………!!)

スーツ姿のその男を見た瞬間、開けた冷蔵ケースの前でしゃがみ込み、生花の陳列位置を直していた蓮樹は弾かれたみたいに立ち上がる。

「い、いらっしゃいませ……！」

上擦（うわず）った声をかけた蓮樹と目が合うと、彼は口を開いた。

「こんばんは。今夜も閉店間際にすまない。まだ構わないだろうか」

まさか、いまかいまかとあなたの来店を心待ちにしていましたとも言えない。

「ええ、まだ大丈夫です、どうぞ」と言う蓮樹に、彼――光崎（こうざき）という名の客はかすかに口元を緩め、店内へと足を進めた。


初夏の頃にこの店を訪れてから、四か月。

そろそろ来店回数は二桁に上るだろう。月に二回程度、隔週の水曜日に、光崎は必ずこの店を訪れる。毎回閉店間際の時間にやってきて、いまと同じようにまだ入っても大丈夫かと確認をしてから店に足を踏み入れる。

そしていつも、『購入できるすべての切り花を買いたい』という、目的不明の謎めいた注文をするのだ。

篠田生花店から徒歩で十五分ほどにある、昨年改装したばかりの駅前のショッピングビルには、テレビCMも流している有名なチェーン店のフローリストが入っている。店舗の面積は三倍以上もあり、当然、蓮樹の店よりずっと多くの種類の花が揃っている。

事情があって、とにかく種類は問わずたくさんの花が必要ということであれば、近隣にもっと大きな店がありますが……というようなことを、蓮樹は二回目に来店した光崎に伝えた。

なぜか蓮樹をまじまじと見た彼は、蓮樹がそう言っても、この店で買うことを譲らなかった。それどころか、はっきり『私はこの店の花が欲しいんだ』と言い切られてしまうと、それ以上は言えない。ならば予約や取り置きもできると伝えても、その買い方は望まないらしい。

結局、光崎は来店するたびに蓮樹の店の在庫の切り花を一輪残らず買い占め、店の前に回させた運転手付きの外国車に山ほど積み込んで帰っていく。

それとなく訊ねてみたけれど、特に彼と亡き祖母との間に蓮樹の知らない縁があるというわけでもないようで――つまり、六月に来店したあのときが正真正銘、光崎がこの店を訪れた最初の日ということになる。

購入量が尋常ではなく多かったため、万が一なにか商品に問題があったときのためにと、彼が最初に買いに来た夜、蓮樹は会計時に店の連絡先を書いたショップカードを渡しておいた。すると、律儀にも光崎のほうも名刺をくれた。

そこには都内の一等地に立つ企業の名前と、代表取締役として『ウィル・光崎・ハヴェル』という彼の名前が記されていた。その名刺で蓮樹は『光崎』という名字を知ったのだ。

彼が帰ったあとで、そっと会社名をスマホで検索してみると、企業向けの土地や公共機関の不動産売買や仲介を主とする企業らしいとわかった。つまり蓮樹の店で花を買い占めていく代金など、おそらく彼にとってはごくささやかな額なのだろう。

会社の社長で、運転手付きの外国車で訪れる、明らかなセレブ。光崎がどういった経緯で町の片隅のこんな小さな花屋に目をつけたのか、さっぱり見当もつかない。

しかし、不可思議な買い方をする光崎の訪れは、細々と店を営む蓮樹にとって、天からの助けみたいなものだった。

篠田生花店の定休日は、第二と第四の木曜日だ。

そのため、休み前の水曜の夜、もしくは休み明けの金曜の開店前には在庫の生花をチェックして、花びらにわずかでも傷みがあれば店頭から下げる、もしくはセール品にする必要がある。

延命剤を使い、マルに頼んで光の粉で魔法をかけてもらっても、根を失い、土から離された切り花の命は短い。萎れた花も極力捨てず、自宅スペースに持ち帰って飾っているけれど、悪天候が続いて客足が減ったり、うっかり入荷量を誤ったりで売れ残りが多い場合には、止む無く処分するしかない。

凍える季節の生花の水切りや鉢物の植え替え、職業病とも言える年中の手荒れなどには慣れている。けれど、これだけはいつまで経っても慣れることはない。花屋として一番悲しい気持ちになる作業だ——いや、作業だったのだ——これまでは。

（……光崎さんが来店してくれるようになってから、ありがたいことに、ほとんど花を処分せずに済んでるんだよな……）

次々と花の切り口の処理をしてせっせと纏めていきながら、蓮樹の胸に新たな感謝の思いが湧いた。

彼に勧めた件のチェーン店が駅前にオープンしてからというもの、この店の売り上げは確実に減ってきている。たまに買いに来る程度だった若い客たちが、新しくてお洒落な花屋のほうにほとんど流れてしまったせいだろう。帳簿を見ると、特に母の日やバレンタインデーなど、花屋の繁忙期であるイベント時期の売り上げががくんと落ちているのがわかる。これからくるクリスマス時期のことを考えるのが少し怖いくらいだった。

祖母の旧知だった取引先や、ひいきにしてくれる常連客たちはいまも変わらずに通い続けてくれる。けれど、チェーン店のオープン後は赤字になる月もときどきあり、それが、蓮樹の目下の悩みの種だったのだ。

もし赤字が続けば、店をやっていけなくなる。堅実な祖母はローンを払い終えた店舗兼自宅のこの建物と土地を遺してくれたが、孫を育て上げるのに使い果たしたのだろう、現金の貯えはわずかだった。

すぐにどうこうとはならないまでも、自宅だけは、なんとしても売らずに守りたかった。黒田が悠太たちを見る保育場所となっているこの場所は保育園からも近く、桜也のアパートと高木のマンションのだいたい中間地点に立っている。万が一、蓮樹が店舗兼自宅を売るような事態に陥り、保育場所に桜也か高木の自宅を使うとしたら、毎回どちらかがかなり不便な思いをすることになる。卒園までは、まだ二年以上もあるのに。

だがそんな不安も、光崎が月に二度、花を買い占めていってくれるおかげで薄くなった。どれだけ客足が鈍い時期でも黒字を保てるようになったからだ。

そんなありがたい客である光崎の買い物の仕方は、いつもとても謎が多い。

（いったい、なにに使う花なんだろう……）

すべての花をと言われても、蓮樹はまだ枯れてはいなくとも咲き終わりを感じさせる花は、包まずに店に残すつもりでいた。

しかし光崎は蓮樹の行動に目敏く気づき、『その花は売ってくれないのか』と訊ねてきた。いまは綺麗だが、おそらく明日か、持って明後日まで枯れるはずの寿命の短い花であると説明しても譲らず、『先約が入っているのでないのなら、たとえ枯れかけていたとしてもいっこうに構わない。すべてを売ってほしい』という不可思議な要求を出してきた。

ここまで言われては仕方ない。

更に、それなら気持ちぶんだけでも割引を……という申し出さえも、きっぱり断られてしまった。

『安くしてもらいたいとは思っていない。君が大切に咲かせた花たちだ。きちんと払うべき対価を払いたい』と言い切り、彼は定価での購入にこだわった。客から割引を求められることはあっても、割引すると言って断られることなど、初めての経験だった。

せめて豪華にさせてもらわねばと、意気込んでラッピングの希望を訊くと『極力自然のままが好ましい』と言われ、最低限、茎の切り口を保湿し、移動中に花びらが落ちないようにと透明なフィルムペーパーで包む程度しかさせてもらえていない。

光崎の支払いは毎回現金で、領収証も不要だ。彼が会計を済ませている間に制服姿の大柄な運転手が入ってきて、山のような花をてきぱきと車に積み込んでしまう。

華美な装飾も、運ぶ手伝いをする必要すらもない。買うだけ買って、さっと帰っていく。

まるで、客の鑑（かがみ）のような買い物の仕方だ。

そんなふうに、蓮樹の手間は最小限なのに、彼が去るときのレジの中には、売れ残って、休み明けには店頭から下げるはずだった花まで含めた代金が入っているのだ。

――光崎が、月に二日だけの篠田生花店の定休日を知っていたのかはわからない。

自分の行動が、どんなにこの店の窮地を救い、同時にふたりの幼子を預かる保育場所をも守っているのだということも。

謎の買い占めに戸惑いがないわけではないけれど、店にとってはありがた過ぎる客だ。切羽詰まった経営状況の店主で、彼の訪れを心底待ち望まずにいられる者がいたら教えてほしいと思う。

〝マル……マル、いないの？〟

光崎の来店時こそ、いつもの光の粉をかけてもらいたくてこっそり捜すのだが、悠太たちがいるときと同様に、光崎が訪れたときも、どうしてかマルは出てこなくなってしまう。大好物の飴をちらつかせても、密かに寄せ植えの間を捜してみても、どこに隠れているのかあの光の玉は見当たらないのだ。

頼んでいないときはいつもその辺をふわふわしているのに、と少々疑問に思うものの、光の粉はマルがサービスで撒いてくれていることなので、無理に呼ぶわけにもいかない。できるだけ長持ちしてくれるようにと願いながら、蓮樹は美しく見える組み合わせで花を纏めていく。

そして今日も、光崎は店の冷蔵ケースの中身をほぼ空っぽにし、店にとって何日分もになる売り上げを支払って去っていこうとする。

その背中に、蓮樹は急いで声をかけた。

「あ、あの……光崎さん！」

扉の前で振り返った光崎に、緊張が走る。

買った花をすべて車に乗せ終えて、すでに運転手は車に戻っている。

店内には、彼と自分のふたりだけだ。

深い琥珀色をした目に見つめられると、落ち着かない気持ちになる。思わず目を伏せてしまいたくなったが、必死で顔を上げる。今日こそは聞いておきたいことがあるのだ。

「いつも、こんなにたくさん買ってくださって、本当にありがとうございます」

改めて感謝の気持ちを伝えると、光崎は無言で小さく頷く。礼には及ばない、とでもいうみたいな態度だ。

意を決して蓮樹は訊ねた。

「あの……やっぱり、この花たちの行き先は、教えていただけないんでしょうか……？」

領収証が不要とすると、個人的な用途のためなのだろう。

最初は、なにかのイベントに使うか、もしくはどこかの団体か施設などに寄付をするためだろうかと思った。だが、それにしてはラッピングが簡素だし、花の種類も値段もバラバラで、あまりに大量だ。

彼が来店を重ねるごとに、謎めいた雰囲気とあまりに常軌を逸した買い方に疑問が湧いてくるのを感じた。そんな人には見えないけれど、なにか事情があり、大量購入した上でどこかに捨てているのでは……という考えが蓮樹の頭に浮かんだ。

万が一そうだとしたら、悲し過ぎる。

悩んだ末に、何度目かの購入の際に、失礼ですが、と前置いて、蓮樹はそっと用途を訊ねてみた。すると『必要としている者の元で、大切に飾られている』という、わかるようなわからないような答えが返ってきた。

そして躊躇いながら訊ねた今夜も「心配は無用だ。持って帰った花は喜ばれ、適切な世話をされて美しく咲いているから」と彼は言う。

そうですか、と安堵したのも束の間、唐突に蓮樹はショックを感じた。

――彼が買った大量の花は、個人的な誰かへの贈り物だ。

そして、花の世話をしているのは、大量の花を彼から贈られたその相手なのだろう、ということに気づいてしまったからだ。

（……恋人へのプレゼント、だったのかな……）

彼は結婚指輪を嵌めていない。けれど、結婚しているか、恋人がいて当然だろう。

購入したのがプレゼントとして選ばれがちなバラの花束などであれば、もっと早くそのことに気づいたはずだが、量と種類が大量だったために、その事実に思い至らなかった。

蓮樹が光崎に特別な相手がいるらしいことに気づいて混乱するのには、理由があった。

他の客は、注文された花を蓮樹がラッピングしている間は、暇潰しに店内を眺めたりスマホを弄ったりしていることが多い。

けれど、光崎は違う。彼は、蓮樹が大量の花を纏めているときはいつも、数歩引いた場所からその様子を飽きずに眺めているのだ――しかも、どこか情熱的に感じられる眼差しで。

なるべく意識しないようにしていたが、見つめられていると気づくと、どうしても頬が熱くなった。それ以来、ただの客と店員という関係なのに、恥ずかしいほど光崎の視線を意識するようになった。単に見ているだけだ、それだけだと自分に言い聞かせてみても、その行動になにか意味があるのではないかと考えずにはいられなかった。

だからか、大量の花の受け取り手が彼にとって特別な存在かもしれないと気づいたとき、内心では驚くほど深い落胆を感じた。

（馬鹿だな……僕は、いったいなにを期待していたんだろう……）

動揺する気持ちを誤魔化そうと、蓮樹は慌てて強張った顔で微笑む。無理に明るい口調でとっさに思いついたことを切り出した。

「あ、あの、いつも切り花だけなので、もし良かったら、他になにかお持ち帰りになりませんか？　フラワーアレンジメントでも、鉢植えでも……なんでも構いませんので、どれかお好みのものがあれば」

光崎が怪訝そうな顔をしたので「店からのサービスです、いつもたくさん買ってくださるので、お礼の気持ちで」と急いでつけ加える。毎回、割引も、腕を振るった華やかなラッピングもさせてもらえない。他になにか感謝の気持ちを表すことができるなら、なんでもしたいと思ったのだ。

申し出を聞くと、彼はなぜかハッとして、すぐにこちらに近づいてきた。

目の前まで来た光崎が、じっと見つめてくる。

かけている店のエプロンの裾を握り締め、蓮樹はおずおずと彼のほうを見上げた。

美貌の男だとわかってはいたが、改めて間近で見るとその端正な顔立ちは、身震いしそうになるほどの美しさだった。

「……本当に、どれでもいいのか？　どれを持って帰っても？」

確認されて、蓮樹は慌てて「は、はい、どうぞ」と言ってこくこくと頷く。

これまでの総購入額を考えたら、もし彼が希望するのなら、次回来店するときまでに贈り物に相応しい箱入りの胡蝶蘭を注文しておいたっていいくらいだ。

(でも……すぐに枯れるような花でも気にせず購入していってくれるし、そういうのは喜ばないかな……)

急いで、店内にある贈答用の品に考えを巡らせる。凝った編み方の花籠を使った季節の花のフラワーアレンジメントか、会社などに置いても見栄えのする、大振りで世話の簡単な観葉植物などはどうだろう。

「あの、たとえばなんですが……」と、蓮樹が言いかけたときだった。

光崎がふいに手を伸ばして、蓮樹の右手をぎゅっと握ってきた。

やや身を屈めた彼が、その手を口元まで持ち上げる。少し曲げた指にキスをされて、蓮樹は驚きに目を瞠った。

一見、綺麗に見える仕事だが、花屋はとにかく水作業が多い。客商売なので最低限気をつけてはいるけれど、必然的に蓮樹の手も荒れ気味で、いまはまだましなほうだが、冬にはあかぎれになってしまうことも多かった。

その手荒れのある指に――なぜか光崎が恭しく口付けをしている。

予想外の行動に、蓮樹の心臓は爆発しそうなほど激しく鼓動を打ち始めた。

（な、なんで、こんなこと…………!?）

どうして彼から指にキスをされているのか、さっぱりわからない。

動揺し切っている頭の中で、ただわかっているのは、人間ではないみたいに綺麗な光崎の手が、見た目のイメージよりもずっと温かく、その唇が驚くほどに熱いことだ。

長い睫毛を伏せた彼が慰撫するみたいに触れてくる唇は滑らかで、指に触れられるたびに、蓮樹の躰には感じたことのない痺れが走る。右手のあとは、まるで当然のように、今度は左手を取られ、なすすべもなく両方の手の指すべてに口付けられる。

小指にまで丁寧にキスをしたあと、ゆっくりと顔を上げた光崎は、大きな両手で蓮樹の左手を大切そうに握り込んだ。

額が触れそうなほど近くまで、彼が顔を寄せてくる。

「許されるなら――これが欲しい」

もどかしげに囁かれ、蓮樹は瞬きをすることすらできずに固まった。

（……光崎さんが欲しいって言ってるのって……、手、じゃなくて……まさか、まさか、ぼ、僕……!?）

彼の漏らした望みに、手を握られながら愕然とした。

確かに、なんでも持って帰っていいとは言った。

言ったけれど、それはどう考えても店内の商品の話だ。店員で、人間の蓮樹が、その中に含まれているはずもないのに――。

「だが……無理な願いだということも、よくわかっている」

ホッとしつつも、衝撃は消えない。まだ動揺している蓮樹の手を名残惜しそうに離した彼が、ふと視線を落とし、痛ましげに眉を顰めた。

「綺麗な手が荒れているな。可哀想(かわいそう)に……」

光崎が言うと、まるでその声が聞こえたかのように、店のガラス扉を開けて彼の運転手が店の中に入ってきた。運転手は深々と頭を下げて光崎になにかを差し出す。

受け取った彼が蓮樹に渡してきたのは、繊細な模様の描かれた小さな陶器の入れ物だった。

「あ、あの、これは……？」

とっさに受け取ったが、持ってきた運転手はすでに店を出たあとだ。戸惑う蓮樹に、光崎は「夜休む前に手に塗り込むといい。薬草から作ったとてもよく効く軟膏(なんこう)だから」と説明する。

「また来る」という言葉にハッとして顔を上げると、すでに光崎も店を出ていくところだった。

礼を言う間もない。今度は引き留めることもできなかった。

呆然としたまま、蓮樹はただその後ろ姿を見送った。

＊

夕方にラッピング用品の補充をしながら、ふとレジ横の壁にかけたカレンダーを眺める。蓮樹は無意識に深いため息を吐いた。

十二月の第四水曜日。定休日前で、おそらく光崎が来るはずの日だ。

（……今日も、光崎さんは来てくれるよね、きっと……）

初めて蓮樹の指に口付けをして帰っていった、あの夜以降、いつものように切り花を買い占めた光崎は、帰る間際になると必ず蓮樹の手を取る。そして、すべての指にキスをしていくのが、なんと習慣のようになってしまっていた。

（花屋の店員が、常連客とはいえ毎回指にキスされてるなんて、やっぱりおかしいよな……）

拒むべきだと思うし、せめて、なぜそんなことをするのかを訊きたかった。しかし、蓮樹は彼に手を握られると、まるで金縛りに遭ったみたいになにも言えず、指へのキスもまったく拒めなくなってしまう。

不快な行為ではない。だからこそ、彼がなにを考えているのかわからないことに、蓮樹は困惑し切っていた。

光崎が初めて初夏に店を訪れた日から、もう半年が経つ。その間に、蓮樹の周辺には怒涛（どとう）のような出来事が起きた。

季節は移り変わり、あと数日でクリスマスがやってくる——。

蓮樹は作業の手を止め、客のいない店内を感慨深い思いで見回した。

クリスマスの飾りつけは、先月の頭から始めたものだ。

大小のくりぬいたかぼちゃを並べたハロウィンが終わり、ちょうど装飾の入れ替えをしようと思っていた休日に、桜也と高木が子供たちとともに菓子折りを持ってやってきた。そのとき、まだ手つかずのクリスマス用品の箱を見た桜也が手伝いを申し出てくれたので、ありがたくお願いしたのだ。

男親ふたりには脚立を渡し、店頭の窓枠に沿ってＬＥＤの電飾をぶら下げてもらった。腰ほどまでの小振りなモミの生木には、それぞれの父に抱き上げられた悠太と友菜が小さな手でせっせとオーナメントを飾ってくれて、可愛らしい出来栄えだ。

同じ日の夕方には黒田も顔を出した。彼は蓮樹が持て余していた残りのオーナメントや飾り用の布などをうまく使い、レジ周りをセンスよく飾りつけてくれた。

皆の協力を得て、最後に雪を模した綿と、毎年飾っているサンタやトナカイのぬいぐるみを出してきて棚に置くと、小さな店は一気ににぎやかな雰囲気になった。

店内には控えめなボリュームでクリスマスソングを流し、赤やピンクが鮮やかなシクラメンやポインセチアの鉢をラッピングして商品棚に並べてある。クリスマスイブの前日までにプレゼント用に出やすい種類の切り花を多めに仕入れておき、完成済みの花束やアレンジメントなども通常の三倍ほど数を増やしておく予定だ。

クリスマスが終わると、正月用の飾り花を販売したあとは、いつも大晦日から三が日まで篠田生花店は店を閉めている。今年も年内の営業は大晦日の前日までの予定だが、その後は、例年とは違う。

年末までにある第二と第四の水曜日は、カレンダーを見るまでもなく、今日で最後だ。

――つまり今日が、蓮樹が光崎に会える最後の日になるかもしれない。

これからのことを考えると、どんどん気持ちが重くなっていく。

ふと手に視線を落とす。冷え込む日も多くなってきたが、今年は珍しく少しも手が荒れず、あかぎれもできていない。

以前、触れた蓮樹の手が荒れていることに気づいた光崎が、軟膏をくれた。草のような香りのするその軟膏を言われた通り眠る前に塗ってみると、ものすごい効果があった。驚いたことに、たった一晩で蓮樹の手は一皮剥けたみたいな瑞々（みずみず）しさを取り戻していたのだ。

少しずつ大切に使い、店に来た近所の人の手が荒れているのを見つけるたびに少し分けているが、みんなその効果に驚いていた。なんの薬草から作られたものなのかは不明だが、普通のハンドクリームとは効果のレベルが違うので、きっと高価なものなのだろう。

皆が入手先を知りたがるので、いつものように店を訪れた光崎に、どこに売っているものなのかを訊ねた。すると『あれは売り物ではない。原料はこのあたりでは手に入らない薬草で、手作りの品だ』という答えが返ってきて、頼んだわけではないのだが、次に来るときに追加でまとまった数の軟膏を持ってきてくれた。頑としてその代金を受け取ってもらえなかったのには困ったが、配ると近所の皆がとても喜んでくれたので、蓮樹も嬉しかった。

それからというもの、訪れるたびに光崎は『なにか足りないものはないか』『困っていることはないか』と訊ねてくるようになった。まるで大切な身内を気遣うみたいな親密な問いかけに、そう訊かれるたび、心が温かくなった。

社交辞令的な質問ではなく、もし蓮樹が足りないもの、必要なものを伝えたら、あの軟膏をたくさん持ってくれたときのように、彼は本当にそれを用意してくれるのだろうと思えた。まるでねだるみたいに思えてなにかを頼むことはせずにいたが、気遣ってくれる光崎の気持ちがただ嬉しかった。

光崎のことを考えていると、なんだか胸がもやもやして、どうにも落ち着かない気持ちになる。

名刺の肩書や気前の良過ぎる金の使い方から、かなり裕福らしいというのは気づいていた。しかも、大量の花を贈る特別な相手がいる人で、きっと、こんな小さな花屋を訪れるのは、なにかの気まぐれだろうということにも。

淡い憧れを抱いても、身分違いがいいところだと、蓮樹自身が痛いほどにわかっている。

——それでも、彼のことがどうしても頭から離れない。

仕事に没頭しているときはいいのだが、店にひとりになって時間が空くと、つい光崎のことを考えて胸が苦しくなり、蓮樹はため息を吐いてしまう。

考え込んでいると、ふよふよと飛んできたマルが、ちょんと蓮樹の鼻先に触れる。温かな光の玉は、まるで〝げんきだして〟と慰めてくれているようだった。

「ありがと、マル」

掴めそうで掴めない、ほのかに温かい光をよしよしと撫でる仕草をする。撫でられたマルはふわんと飛び上がる。飴をあげてもいないのに、嬉しげに店内に光の粉を振り撒くのに微笑んだ。

ぽつぽつと客が訪れては、買い物をしていく。常連客だった中山の娘も顔を出し、お供え用の花を買ったあと、少し話をしてから帰った。クリスマス用の鉢植えがいくつか売れ、蓮樹が手作りしたプリザーブドフラワーを使ったオーナメント類も少し出た。

もっとも混雑するのは、やはりクリスマスイブとその前日だろうなと思いながら、雑貨の棚の陳列を直す。

客足が途切れ、どきどきしながら扉が開くのを待っていたが、いつも訪れるはずの閉店十五分前頃になっても、彼が入ってくる気配はない。

五分、十分と時間が経ち——古い掛け時計が、とうとう二十時の閉店時間がきたことをささやかなリズムを刻んで知らせる。

（……光崎さん、今日は来なかった……）

どうしたんだろう。道路が渋滞しているのか、もしくは事故にでも遭ったのではと心配になり、おろおろして外の様子を見に行こうかとまで考えたところで、蓮樹は我に返る。

彼は必ず来店すると約束をしているわけではない。これまでの習慣から、第二と第四の水曜日にはきっと来てくれるはずだと思い込み、勝手に自分が待っていただけなのだ。

二十時になると、商店街の閉店時間の遅い店もすべて閉まる。周囲の店からシャッターが下りる音が聞こえ、同時に店の前を通る人の気配も途絶える。

閉店時間が過ぎてもまだ諦め切れず、店内の照明は点けたまま、蓮樹は簡単な片づけやレジ締めをしつつ、入り口のほうを窺っていた。

二十時十五分を過ぎ、もうすぐ三十分になろうという頃。

今日、光崎はもう訪れないのだとやっと気づく。

（……これで、もう会えないんだな……）

蓮樹の視界がじわっと潤む。店を閉めなくてはと思うのに、落胆のあまりなにも手につかない。もし来てくれる可能性があるのなら、一晩中でも構わないから、彼を待っていたかった。

（……とりあえずシャッターだけでも閉めよう、情けないけど、泣くのはそのあとで……）

愚かな期待を諦めるために、そう決めて一歩を踏み出した瞬間。ガラス扉が開く気配がして、ハッと蓮樹は顔を上げた。

「――遅くにすまない。もう、閉店時間を過ぎているな」

そこには、待ち焦がれていた男が立っていた。一瞬呆然とした蓮樹は「いえ、ま、まだ大丈夫です」と言ってどうぞと中へ促す。彼はホッとした顔で店内に入ってきた。

光崎は蓮樹の目の前までやってくると、「すまない。所用で来るのが遅くなってしまった」と謝罪した。蓮樹は首を横に振る。

来てくれた。そう思うだけで、胸がいっぱいになった。もう会えないかもしれないと諦めかけていた相手が現れ、胸に空いていた穴が塞がったような気がした。

ふいに、彼がなにかに気づいたような様子で蓮樹の目をじっと見る。

「どうした？　涙ぐんでいる。体調に問題でも？　もしくは、店でなにかあったのか？」

「あ、いえ、なにもありません。ただ、今日はいつもより遅かったので、もういらっしゃらないのかと……」

目元をごしごしと擦りながら、慌てて言う。

それを聞いた光崎が、蓮樹の手を握った。

「……それは、私を待っていてくれたということか？」

そう訊かれて、自分が『あなたの訪れの遅さを気にして涙ぐんでいました』と馬鹿正直に答えてしまったことに気づく。顔から火が出そうなほど恥ずかしくなった。

そういうわけでは……、ともごもごと口の中で呟くと、握った手を引き寄せられる。

「待たせてすまなかった」という囁きとともに、甲にそっと口付けられた。

さきほどまでは泣きそうなほど落ち込んでいたのに、いまは現金なことに、飛び跳ねたいような喜びに満たされた。

しばらく彼は蓮樹の手を握ったままでいた。名残惜しそうにその手を離すと、いつものように光崎は冷蔵ケースに目を向ける。

彼が言い出す前に、「今夜も切り花すべてでよろしいですか？」と蓮樹は訊ねた。

「ああ。頼めるか？」

もちろんですと頷き、いつものように在庫の切り花を全部纏める。すべて準備し終わった頃、タイミング良く現れた運転手が、店の前につけた車の中に手際よく積み込んでいく。

その間に支払いを済ませようと、光崎が財布を取り出す。

「あの、今夜はお支払いのほうは結構です」

蓮樹の言葉に、彼は顔を顰めた。

「……私は、君から花をただでもらうつもりはないぞ」

「これまで、光崎さんには本当にたくさん購入してもらいましたから。それに……急なお知らせで申し訳ないんですが、実は、年末までで、この店を閉めることになったんです」

光崎が驚いた顔をする。

「本当に突然だな。いったい、なにがあった？」

蓮樹は悲しい気持ちを押し隠してぎこちなく微笑んだ。

「なんとかやっていきたいと思って、せいいっぱい頑張ってはみたんですが……なんていうか、いろいろなことが重なってしまって……」

彼にはなにも伝えていないが、この二か月は、怒涛の出来事の連続だった。店についてはもう諦めはついた。閉店すると決めてからは、気持ちも落ち着いている。

去年改装した駅ビルの一周年セールの一環で、先月、チェーン店のフローリストが小さな花鉢を来店者全員にプレゼントするという大々的なキャンペーンを行った。そのイベントを境に、蓮樹の店に来てくれる客の数ががくんと減った。

ときを同じくして、祖母の代から毎月纏まった数の花を納品していた施設の担当者が引退して契約を打ち切られた。更に、大型の観葉植物や高価な花鉢を定期的に注文してくれていた数件の店までもが潰れたり移転したりで――篠田生花店が持つ大口の依頼は、一気にゼロになってしまった。

だがそれは、すべて、店をこれまで通り開くことだけでせいいっぱいで、新規取引先を開拓できずにいた自分の営業努力不足のせいだ。

どこよりも大口の購入をしてくれるものの、光崎とはなにか契約を交わしているわけではない。客足が落ち、全体的な売れ行きが下がっているため、ここのところはじょじょに仕入れの量を減らしていた。入荷量を抑えているので、彼が在庫を買い占めてくれても店の売り上げは下がる一方で、蓮樹の焦りは募っていた。

　このままでは最悪、なけなしの貯金を使い果たし、店と土地を担保に借り入れをしなくてはならなくなるかもしれない――。

　もし店がなくなったとしたら、自分だけでなく、桜也と高木親子まで困ることになる。彼らのためにもなんとかこのまま店をやり続けたくて、駅前で無料で花を一本ずつ配るか、もしくは花の種をつけたチラシでも撒くかと、様々な販促の方法を考えていたときのことだ――ある日訪れた高木と桜也から、もう保育スペースの必要がなくなったことを伝えられたのは。

　話を聞くと、ここのところ、通勤しながら友菜を育てることに、高木は限界を感じていたらしい。そこで少し前から職場の上司と面談を重ね、幸運にも友菜が小学校に上がるまでの間の在宅勤務を許可されたそうだ。

　今後は保育園のお迎え時間に、いったん在宅の仕事を中断した高木が悠太と友菜を自宅に連れ帰り、食事や風呂の世話をしてから、桜也が悠太を迎えに来る。そして、友菜を寝かしつけたあとで、高木は残りの仕事をする――という方法で、なんとかやっていくつもりらしい。うまくいけば、先々は桜也親子が高木親子のマンションに引っ越して、同居することも考えているそうだ。

　子供同士も仲良しだが、高木と桜也はどうもかなり気が合うらしく、今後も助け合って子育てをしていく気持ちでいるようだ。友人同士で子を見守り合える環境は、子供たちにとってもベストだろうと、蓮樹もホッとした。

唯一、月末までアルバイト先を失うことになる黒田が気がかりだったが、それも杞憂だった。一緒に話を聞いていた黒田によると、実はシッターのアルバイトは勉強と社会経験のためで、他にネットで株取引をし利益が出ているので、このアルバイトがなくなっても、特に収入には困らないらしい。

『悠太君と友菜ちゃんが喜びますね』と快く賛成してくれた上、困ったときにはいつでも連絡をと彼は桜也たちに伝えていた。

そうして、先月末から二組の親子は訪れなくなり、蓮樹にはひとりきりの生活が戻ってきた。黒田はその後もときどき苗を買いに来たり、夕食のおかずを差し入れに来てくれて、蓮樹が元気かを確認するみたいに雑談をしていってくれる。ありがたかったが、空虚な寂しさは消えなかった。

それだけではまだ、店を閉めるに至らなかったと思う。

決定的だったのは、長年の常連客だった中山が亡くなったと知らされたことだった。

葬式を済ませたあと、中山の娘が『母親が好んで通っていた店だから』とわざわざ挨拶に訪れた。その後も、位牌に供える花を買いにたびたび店に来てくれるようになった。

元気でつい数日前まで買い物に来てくれていた中山の死は、たったひとりの身内だった祖母を亡くしたときの深い悲しみを思い出させた。日々、彼女はもう店に来ないのだと実感するたび、蓮樹は底なし沼のように気持ちが沈んでいくのを止められずにいた。

無理をしてでも店を開き続けたい。通ってきてくれる誰かのために——。

そんな前向きな気持ちが、ぽきんと折れてしまったのは、おそらくその頃だったと思う。

(……どうして、こんなことまで話してしまったんだろう……)

なぜだか蓮樹は、光崎に自らの気持ちをなにもかも打ち明けてしまっていた。

大量買いしていってくれるありがたい常連客だとはいえ、プライベートなことはなにも知らない。彼と自分は、ただの客と店の人間という間柄だ。

そんな相手にこんな話をされて彼も迷惑だろう。そう気づき、今更ながら自己嫌悪に陥ったが、自然と気持ちが溢れ出して、どうしても話さずにはいられなかったのだ。

光崎は、静かに蓮樹の話をすべて聞いてくれた。

少しの沈黙のあとで、彼は思いも寄らない提案をしてきた。

「もし、君がこの店を続けたいと願っていて、問題が資金のことだけなら、いくらでも用立ててやれる」

小さく息を呑む。蓮樹は首を横に振った。

「お気持ちは、とてもありがたいですが……誰かにお金を借りてまで店を続けることは、祖母も望んでいないと思うので」

彼に赤字を埋めてもらったところで、自分には差し出せるものはなにもない。古い店舗兼自宅付きの狭い土地を担保にすることはできるが、おそらく売却したところでそれほどの額にはならないだろう。

光崎は「では、もう店を続ける気力自体がなくなった、ということか？」と訊ねてきた。

そう言われて改めて考えてみると、店を続けることを諦めた大きなきっかけは中山の死だったが、最大の理由は、あのチェーン店のフローリストがオープンしたことだ。

美しい花を買おうとする人が、古くからある小さな店よりも、駅前の広くてお洒落なチェーン店に足を向ける気持ちはよくわかる。

もしチェーン店に対抗してでも店を続けていくとしたら、もっと店の改装に金をかけ、宣伝用のウェブサイトも作り、配送の注文も受けてと、時代に合わせてできる限りのことをするべきだったのだろう――それでも、蓮樹ひとりの店がチェーン店に勝てるとは到底思えないけれど。

単純に、蓮樹の店は顧客争いに負けたのだ。

だが――冷静になって考えてみると、それでなくてもいつか、この店は閉める結果になっていた気がした。

「……頑張りたいと思っていたんですが、売り上げがどんどん落ちてきて、無理に営業し続けた先の目標が、見つからなくなってしまって……」

光崎の問いかけに、蓮樹は正直にそう答えた。

見慣れた店内に視線を巡らせる。

少し前から、常連客が来るたびにこれまでの礼として、好きなものを持っていってもらったので、鉢植えはほとんど残っていない。その空間をクリスマスの装飾で埋めている。

イベントが終わって飾りつけを片づけたら、もう店はがらんとしているだろう。あとは、処分する予定の冷蔵ケースや什器類が残っているだけだ。

「もともと祖母は、自分の代までで店は終わりと宣言していました。僕が大学に進むことを望んでいたんです。祖母の人柄や人脈でお客さんが来てくれていた店だから、祖母がいなくなったら客足が遠退いても当然なのに、どうしても僕自身がこの店をなくしたくなくて……ひとりで続けようと思うこと自体が、そもそも無理だったんだと思います」

彼は難しい顔をして立っている。

「では、店を閉めたあとは、どうするんだ？　お祖母様の望み通りに進学をするのか？」

「まだわかりませんが……とりあえず今後のことについては、閉店に関する手続きを全部済ませてから考えようかと思ってるんです」

そうは言ったが、蓮樹にはもう進学の意思はほとんどない。そもそも大学への進学自体、自分の希望というより、たったひとりの孫に安定した人生を送ってほしいという祖母の強い願いだったからだ。

現役高校生だったときは推薦入試で合格も決まっていたし、奨学金も申し込み済みで、なんとか四年間通える目途が立っていた。だが、いまから改めて大学に進み、なにかを学ぼうとする熱意は自分の中に見当たらない。

とはいえ、就職するにしても、なんの資格も持っていない元花屋の店主で、他の店でアルバイトをした経験すらない自分を雇ってくれるところがあるのか不安だ。

どうしても仕事が見つからなければ、店舗兼住宅を希望する人に格安で貸し出し、蓮樹自身はどこか地方に行って、住み込みの仕事でも見つけられないかとぼんやり考えていた。

曖昧な計画を伝えると、なぜか光崎は表情を険しくして、蓮樹に詰め寄ってきた。

「地方というのは、どこだ？」

「あ、あの……それは」

「今後は、どこに行ったら君に会える？」

「ですから、まだ詳しいことは決めていなくて……」

慌ててそう言いながら後退りすると、ジーンズを穿いた臀部がカウンターに当たる。

どうして彼がこんなに焦った様子で、蓮樹の今後のことを気にかけるのかわからない。

一瞬目に入った壁掛け時計を見ると、閉店時間をもう一時間以上も過ぎている。

当然、他の客が入ってくる可能性はない。

もし彼の運転手が戻りの遅さに痺れを切らして様子を見に来たとしても、従順に仕えている彼はおそらく光崎を宥めてくれることはないだろう。

真剣を通り越し、ぎらぎらしているように見えるくらいに強い眼差しで、目の前の男は蓮樹を射貫く。

動揺で逃げられず、視線を彷徨わせると、彼は蓮樹を囲い込むようにしてカウンターに片方の手を突いてくる。反射的に、逃げようと身を捩ると、もう一方の手でくっと顎を取られ、無理に彼と目を合わせられる。

「では、君は店を続ける気もなく、今後やりたいことも特にはない、ということでいいか」

「……っ」

突きつけられた言葉に、蓮樹はショックを受けた。

自分の中にある虚無感や、目的を見つけられない無気力さなどを、責められたような気持ちになったからだ。

唯一の家族だった祖母がいなくなり、手助けすることが張り合いになっていた桜也たちも来なくなった。無意識に祖母と重ねていた常連客の中山までもが亡くなったと知って——店を開き続ける気力を失ってしまった。

店を諦めようとしていることを、自分でも情けないと思っている。だが、まだ誰かに迷惑をかけてはいないはずだ。

おずおずと見返すと、琥珀色の目はまるで睨むように蓮樹を見つめている。確かに、大量買いをしてくれた光崎にはずいぶん助けられた。けれど、彼は上得意だがただの客だ。

いまの自分は、これほど彼に責められるような状況なのだろうか。

（……なんでこの人に、自分のことを聞いてもらいたいなんて思ってしまったんだろう……）

心を許し、打ち明け話をしてしまった。ひとりぼっちで寂しくて、心許ない気持ちだったからだ。もしかしたら、彼なら優しく慰めの言葉をくれるのではないかと、愚かにも期待していたのだ。

言いようのない悲しみと羞恥で、じわっと目が潤んでくる。それを見て、光崎が動揺するのがわかった。

「は、放してください……！」

泣きそうな顔を見られたくなくて、蓮樹は鼻声で訴えた。顎を掴む光崎の手を押し退けようとする。

そのとき、パッとどこかから現れた光の玉が、ぽこんと光崎の頭にぶつかった。

（――マル！）

光崎が来てから気配を隠していたはずのマルが、ぽかすかと何度も跳ねるように光崎の頭や肩にぶつかっている。まるで蓮樹を責める男に怒って、必死で抗議しているみたいに。

「こら、やめないか」

光崎が言った言葉に、蓮樹は潤んだ目を丸くして、ぽかんとした。

彼は、自分にぶつかってくるマルに気づいているようだ。

マルと名づけたこの光の玉が現れてから、見える者は自分以外いなかった。

「あ、あの、それ……」

驚いている蓮樹の前で、光崎は「ちょっと待っていてくれ」と言い置くとあっさりと光の玉を摘み、目の高さに持ち上げる。当然のようにマルに触れている彼を見て、蓮樹は呆気にとられた。

マルは蓮樹にとって、出会ってからずっと、掴もうとしても掴めない存在だったのだ。手を近づけるとかすかな熱は感じるものの、掴むことはできなかったのに。

摘まれた光はじたばたするように揺れて、どうやら抵抗しているらしいとわかる。

「私は彼をいじめているわけではないぞ――ああもうわかったから」

マルに向かってそう言い、ため息を吐くと、光崎はまだ暴れている光を掌に包み込み、ジャケットの内ポケットに無造作にしまい込む。ポケットの中に入れられると、どういうわけか急にマルは大人しくなった。

「あ、あの、その光の玉、なんですが」

「ああ、この子については、またあとで説明しよう」

マルを返してもらいたかったのだが、そう言って後回しにされてしまう。しかも、光崎は触れられるだけではなく、さもマルの存在を知っているかのような口振りなのが気にかかった。

わけがわからず動揺する蓮樹に目を戻した彼が、じっと目元を見つめた。

「……これは、私が泣かせてしまったんだな……すまない、言葉選びを誤った。本当に君を責めるつもりではなかったんだ」

困惑した様子で彼が蓮樹の肩を抱き寄せる。

蓮樹の目尻に滲んだ涙を丁寧に拭ったあと、光崎はもう一度、悪かった、と謝罪した。

彼は真剣に謝っている。勝手に咎められた気になっていたのは、蓮樹自身が自らの目的意識のなさに罪悪感を抱いていたからだろう。

蓮樹の背に腕を回し、光崎は言葉を選ぶように口を開いた。

「私が確認したかったのは、もう君はこの世界に未練はないのか、ということだ」

(…………え？)

なにを訊かれているのか、意味が呑み込めなかった。

驚いて、彼を見上げると、光崎は真摯な眼差しで蓮樹を見据えた。

ゆっくりと躰を離した彼は、蓮樹の両手をそっと握る。それから、切実な様子で訴えてきた。

「もし、やりたいことがなにもないのなら、どうか私を助けてくれないか」

「た、助けるって……なにをすればいいんですか？」

「なにかをする必要はない。ただ、私と一緒に来てくれるだけでいい」

どこに行けばいいのかと訊いても、「行けばわかる」という答えが返ってくるだけだ。

謎めいた頼みに困惑し、蓮樹は言葉を選びながら答えた。

「なにか僕にできることがあるなら、お手伝いしたいと思いますが、閉店までの間は店を開かなくてはならないので……そのあとでも構わなければ」

閉店まで残り一週間ほどとはいえ、店を放ってはおけない。むしろ、最後だからこそ来てくれる客を大切にしたかった。その代わり、年末に店を閉め、諸々（もろもろ）の手続きや挨拶を終えたあとでなら、どこに行ってもいい。

しかし、彼はその答えを聞いて悲しそうに目を伏せた。

「それでは遅いんだ。すぐに来てもらいたい」

「えっ、い、いますぐに、ですか!?」

蓮樹は思わず声を上げた。どう考えてもそれはむちゃくちゃな話だ。

「店のことなら、信頼のおける有能な者を手配する。君がやっていたのと同じように店を開いて客の要望を満たし、閉店まで完璧に営業させると約束しよう」

そう言うと光崎は蓮樹の髪にそっと触れた。頭皮にちくんとしたかすかな痛みが走って目を瞬かせる。

「痛かったか？　すまない、小さな葉がついていたから」と言われて指先にのせた葉を見せられ、慌てて礼を言う。

髪についていたのだとしたら、おそらく店内にある背の高い観葉植物の葉だろう。今日はシルクジャスミンの葉の手入れをしたからそのせいかもしれない。気づかずに接客していたなんて恥ずかしかったが、いまはそれどころではない。

『すぐに一緒に来てほしい』という彼の申し出を聞き、蓮樹は真剣に悩んでいた。光崎の運転手は礼儀正しく有能で、驚くほど仕事が早かった。彼がこう言うからには、閉店までの営業を彼が手配した者に任せても問題はないのかもしれない。

だが、きっとこの店の閉店を知り、最後だからと買いに来てくれる客もいるはずだ。その客たちに対して、店主が不在というのは不義理な気がする。

光崎が困っているのなら助けになりたいと思う。だが、引っかかるのは、彼がいっさい詳しい事情を教えてくれようとはしないところだ。

いつ帰れるのかと聞くと「わからない」という仰天な答えが飛び出す。

行き先も、期間もわからない。

『いますぐについていき、彼を助ける』というざっくりとしたことしか説明してもらえず、具体的になにをすればいいのかも不明だ。

たとえ、彼を助けたい気持ちがあったとしても、こんな曖昧な頼みに頷ける者がいるのだろうか。

なんと言って断ったらいいのかと悩んでいると、光崎が蓮樹の手を取り、そこに額を押しつけて祈るように懇願してきた。

「君の都合をくめなくて悪いとは思う。だが、君の気持ちがもうこの地に残っていないと知ったいま、店を閉めるまでの間など到底待てそうもない――もう二度と離れたくないんだ、レンジュ」

初めて彼に名前を呼ばれて、躰がびくっとなった。

「どうして、僕の名前……」

光崎が自分の下の名前を知っていたことに驚く。『もう二度と』という言葉にも疑問が湧いた。だがそれ以上に蓮樹が動揺したのは、なぜだか以前、彼にこうして名前を呼ばれた経験があったような感覚がしたからだ。

そんなはずはない。蓮樹はここ数年、早朝に花類を仕入れに行く市場と、普段買い物をする商店街の中の店程度にしか出かけていない。市場以外で商店街の外に出る用事は稀で、極めて行動範囲が狭い。そんな自分がこれほどまでに抜きん出た容姿の男に会えば、忘れることなど決してないはずだ。だが、なぜかその呼ぶ声に懐かしささえ覚えた。

「頼む、私とともに来ると言ってほしい」

重ねて切実な様子で頼まれて、蓮樹は混乱した。

おそらく、行き先を教えてくれないのは、そこが近くはない場所だからだろう。彼の容貌から察するに、もしかすると、目的地は外国なのかもしれない。ならば、蓮樹はパスポートを持っていないから、それを作るまでの時間が稼げるはずだ。

頭の中で自分自身にいろいろと言い訳をする。

こんな無茶な願いに頷くべきではないとよくわかっている。それなのに、どうしてか彼の望みを叶えたい。光崎の行くところへついて行きたい——見知らぬどこかまで連れていってほしいという願いが腹の底から湧いてきて、どうしても抗えなくなる。

握られた手が熱い。振り解けないほど強く掴まれているわけではないのに、躰が痺れたみたいになってもう一歩も動けない。

もう一度、レンジュ、と名を呼ばれて蓮樹は身を震わせた。

両親は、蓮樹が物心ついたときにはすでにそばにいなかった。母は蓮樹の養育を祖母のゆり子に押しつけ、父に至っては会ったことすらない。再婚したという母は携帯電話の番号を変えたらしく、祖母が亡くなったときに葬式に呼ぶことすらできなかった。

近所の人たちはよくしてくれるが、密なつき合いをする友人も恋人もいない。だから蓮樹には、この花屋を閉めたあとは、なにもかもに特別な未練がなかった。

ふと、毎日水とお茶を供えている祖母の位牌と、休日の外出帰りにたまに店に顔を出してくれる桜也と高木親子、それから差し入れを持ってきてくれる黒田のことが頭の中を過る。

唇がゆっくりと開く。

「……行き、ます」

驚いたみたいに光崎が顔を上げた。琥珀色の目と視線が絡む。

本当は断るつもりだった。それなのに、まるで魔法にかけられたみたいに、唇が勝手に彼の望む言葉を紡いでいた。

「ついて、行きます……あなたに……！」

震える声で言い切った瞬間だった。背中に腕が回され、ぐっと引き寄せられる。えっ、と思った瞬間、間近まで光崎の美貌が迫ってくる。

「目を閉じていてくれ」

そう言われて、蓮樹が従う前に、唇に熱くて柔らかなものが強く押しつけられた。驚きのあまり、蓮樹はまだ目を開けたままだ。

（……え、え、なんで……!?）

反射的に逃げようとした項にも手が回り、仰のいたままで光崎の情熱的なキスを受け入れさせられる。

どうしてこんなことになるのかわからないまま、体格差のある彼に覆い被さるようにされて、唇を繰り返し啄まれる。きつく抱き竦められ、いつしか蓮樹の足は床から浮いていた。

呼吸が苦しくて、激しく打ち続ける心臓は痛いくらいだ。拒む余裕もなく、ただ口を開けてされるがままになっている。

それを蓮樹からの許可と捉えたのか、咥内に遠慮もなくぬるりと彼の舌が押し入ってくる。

怯えて竦む舌を分厚い舌でねっとりと擦り上げられ、びくびくと身が震える。

制服であるエプロンすらつけたままで、衣服はいっさい乱されていない。ただキスをされているだけのはずなのに、光崎の口付けは濃厚過ぎて、まるで唇を使って性交をされているみたいに思えた。

ふいに、店の扉が開くかすかな音が聞こえた気がした。視線だけを向けると、なにか黒っぽいかたまりが飛び込んできたように見えた。狼狽えたが、気づかないのか、蓮樹を抱く光崎の腕は緩まない。

それどころか、いっそう強く舌同士を絡められ、じゅくっと音を立てて吸われる。その刺激で、反射的に蓮樹がぎゅっと目を閉じた——そのときだった。

閉じた瞼の裏が熱いくらいに眩しくなる。

目の前でなにかが爆発したのかと思うほどの激しい光だ。

(な、なに……!?)

強烈な光が消え、あたりが一気に漆黒の闇に包まれるのを感じた。

「……っ！」

キスを解かれるのと同時に、強引に光崎の腕に抱き上げられた。地面から浮いた躰がふっと重力を感じなくなり、にわかに恐怖を覚える。

おそらく停電だろう。

(近くの配電盤になにかあったのかも……)

それならば、少し待てば誰かが電力会社に連絡をして、すぐ復旧するはずだ。だが、目を薄く開けてみても、なぜか周囲はいっさい見えないほど闇が深い。もしかしたら、もっと酷いなにかが起きているのかもしれないという不吉な予感がした。

「光崎さん……？」と、小声で呼びかけたが、腕の力が強くなるだけで返事はない。

本能的に異常な気配を感じ取る。目を閉じても開けてもなにも見えず、どうしようもなく躰が震え始める。光崎に抱き締められていなければ、叫びだしていたかもしれない。

ふいに、全身に下から猛烈な突風が吹きつけ始めるのを感じた。悪魔の叫び声みたいな音を立てる暴風に怯え、蓮樹はふたたびおそるおそる目を開けていく。

なにかが見えかけた寸前、スーツの胸元に強く抱き込むようにして光崎に視界を遮られた。彼に密着すると、かすかに覚えのある匂いがした。それは、手に塗るために彼がくれた軟膏と同じ植物の香りのようだ。

「大丈夫だから、目を閉じて。私にしっかりと掴まっているんだ」

くぐもった声で命じられ、なすすべもなく小さく頷く。

——彼は必ず守ってくれる。彼の言うことに従えば、間違いはないのだ。

どこかから自然と湧いてくる根拠のない確信に突き動かされて、蓮樹は光崎の言う通りに従った。

「さあ、帰るぞ、お前たち！」

嵐に呑み込まれる最中、歓喜を滲ませたように聞こえる光崎の声が響く。

「うわ……っ!?」

ひゅっと喉が鳴る。思わず叫びかけて、舌を噛みそうになり、慌てて口を閉じる。ほぼ真下に向けて落下していくような感覚に、一気に血の気が引く。

──いったい、なにが起きているのか。

彼の逞しい腕にしっかりと抱かれたまま、ものすごい勢いで、ひたすらどこまでも落ちていく。幼い頃、ゆり子に連れられて乗った遊園地のジェットコースターとは比べものにならないくらいに速い。

恐怖のあまり、蓮樹の意識はいつしか遠退いていた。

＊

「ん、ん……」

鼻先になにかふわふわとした柔らかいものが触れている。

気持ちがいいが、しつこくさわさわされてくすぐったい。否応なしに蓮樹は目覚めさせられた。

ぼうっとしたままうっすらと瞼を開けると、目の前できらきらしたものが動いているのが見える。いったい、これはなんなのだろう。

「――お母さま！　妖精王、妖精王！　お母さまがお目覚めになりました!!」

間近にあるふわふわのなにかが嬉しそうに声を発した。子供のもののようで、高くて可愛らしい声だ。

（……お母様？　妖精王？）

覚醒したばかりの蓮樹には、聞こえてくる言葉の意味がまったく呑み込めない。

ゆっくりと数度瞬きをしたあと、ああ、自分は夢を見ているのだとわかった。

視界に入った場所は、磨き上げられた大理石のような石で造られた西洋風の建物の中だったからだ。

柱や窓には精巧な彫り込みがあり、円錐形の天井には美しい花の模様が入ったステンドグラスが嵌め込まれている。雰囲気から、写真で見たことのある海外の教会を連想させた。

部屋の中央部には等身大の少女像が据えられている。少女が肩の上に載せた小振りな水瓶（みずがめ）の口からは澄んだ水が流れ出し、像の足元に広がる泉を満たしている。

さきほどの嵐が嘘のように静かな空間だ。

（そうだ、僕――）

唐突に、店の中で光崎にキスをされたこと、突然の停電と嵐に襲われ、そして猛烈な勢いで落下したような不思議な感覚のことを思い出す。

夢だからか、石造りの床なのに尻の下を冷たく感じない。

しかしそれは、どうやら自分が誰かのしっかりとした膝の上に抱かれているためだと気づいた。

「……目覚めたか、レンジュ」

ホッとしたように言う声には聞き覚えがあった。声のするほうを見上げて、蓮樹は目を瞠る。

自分を膝の上に乗せていたのは、花屋の客である光崎――いや、光崎にそっくりな、誰かだったからだ。

「こ、こちらについたあと、気づいたら腕の中にいる君が失神していたので驚いた。声をかけてもいっこうに目を覚まさないので、気つけ薬でも持ってこさせようかと思っていたところだ」

光崎によく似た男は、ホッとした様子で続けた。

「気分はどうだ？　どこか痛みなどは？」

「え、ええと……少し頭がぼうっとする程度で、痛いところはない、みたいです……」

あちこち確認してそう答えてから、蓮樹は自分を抱いている男をおずおずと見上げた。

蜂蜜色に輝く髪の色。人違いをすることなど有り得ないほどの際立った容貌――そして、蓮樹に話しかける、深みのある美声。

気を失う直前の状況を思い返してみても、話しかけてくる様子からしても、目の前の彼は、よく似た男などではなく、光崎自身の可能性が高い。

そう思いつつも、いまひとつ確信が持てなかったのにはわけがあった。

微笑みながら話す彼の髪が伸び――肩を過ぎるどころか、床にまでつくほどの長髪になっていたからだ。

服装は店を訪れたときのスーツのままだが、なぜか髪だけが異様に伸びている。ここまで伸ばすとしたらどれだけの間切らずにいたらいいのか、想像もつかないほどの長さだ。

慌てて確認した自分のほうは、店のエプロンをつけたままで、髪の長さも特に変わっていないようだ。

彼の腕に抱かれて嵐のような風の中をどこまでも落下していった。感覚的には、意識を失っていたのはわずかな時間のはずなのに、なぜ、光崎の髪はこんな長さになっているのだろう。

「あ、あの、その髪……」

「うん？　――ああ、これか。ここに戻ってくると、かけていた術が解けて、自然と元の姿に戻るんだ。君の世界ではこの長さの髪は目立つからな」

おずおずと指差しながら訊ねると、彼は驚きもせず、肩の上に垂れる自らの髪を見下ろした。

（……術？）

光崎の言っていることの意味がわからない。

訊こうとしたとき、彼が片方の手をスッと自らの項に回した。髪を軽く纏めるようにしてから手を離すと、すでに髪は銀色のリボンで結われている。いったいこのリボンがどこから出てきたのか。更には、どうやって結んだのかもわからないほどの早業に、蓮樹は目を丸くした。

「しかし、このスーツという服は大変窮屈だな」と忌々（いまいま）しげに言い、光崎が身につけているスーツをさっと撫で下ろす仕草をした。

すると、驚いたことに、一瞬で今度は彼の服装が変化した。たったいままで着ていたはずのスーツは跡形もなく消え、襟元の詰まった白くて裾の長い服に変わったのだ。

――いま、自分の目の前でなにが起きたのか。

変化した彼の服はゆったりとした作りで、襟や胸元、長袖の袖口に繊細な金色の刺繍（ししゅう）が施されている。素材は絹のようで上品な光沢がある。アンティークな雰囲気のかなり手の込んだ服だ。

一瞬で着替えを済ませた光崎は「やはり、いつもの服のほうが楽だな」と呟いて平然としているが、目の前で起きた現象に、蓮樹のほうは呆然だ。

確かに以前から、普通の人間ではないみたいに綺麗な男だと思ってはいたけれど——。

(……光崎さんが、まさか……まさか、魔法使いだったなんて……!)

「もぉ、妖精王! おかわいそうに、お母さまが驚いているではないですか!」

すぐそばから、ふいに子供みたいな声が降ってきた。

驚きが消えないまま、無意識に目を向けた先では、まるっこくて白いものがぽんぽんと光崎の肩にぶつかっている。

「こら、やめないか。レンジュにはこれからちゃんと説明するつもりなんだ」

その白いものの飛び方と動きに、蓮樹は強い既視感を覚えた。

「…………マル?」

思わず、口が勝手にそう呟いていた。声が聞こえたのか、光崎にぶつかっていた白いものはパッと攻撃をやめ、いそいそと蓮樹の手元に飛んでくる。

「なんでしょう、お母さまっ?」

とっさに両手を差し出して受け止める。当然のように蓮樹の掌の上にぽふんと乗ってきたのは、ふわふわの毛が生えた、白い垂れ耳ウサギみたいな生き物だった。

まんまるの躰に太くて短い足、大きくてふっくらした長い耳。ワクワクした様子でこちらをじっと見上げる琥珀色の目がくりっとしていて愛らしい。しかし、その背には蝶(チョウ)のような金色の透き通った羽がついていて、蓮樹が知るウサギとは完全に違う。目覚めてすぐに蓮樹が見たのは、どうやらこの子の羽のようだ。

失神していた自分が覚醒するきっかけとなったのは、おそらくこの不思議なウサギが顔にすりすりしてきたからだろう。そして、この生き物の挙動を見て、直感で、確信に近いものを覚えた。

「お前……やっぱりマルなの……？」

掌の上のふわっとした熱は覚えのあるものだ。ただ、掴むことができなかったこれまでとは違ってかすかな重みを感じ、しっかりと触れている実感もある。

問いかけると、満面に笑みを浮かべて、白い垂れ耳ウサギのような生き物はこっくりと頷いた。

「その通りです。ボクはお母さまのマルです！」

やはり、と思った。幼い頃からずっとそばにいたけれど、これまでマルはどれだけ目を凝らしてみても光の玉にしか見えなかった。

だが、姿は変わっても、このふわふわとした特徴のある飛び方は、明らかに見慣れたものだ。光崎にぶつかっていくさまも、店の中で彼と揉めていたときにマルがしていたのとまったく同じ行動だった。

いつもそばにいた光の正体が、実はこんな可愛い生き物だったとは。

「お母さまとお話ができるようになって、感激なのです！」

目尻を下げてにぱっと笑うマルは、光の玉にしか見えなかったときと同じように、蓮樹に全開で好意を示している。伸び上がり、喉元にすりすりと顔をくっつけて甘えてくるのを、蓮樹はいまの困惑する状況も忘れて撫でる。手に触れるのは蕩けるような触り心地をしたふわふわの毛並みだ。

どうして突然マルの姿がこんなふうに見えて、しかも会話までできるようになったのだろう。

その謎に加えて、呼び名についての疑問もあった。

（……〝お母様〟って、もしかして、僕のこと？）

人間の男である蓮樹は、当然ながら、羽のついたウサギを産むことはできない。

だが、マルはなぜだか蓮樹を母と呼んでいる。もしかしたら、会話ができない頃から、こうしてずっとお母様と呼んで慕ってくれていたのかもしれない――そう思うと、甘えてくるふわふわころころのウサギに、なんとも言えない愛しさを感じた。

マルを撫でる蓮樹を目を細めて眺めながら、光崎が言った。

「――その子の本当の名前は『マーレ』なのだが、君は『マル』と呼んでいるんだな」

「えっ？」

驚きで思わず声が出た。マルにはすでに名前があったなんて、考えたこともなかった。

「す、すみません、勝手につけた名前で呼んでしまって……ごめん、えっと、マーレ？」

慌てて光崎と『マーレ』に謝る。すると、白くてまんまるのウサギはぶんぶん！と大きく耳ごと揺らして首を横に振った。

「いいえ、違います！　ボクはマルです！　お母さまにいただいた大切なお名前ですから、もうボクの名前は『マル』なのです!!」

マルですううぅ!!と重ねて強い意思表示をする白ウサギに苦笑し、光崎は「わかったわかった、ではこれからはお前を『マル』と呼ぶことにしよう」と言って鷹揚に改名を許す。

（あれ……でも……）

ふと疑問を覚える。不思議な光の玉は、物心ついた頃にはもうそばにいた。つまり、蓮樹が三歳くらいのときにはすでに出会っていたはずなのだ。

そのマルと、光崎が知り合いというのは、いったいどういうことなのか――。

「ありがとうございます、妖精王！」

混乱している蓮樹の掌からふわんと飛び上がり、本名マーレ――蓮樹がマルと名づけた白ウサギは、長い耳を揺らしてぺこっと光崎に向かって頭を下げる。

（ん……いま、マルはなんて言った……？）

そういえば、さっきからマルは何度かその名を口にしていた気がする。それが、どうやら光崎を指しているらしいと気づき、蓮樹は目を丸くした。

しかも、あまりに驚きの出来事続きだったため、蓮樹はずっと彼の膝の上で抱かれたままだった。我に返って慌てると、光崎が手を握り、背中を支えて立つのを手伝ってくれる。立ってみても、どこにも怪我はないようでホッとした。

少し遅れて彼が立ち上がる。向かい合い、蓮樹をどこか感慨深い目で見下ろしながら、口を開いた。

「――レンジュ。説明が遅れたが、ようこそ我が国へ。光崎というのは君の世界での仮名で、私の本当の名はウィルバートという。この妖精国を統べる王だ」

窓から薄く差し込む光が光崎――ウィルバートの端正な横顔を照らす。

確かに、『妖精王』とマルは何度も彼のことを呼んでいた。

妖精国の王――。

普通なら到底信じられない話で、もしも他の人間が言ったなら、熱でもあるのかと心配したくなるような発言だ。

けれど、蓮樹は彼の髪がありえないほど短時間で伸びたさまをこの目で見た。マルについても、背中に羽が生えていて、言葉が話せるウサギなど見たことがない。その上、ついさっき衣服を一瞬で変化させる魔法を目の当たりにしたあとでは、彼にどう名乗られても、笑い飛ばすことはとてもできなかった。

ウィルバートが常に纏っているどこか神々しい雰囲気と、人を超越した美貌のせいもあるのかもしれない。『地元で会社を経営していて、趣味はゴルフです』などと言われるよりも『実は妖精王で、魔法が使えるんだ』と言われるほうが、むしろなんだかしっくりくる気さえした。

（……しかし、我が国ってことは……）

あたりを見回してみる。どう見てもここは、蓮樹の店の近所にはなさそうな建物だ。これが夢じゃないというのなら、商店街の中にある小さな店から、いったいどうやってこの場所に移動してきたのか。蓮樹はおそるおそる妖精王を自称する男に訊ねた。

「あの……妖精王、さん？」

ウィルバートと呼んでくれと言われ、「ウィルバートさん」と呼ぶとなぜか顔を顰められる。年上の人を呼び捨てにした経験はなくてやや抵抗があったが、仕方ない。彼の希望を汲んで「では、ウィルバート」と呼ぶ。やっと納得した顔で、妖精王ウィルバートは頷いた。

さっそく、もっとも気にかかっていたことを質問する。

「ここは、日本のどこなんですか……？」

「日本ではない。君がいた世界とは、時間の流れも物事の理も異なる、はるか遠く、違う時空に存在する場所だ」

早く馴染めるとよいのだが、と言う彼に言葉が出なくなる。

これまでいた世界とは違うところ――。

どうやら連れてこられた場所は、外国どころの距離ではなかったようだ。

彼が行き先を詳しく説明できなかったのは、おそらく、あのときあの場所で言ったところで理解してはもらえないとわかっていたからだろう。

蓮樹は頭がくらくらするのを感じた。妖精国というからには、ここにはきっと妖精が実在するのだろう。つまりは、このマルのような不思議な生き物がたくさんいる世界なのかもしれない。

混乱し切っている蓮樹の手をそっと取り、ウィルバートは言った。

「これから君にはこの城で、私とともに暮らしていってもらいたい」

蓮樹が目を瞠ると、マルが頬を膨らませてウィルバートの肩をつんつんと耳でつついている。

「ああ、すまなかった。レンジュ、暮らすのは、私とマルたちとともに、だ」

ウィルバートに言い直してもらい、マルは満足げにこくこくと頷いている。

「お母さま、妖精国はとてもよいところです！　このお城の中にはありとあらゆるものがすべてそろっています。妖精王のそばにいたらお母さまはきっとしあわせです。それに、お母さまといっしょに暮らせたら、マルもとってもしあわせなのです！」

蓮樹を一生懸命に説得しながら、ふたりの周りをふわふわとマルが飛ぶ。見上げるほど長身のウィルバートに抱き寄せられて、蓮樹の動揺はいっそう深まる。

「マルの言う通りだ。君の望みはなんでも叶えよう。だから、どうか私の望みも叶えてほしい」

「じゃ、じゃあ、あなたが店で言ってた『助けてほしい』っていう願いは……ここで、僕があなた方と暮らすこと、なんですか？」

そうだ、とウィルバートは頷く。

「私の望みは、君がずっと私のそばにいることだけだ」

驚きの話だった。とっさに蓮樹は聞き返す。

「ずっとって……、い、いつまで……？」

少し困った顔で「期限はない」と言われて狼狽える。

（……もしかして、死ぬまで、ってこと……？）

想像を超えた状況に、蓮樹は愕然とする。

店で頼まれたときも、戻れるかわからない、と言われてはいた。だが、あのときは行き先は外国だろうと思い込んでいたし、パスポートのない自分がすぐに出発できるわけはないと考えていた。ついていったところで監禁されるわけではない。帰りたくなればいつでも帰れるはずだと高を括っていたのだ。

まさか、彼の望みが、蓮樹の生まれた場所とは異なる妖精国で、生涯をともに暮らしていくことだったと想像できるはずもない。いくらずいぶん助けられた常連客の頼みだとはいえ、残りの人生をすべて彼に捧げることになるなんて、あまりに対価が大き過ぎる。

だが、彼は願いの内容を詳しく説明しなかっただけだ。嘘を吐かれたり、騙されたわけではない。

――どうして、自分は彼についてくることを選んでしまったのか。

あのときは、なぜだかどうしても彼と一緒に行きたい、いや行くべきだ、という強い思いに背を押されていた。しかしいま実際に連れてこられてみると、驚きと困惑ばかりが湧いてきて、これからどうしていいのかさっぱりわからない。

「お母さま、明日はボクがお城の中を案内してさしあげます！」

蓮樹がまだ状況を受け入れられずにいると、元気を出させようというのか、そばを飛ぶマルがにこにこしながらそう申し出てきた。

そうしてやるといい、と言って、ウィルバートは優しくマルの頭を撫でている。

マルが普通の垂れ耳ウサギとは違うことはもうわかっていたけれど、達者な言葉でしゃべるマルと彼の会話を聞いていると、もしかしたら自分は夢でも見ているのかと疑いたくなる。

――とてもじゃないが、状況が呑み込み切れない。

マルにぎこちない笑みを返しながら、蓮樹は妖精王ウィルバートの腕の中から逃げ出せずにいた。


「――そろそろ日が沈む時間だな」

ウィルバートの言葉で、窓から差し込む光がオレンジに色づき始めていることに気づく。

（……日没があるってことは、妖精国にも太陽はあるのか……）

光を見ながらそんなことを考えていると「店で一日働いたあとだ。疲れていて空腹だろう。着替えや湯浴みより、まずは夕食を用意させよう」とウィルバートが言う。滞在を前提とした彼の言葉に、蓮樹は焦りを感じた。

まだ夕食をとっていなかったが、驚きの連続で、空腹は感じない。

彼の望みは聞いたものの、納得できたわけではない。他にもあれこれとわからないことが多過ぎる。

それなのに、このままでは、なし崩しにここで暮らすのを受け入れる羽目になってしまいそうだ。

質問したいことがあまりに多過ぎて、なにから訊ねたら……と蓮樹が必死に考えていたときだ。

ウィルバートが指を弾き、「皆、お待ち兼ねのレンジュを連れてきたぞ！」と声を上げる。

すぐに、どこからともなくサーッとなにかが集まってくる気配を感じた。

いつの間にか周りに現れたのは、襟の詰まった長袖の白い長衣を着て、長髪を後ろで結んだ、様々な年の少年たちだった。

いちばん小さな子はまだ五歳くらいで、大きな子でも十二、三歳くらいのようだ。綺麗な容貌の彼らは兄弟なのか、全員が似た雰囲気の美しい顔立ちをしている。

ふいにその奇妙さに気づく。よく見ると彼らの姿は皆半透明で、向こう側の景色がうっすらと透けて見えるのだ。まるで幽霊のような躰に、蓮樹はぎょっとした。

七人の不思議な生き物たちは、蓮樹を囲んで膝を突く。

「この子たちは、これから君の世話をする私のしもべの妖精たちだ。必要なことはなんでも命じるといい」とウィルバートが説明すると、妖精たちは揃って礼儀正しくぺこりと挨拶をする。

蓮樹も慌てて頭を下げた。

「よ、よろしくお願いします」

「マル、晩餐(ばんさん)の間への案内を頼むぞ？　――ではレンジュ、のちほど夕食の席で」と言い置き、蓮樹の頬にそっと触れると、止める間もなくウィルバートは部屋を出ていってしまった。

(夕食よりも先に、訊きたいことが山ほどあったのに……！)

さらさらと池に流れ落ちる水の音が響く中、マルと七人の不思議な妖精たち、そして蓮樹だけが残される。

「お母さま、ご心配にはおよびませんのです！　ご案内はこのマルにおまかせください！」ぱたぱたと羽をひらめかせたマルが、目線の高さまで飛んできて胸を張る。

こっちこっちと嬉しそうなマルに導かれる。周りをわらわらと小柄な妖精たちに囲まれ、蓮樹は流されるまま階段を上ることになった。

「ん？」

階段の途中で、視界の端にフッとなにか黒っぽい影が映った気がして、とっさに足を止める。目を向けても階段の隅にはなにもいない。

「お母さま？　どうしたのですか？」と寄ってきたマルが心配そうに訊く。妖精たちも首を傾げている。気のせいだろうと結論づけ、「ごめん、なんでもないよ」と言ってふたたび階段を上り始めた。

進むうちに、さきほど自分がいたのが、どうやら半地下の階だったらしいとわかった。

階段のある塔は中央部分が吹き抜けになった円形の造りで、ひとつの階ごとの高さがかなりある。

豪奢な入り口扉のある一階の中央部分からは、上へと通じる長く立派な階段が伸びている。二階から更に上へ行くには、今度は壁に沿った広い螺旋階段を上っていくらしい。

ところどころの壁にかかったランプには、すでに光が灯(とも)っている。

階段を上りながら、明かりに照らされている場所を見ると、手すりや柱には、花や植物をモチーフとした繊細な彫刻が施されていて目を奪われる。更にその上から、瑞々しい白い花や蔦に似た生きた植物が絡みつき、彩りを与えている。

視線を巡らせるうち、各部屋の扉や階段の要所には、剣が蝶と交わる紋章のような印が刻まれていることに気づく。家紋のようにも見える、印象的な模様だった。

（なんだか、ものすごいお城だな……）

妖精王の住まいらしいこの城は、蓮樹の記憶にあるどんなおとぎ話に出てくるものよりも美しく豪奢で、しかもやたらと謎めいている。

なぜなら、かなりの広さがある城なのに、どこまで上っていっても、一緒に進むマルと妖精たち以外の誰かの姿はいっこうに見当たらない。

すべてが大理石みたいな石で造られていて、どこもかしこも埃ひとつなくぴかぴかに磨き上げられている。これほどの規模の城に使用人がいないというのは無理がある。いったい誰が掃除をしているのだろう。

天井が高い上にだいぶ上のほうまで階段が続いているようなので「この城は何階まであるの？」とそっとマルに訊ねてみる。

「七階です！　でも、マルはその下の階までしか行ったことがありません！　いちばん上の階まで行けるのは妖精王だけなのです！」という答えが返ってきた。どうやらすべての階に行っていいというわけではないらしい。

こんなすごい建物を住まいにするなんて、いったい妖精王はどれほどの富豪なのか。完全に庶民の蓮樹には皆目見当もつかない。維持するだけでも大変そうだし……と思ったところで、自分の考えに苦笑して、考えるのをやめた。

服を一瞬で着替えられる力を持つ妖精王なら、魔力で維持したり、術を使って掃除まで済ませられる可能性は高い。

そう自分に言い聞かせてみても、これまでのつつましい暮らしとは、目に入るすべてのものが桁違いに贅沢（ぜいたく）なこの城に、蓮樹は驚きを隠せずにいた。

マルと半透明の妖精たちに案内されて、三階にある晩餐の間に足を踏み入れる。

披露宴が開けそうなほどの広さがある室内は、明るく煌（きら）びやかだった。絵画が描かれた天井を見上げれば、数え切れないほどの蝋燭（ろうそく）を立てた金細工のシャンデリアが輝いている。

よく見ると、揺らめく蝋燭の火はふわふわと時折シャンデリアを外れて飛んだり戻ったりしている。目を疑いそうになるが、どうやら灯っている明かりは普通の火ではないようだ。おそるおそるマルに訊ねると「あっ、あれは火の妖精たちなのです！　日が暮れると、妖精王に召喚されてお手伝いしてくれています！」と教えてくれて納得した。

横長のテーブルは十人以上が一緒に食事ができるような広さで、その上には磨き上げられた食器類がすでにセットされている。クラシックな内装の部屋に、店に出たままのジーンズとシャツ姿の自分は完全に場違いに思えたが、マルも妖精たちもちっとも気にしてはいないらしいのが救いだった。

せめてもとエプロンだけは外してからおそるおそる椅子に腰を下ろす。豪奢な椅子は、座ると背もたれが蓮樹の頭より上まである。

数人の妖精たちが小走りで続き部屋のほうへ行くのが見えた。「すぐに夕食の準備ができます！」とマルが言う。残った妖精が蓮樹のグラスに水を注ぎ、べつのふたりが綺麗な色をした大振りな果実酒の瓶をよろよろしながら両手に抱えて何種類か持ってくる。

「こちらは食前酒なのです」というマルが、これはとっても美味しくて妖精王のお気に入り！こっちはちょっとお酒がつよめ、これは匂いにくせがあってマルはあんまり……と一生懸命説明してくれるので、マルがおすすめしてくれた、妖精王が好んで飲むという果実酒を注いでもらうことにした。

いい香りのする酒は、口に含むと比較的甘めな白桃のような味で飲みやすかった。飲んでいると躰が温まり、じょじょに緊張が解けていく気がする。

まだ酒を飲む機会はそう多くはないが、二十歳になってからは、商店街の寄り合いに出るたび、皆から『もう蓮くんも飲める年か〜〜』と感慨深く言われて酒を注がれていた。たくさん飲んでも潰れることはなかったので、どうやら自分は酒に弱いほうではないらしい。

マルに相手をしてもらって食前酒を飲んでいるうち、待つほどもなく小さな妖精たちが列になって続き部屋から出てきた。先頭のひとりがディッシュカバーのかかった皿を捧げ持っている。ひとりが手を伸ばして蓮樹の前に皿を置くと、次のひとりが背伸びしてカバーを外してくれる。次のひとりが蓮樹の膝にナプキンを広げてくれて、最後のひとりが召し上がれというように手で皿を指して促した。妖精王をおいて先に食べていいのか悩んだが、料理はひとり分だけだ。

フルコースなのか、一品目はオードブル（前菜）が用意されている。

「い、いただきます」

ぺこりと頭を下げて、フォークを手に取り、蓮樹はおそるおそる最初の皿に向き合う。

なにが入っているのかはまったくの不明で、不安がないわけではなかった。

だが、ここがこれまでいた世界とべつの場所だというのなら、食べ物を自分で得るのはおそらくかなりの困難を伴うだろう。それに、もしウィルバートが自分に害を与える気であれば、わざわざ違う場所に連れてきてからする必要はない。店でふたりきりのときに、しようと思えばなんでもできたのだから。まずは彼と小さな妖精たち、そしてマルを信じて、出されたものをありがたくいただこう。今後のことはそれからだと決めた。

妖精たちが運んできてくれたメニューは、なにが材料なのか透明に輝くきらきらとしたものがかかったコクのあるスープや、りんごに似た果実をくりぬいた中に、木の実や野菜を煮込んだシチューを入れ、チーズのようなものをかけて焼いた料理、それから、脂のよく乗った鮭に似た魚のムニエルらしきものなど、どれもこれも、いつの間にどうやって作ったのか不思議なほど、綺麗な上に大変に美味な料理ばかりだった。

美味しいけれど、奇抜な味つけのものはなく、蓮樹の舌に馴染む。食べていると、どこか祖母や黒田が作ってくれたご飯を思い出して、懐かしい気分になった。食欲は感じていなかったはずなのに、一口食べると、どんどん食が進む。

ぽふんとテーブルの上に座ったマルも、自分用に砂糖菓子のようなものを用意してもらい、カリコリと可愛い音を立てて美味しそうに食べている。

立派な城、至れり尽くせりの美味しい食事に、可愛い生き物——。

(……なんていうか、まるで竜宮城みたいな感じ)

頬を緩めてそう思ったとき、話の結末を思い出して、背筋が冷たくなった。笑い事ではなく、見知らぬ世界の豪華過ぎる城に連れてこられて接待を受けている自分はいま、あの話の浦島太郎と変わらない状況にあるのだ。

いつ帰してもらえるのかは不明だが、もしあの話と同じ結末になるとしたら……と玉手箱を開けるなりすっかり年を取る自分を想像して、慌てて頭を左右に振る。「お母さま?」とマルが首を傾げて見てくるのに、ごめん、なんでもないよ、と苦笑して撫でた。

自分は妖精王に頼まれてここに来ただけだ。亀を助けた覚えもないし、万が一なにか箱を渡されても開けなければいいだけだと自分に言い聞かせる。

妙なことを考えてしまうのはきっと、夢か現(うつつ)かはっきりわからないようないまの状況のせいだろう。

城の周りを確認したくても、窓には分厚いカーテンが引かれていて、外の様子を見ることはできない。

食べる手を止めて考え込んでいると、気づけば料理を作ってくれたらしい妖精たちも皆出てきて、七人の妖精が全員テーブルのそばに並んでいた。

さきほどまで酒を注いでくれたり、次の皿を持ってきてくれたりとちょこまかと忙しく立ち働いていた彼らは皆、揃って緊張した面持ちでこちらを見ている。

どの子もちょっとそわそわして、蓮樹の前にある皿の減り具合を気にしているようだ。

「あ、あの、すごく美味しいよ。これまで食べたこともないくらい！」と正直に褒めると、ホッとしたように顔を見合わせて妖精たちは表情を緩ませた。半透明の不思議な体には本能的な恐怖感があったが、こうして無邪気に笑っているところはとても可愛い。どうやら彼らはマルとは違い、しゃべれない様子なのが残念だ。

（なんだか、この子たちの顔、誰かに似ている気がするんだけど……）

記憶を探ってみたが、とっさに誰に似ているのか思い出せない。

きらきらとした目で見つめてくる妖精たちは、なぜなのか、ただの客人に対するものにしては過剰なくらいに自分のことを慕ってくれているようだ。

目が合って、蓮樹がぎこちなく笑いかけると、どの子も嬉しげにうっすらと頬を染める。蓮樹に笑いかけられ、手を取り合ってはしゃいでいる様子は可愛らしいが、無条件に自分が好かれている理由がわからない。

城に来る客人にはいつもこうなのか、それとも、異世界の住人が珍しいのだろうか。

マルに訊ねると、「みんな、お母さまがお帰りになって喜んでいるのです！」と満面の笑みで説明してくれた。

〝お帰り〟と言われて引っかかった。それではまるで、以前、自分がこの国に住んでいたみたいに聞こえる。

「喜んでくれているのに申し訳ないんだけど……僕がここに来たのは、今日が初めてなんだよ」

そう言うとなぜだかマルも、妖精たちまでもが唐突にしょんぼりして、酷く悲しそうな顔になる。

「もしかしたら、誰かと勘違いしてるのかな？」

慌てて言ってみたけれど、彼らの表情は晴れない。

なぜ皆が落ち込んだ顔になってしまったのかわからず、蓮樹は困惑した。

「あ、あの、みんなはお腹空いてないの？　一緒に食べない？」

話題を変えようと殊更に明るく声をかける。なにか食べたら元気が出るかもしれないと思ったのだ。

すぐに、妖精のひとりがさっとマルの皿に新しい砂糖菓子をよそった。食べる？とマルに訊くと、気を取り直したようにあーんと大きく口を開けるので、ホッとして食べさせてやる。

更に、べつの妖精が新たな皿を蓮樹の前に運んできた。ミルフィーユらしきものの周りに、色とりどりの見慣れない果実が綺麗に盛りつけてある。どうやらデザートのようだ。

まだ少し元気がない様子の妖精たちにも食べないかと勧めてみたが、全員揃ってふるふると首を横に振る。その代わりのように、それぞれがグラスを持ってきて、皆の小さな手がテーブルの上にある果実酒の瓶を指差す。

どうやらこれを飲みたいということらしい。

「えっ、君たちってお酒飲んでも平気な年なの？」皆大人なの？と確認すると、揃って当然のように真面目な顔でこくこくと頷く。

（どう見ても子供だけど、この子たち、いったい何歳なんだろ……）

これまで妖精の知り合いはいなかったからわからないけれど、この見た目でも意外と成人していたりするのだろうか。そもそも、妖精国で飲酒可能な年齢は何歳からなのか。

マルに訊ねたが、よくわからないようだ。蓮樹が悩んでいると、早くーというように妖精たちがグラスを近づけてきておねだりをされる。

「じゃあ、ほんの少しだけだからね」と言い置いてからひとりひとりのグラスにちょっとずつ注いでやる。皆急いであっという間に飲み干す。よほど美味しかったのか、にこにこし始めるのにホッとした。

自分のぶんを食べ終えて満腹になったのか、マルがテーブルの上をとてとてと歩き、当たり前のように蓮樹の膝の上にぽてんと乗る。そっと頭を撫でると嬉しげに蓮樹の手に頭を擦りつけ、もっというように伸び上がってくるのに微笑んだ。

こうして、食事中は見える範囲内にいて、蓮樹が食べ終える頃に膝の上に来るのもいつものことだ。

思えば、光の玉にしか見えなかった頃から、マルは常に蓮樹のそばにいた。

当時は会話などできなかったけれど、懐いてくれている感じが伝わってきて嬉しかったものだ。

祖母は可愛がってくれたが、両親も兄弟もいない。孤独だった幼い自分にとって、いつもそばに纏わりついてくる小さな光の玉の存在は、大きな救いになっていた。

きっとマルはあの頃から、伝わらないとわかっていても蓮樹に話しかけてくれていたのかもしれない。そう思うと、光の玉がなにか言いたげにそわそわしているときでも、なんだろうと思うだけで、その気持ちをくもうとすらしなかった自分が申し訳なく思えた。

しかし、不思議なのは、妖精国に来るなりマルの姿が見えるようになり、その言葉まで聞こえるようになったことだ。逆を言えば、なぜ元いた世界でははっきりと見えず、声も届かなかったのか。

蓮樹の膝の上で幸せそうにくつろいでいるマルに訊ねてみる。長い耳を揺らして首を傾げたマルからは「たぶん、あちらの国では、マルの力(ちから)がほんのちょっぴりになっていたからだと思うのです」という謎の答えが返ってきて、蓮樹も首を傾げたくなった。

「マルの力って？」と訊くと、「マルにできるのは、光の花をまくことです！」と胸を張って答える。

〝光の花〟というのは、おそらく、いつも売り物の花に撒いてくれていたあの光の粉のことだろう。蓮樹が知りたいのは、なぜその力がちょっぴりになると姿が明確には見えず、会話もできなかったのかということだが、どうもマルにはそこまではわからないようだ。それでも、訊ねる相手がいないいま、どの質問にも一生懸命答えてくれるマルの存在はありがたい。蓮樹は礼を言ってマルの頭をよしよしと撫でた。うふふと嬉しそうに目を閉じて手に頭を擦りつけ、小さなウサギは耳をぴくぴくさせている。

砂糖菓子を食べたマルと、果実酒をもらった妖精たちは、すっかりご機嫌だ。

皆が元気を取り戻してくれたのはありがたいけれど、妖精王の頼みも、マルの言葉も、そしてこの妖精たちの蓮樹に対する態度も、さっぱり謎のままだ。

食事を終えても、この世界に関する疑問はいっそう深まるばかりだった。

マルの変化以外にも、訊きたいことはたくさんある。更に詳しい話は、ウィルバートに訊ねるしかないようだ。

妖精国の王である彼ならきっと、蓮樹の疑問の答えをすべてを知っているはずなのだから。

「あっ、妖精王ー！」

嬉々として声を上げ、蓮樹の膝の上からマルがふわっと飛び上がる。

マルが飛んでいった入り口のほうへ目を向けると、晩餐の間の扉がすっと開き、ウィルバートが入ってくるのが目に入った。

「レンジュ、待たせたな。こちらに近づいてくる途中で足を止め、彼は浮かべていた笑みを消す。

「……これは、どうしたことだ？」

呆気にとられた表情で言われて、すやすやと熟睡している妖精たちに囲まれ、小さな頭を膝や足に乗せた蓮樹は、身動きのとれないまま身を縮めた。

ついさきほど、小さな妖精たちが持ってきたグラスの底にほんの少しだけ、果実酒を注いでやった。皆満足してくれたものの、飲み終わって少しすると、妖精たちは揃ってうとうとし始め、気づいたときにはもう床に突っ伏して寝てしまっている者までいた。

とりあえず、このまま床で寝かせて風邪をひかせるのだけは避けねばと、蓮樹は椅子の上に寝かせるべく彼らを抱き上げようとした。すると、最初のひとりが夢でも見ているのかひっしと強くしがみついてきて動けなくなった。困っているうちに、寝ぼけた他の妖精たちまでもが集まってきて、気づけば皆が蓮樹を取り囲むようにして、膝や足にくっついて眠ってしまったのだ。

床に腰を下ろした蓮樹の周囲に集まり、膝枕や足枕で気持ち良く寝入ってしまった妖精たちを眺めながら、どうしたものかと悩んでいたところへ、ウィルバートが現れたのだ。

「ああ……酒を飲ませただけか」

話を聞いたウィルバートはホッとしたみたいに小さく息を吐く。

「すみません……ほんの少しずつだったんで大丈夫かと思ったんですけど、こんなに弱いって知らなくて……」

「謝ることではない。どうせこの子らが飲みたがったんだろう」

どうやら怒っているわけではないようだ。やれやれというように彼が手を上げると、フッと足の上が軽くなり、妖精たちの姿がひとり残らず消えた。

「なっ、なにをしたんですか!?」

びっくりして蓮樹が声を上げると「もう今夜は起きないだろうから休ませただけだ。明日の朝には酒も抜けているだろうから、心配は無用だ」と説明された。

まさか飲酒の罰として消されてしまったのだろうかと怯えた蓮樹は、それを聞いてホッとした。

困惑する蓮樹の前で、「まさかマルも飲んだのか？」とウィルバートは呆れ気味だ。

マルは「ボクは飲んでおりませんです！　美味しいお菓子をたくさんいただいたので、お腹がいっぱいなだけです！」と訴える。食べる前よりもいっそうころころになった体で、マルは

いつの間にかまた蓮樹の膝の上だ。妖精たちが消えてすぐ、ここが自分の定位置とばかりにちゃっかりそこに乗っている。

そばまで来たウィルバートが、スッとこちらに手を差し伸べた。躊躇いながらもありがたくその手を取り、蓮樹はマルを抱いたままゆっくりと立ち上がる。

「……今夜は、お前も私たちと一緒に眠るか？」

蓮樹からマルを受け取って腕に抱くと、ふわふわの毛並みを撫でながら妖精王は訊ねた。問う声音は優しい。まるで我が子に対する父親の声みたいに聞こえて、蓮樹は戸惑った。

どうやらマルは、彼のしもべというわけではないようだ。

蓮樹の前でふるふると首を横に振り、「ボクはみんなと眠るのです」とマルは答えた。

（――みんな？）

さきほどの妖精たちのことだろうか。蓮樹が考えていると、なぜかウィルバートはかすかに眉を顰めた。そうか、と言って、抱えていたマルを掌の上に乗せる。

マルは重そうな体でよろよろと飛び上がる。「妖精王、お母さま。お休みなさいませ」と言って、蓮樹の頬にちょんと顔をくっつけてから、少し寂しそうに部屋を出ていってしまった。

「あ、マ、マル、ちょっと待って」

こんな広大な城の中を小さなウサギがうろうろして、途中で迷子になりはしないかと不安になる。

とっさにマルを追いかけようとした蓮樹の背中に「レンジュ」と声がかけられた。

「心配しなくてもマルは大丈夫だ。この城の中でもし迷子になったり、なにか問題が起きたなら、すぐに私に伝わる」

ウィルバートに手を掴まれ、そっと抱き寄せられる。

「お前は私が案内しよう」という囁きとともに手を引かれて、くるりと躰を反転させられる。広い胸に抱き締められて、どきっとした、次の瞬間。周囲の景色が唐突に変化した。

一瞬でがらりと変わった室内に、蓮樹は息を呑む。彼が不思議な力を使えるとわかっていても、早々に慣れるものではなかった。

「――ここは私の寝室だ。城の最上階に当たる場所にある」

かすかな緑の匂いが鼻腔をくすぐる。

ウィルバートの寝室は、尖塔の内側のような高い高い天井の下にある部屋だった。

数本ある柱はどういう造りなのか生木らしく、葉を茂らせた枝が随所に伸びている。

蓮樹の身長より高く、瀟洒（しょうしゃ）な格子のついた窓の反対側の壁際には、天蓋（てんがい）つきの大きな寝台が据えられている。窓の近くには分厚い書物の詰まった本棚と、なにか生き物の骨らしきものや、鈍く輝く石の詰まった瓶などが置かれた飾り棚が目を引く。

座り心地の良さそうなソファも置かれ、その足元にはふかふかの絨毯（じゅうたん）が敷かれていて、暖房器具は見当たらないのに暖かい。

空気が澄んでいるような感じがする不思議な部屋だった。

「続きの間に温かい湯と寝間着を用意させてある。手伝いが必要なら——」

「ま、待ってください！」

なんとか彼の言葉を遮ると、蓮樹は目の前にいるウィルバートを見上げて口を開いた。

「この妖精国に連れてこられて、僕にはまだ、わからないことだらけです。夕食やお風呂の気遣いをしてくれるのはとてもありがたいですけど……その前に、訊きたいことに答えてもらえませんか……？」

必死に訴えると、彼はじっと蓮樹を見つめて「わかった」と頷いた。

「君の身になれば、あれこれと疑問があって当然だ。答えられる質問には答えよう」

そう言って手を引かれて、なぜか連れていかれたのは大きな寝台だった。

おそらく、他に座れるところはひとり掛けのソファしかないからだろう。腰かけた彼に座るように促されて、おずおずと蓮樹は隣に腰を下ろす。

当然のように蓮樹の手に触れる彼に、ぎょっとした。

「あ、あの」

「嫌ではないのなら、どうかこうすることを許してほしい。君がこうしてそばにいることが夢のようで、まだ実感が湧かない。触れていたいんだ」

真剣な顔で頼まれては断り辛い。

大きくて優美な彼の手に、男にしては小さめな蓮樹の手が握り込まれる。彼がくれた軟膏を少しずつ塗っているおかげで、いまは手荒れ知らずだ。

花を買い占めていってくれる金持ちな客だったときも、妖精国の王だという驚きの正体を明かされたあとも。どちらのときも、彼と自分とでは完全に釣り合いが取れない。更にいまの彼は、比喩ではなく、別世界の住人だ。たくさんの疑問の中でももっとも腑に落ちなかったことが、思わず口から零れ出た。

「……なんで、そんなに僕を……？」

「なぜ？　想いを寄せる者のそばにいられて、気持ちが高揚するのは当然のことだろう」

逆に不思議そうに言って、ウィルバートは持ち上げた蓮樹の手の甲にそっと口付けを落とす。

ふいに、この国に連れてこられる直前、店で濃厚なキスをされたときの記憶が蘇る。かあっと一気に顔が熱くなり、眩暈がしそうだった。

（いまは、訊くべきことを訊かなくちゃ……！）

必死で平静を保ち、蓮樹は溜め込んだ疑問を彼にぶつけた。

まず最初は、マルのことだ。

どうして妖精国に来た途端にあの子の姿が見え、更に会話までできるようになったのか。

その質問に、ウィルバートはあっさりと答えてくれた。

「妖精国の者がそのまま人間の住む世界に行くと、支障をきたす。力が強過ぎて、周囲に強い影響を及ぼし、躰が活性化する者や、逆に不調をきたす者が出たりするんだ。だから、妖精国を出るときには必ず、影響がない程度にまで力を抑える決まりになっている」

これまでマルの真の姿や言葉を君が判別できなかったのはそのためだろう、と言われて、驚いたが、やっと納得した。

「マルは僕が幼少の頃からそばにいました。マルは何歳で、あなたとはいつから知り合いだったんですか？」

次の質問に「あの子のことは……産まれたときから知っている」と彼は静かに言った。

「ふたつの世界は時間の流れる速さが違う。こちらの世界ではまだ子供だが、君の世界の計算でいけば、マルは君より年上になるだろう」

ウィルバートの言葉に蓮樹は混乱した。

そうすると、物心ついた頃にはすでに蓮樹のそばにいたマルは、元いた世界では最低でも二十一歳以上ということだ。しかも蓮樹が生まれる前から、ウィルバートはマルを知っているということになってしまう。

「で、でも、マルは妖精国で生まれたんですよね？　そもそもなぜ、この国で生まれたマルが違う世界の僕のそばにやってくることになったんですか？」

「……君のそばにいたのは、マル自身の強い意思だ」

と答えたあと、やや不機嫌そうに彼は黙ってしまった。どうも、マルの行動にウィルバートはあまり賛成ではなかったようだ。

マルとはどういう経緯で出会ったのかと訊ねると、彼はなにか言いたげな目でじっと見つめてくる。なぜかウィルバートの目が悲しそうに見えて、無理に聞き出せなくなった。

あの小さなウサギとウィルバートとの出会いが、まさか不幸な出来事に繋がっているとも思い難いのだけれど。

とりあえず、いまはべつの質問にしようと、蓮樹は疑問の山を探った。

「あなたは、うちの店に、月に二度ほど花を買いに来てくれていましたよね。あのときは、この国から、たまたま僕のいた世界に行っていたっていうことなんですか？」

「違う」とウィルバートは答えた。

「そちらの世界に行ったのは君の店に行くためだ。私には国を守る義務がある。あまり長くこの国を留守にはできないんだ。どれだけ守りを固めていても、隙を掻い潜って他国から無法者が侵入することがあるからな」

聞くところによると、こちらの世界には、妖精国の他に、巨人の国や獣人の国、魔人の国など、様々な国があるそうだ。

それでは、蓮樹の店を訪れるためだけに、わざわざ守るべき国を留守にしてまで、彼は蓮樹がいた世界に来ていた、ということか。

彼の答えに納得がいかないものを感じ、勢いこんで訊ねた。

「で、でも、この国にも花は咲くのでしょう？　長く留守にできないのだとしたら、国内で手に入れればいいだけでは？　それに、僕の国には他にも多くの花屋があります。その中から、なんのために、わざわざ小さなうちの店を選んで……？」

溢れてくる疑問を続けざまにぶつける。

少しの間のあと「……マルが世話になっている君の店については、以前から調べさせていた」と彼は言った。

「調査させた者から、同居していたお祖母様が亡くなられたあと、店の経営が傾きかけているようだという話は耳に入っていた。だが、店主の君はなんとかして店を続けたがっているようだと知り……助けになりたいと思って訪れたんだ」

まさか、彼に店の経営状況を調査されていたとは想像もしていなかった。

とはいえ、篠田生花店は、どういった所以（ゆえん）かはわからないが、彼が可愛がっている様子のマルが住みついていた店なのだ。そう思うと、あの子の滞在先が安全か、状態を気にかけるのも不思議ではないのかもしれない。

しかも、店についての調査結果を知った彼は、なんの見返りも求めず、ただ店と蓮樹を助けるために動いてくれた。過剰なほどの善意には戸惑うけれど、身辺を調べられていたことに文句を言う気にはとてもなれなかった。

「……あの頃は、どんなに無理でも、まだ祖母の店を潰したくなくて必死だったので……あなたがうちの花を買い占めてくれたおかげで、正直、本当に助かっていました」

ありがとうございました、と改めて蓮樹は心からの礼を伝える。

「君があの店を愛していることは、丁寧に愛情を込めて扱われ、美しく咲いた花や草木からも伝わってきた。だから、金ならいくらでも用立てるつもりでいたし、必要があればどんな手助けでもしてやりたいと思っていた」

ふいに、握ってくる手に力が籠められるのを感じた。

「だが、君は様々なことに疲れ果てて、休息を求めていた……大切な肉親を失い、たったひとりで店を守り続けるのには、限界だったんだろう」

ウィルバートは視線を上げた。

「こうしてやっと我が城に連れてこられて安心した。ここでなら、私がなにもかもから守ってやれる。好きなことをして、疲れを癒しながらのんびり暮らせばいい」

こちらに向けてくる彼の眼差しに熱が灯ったことに気づいて、蓮樹は狼狽えた。

「僕があなたのそばにいても、なにも助けになれることはないと思います」

「そんなことはない」

きっぱりと彼は反論する。

「好いた者がそばにいてくれれば、それだけで、何者にも代え難いほどの幸福を得られる」

背中に回ってきた腕が、蓮樹を自分のほうへと引き寄せる。ふたりしかいない密室で、琥珀色の目がまっすぐに蓮樹を射貫く。

「……私は、君にこの城で暮らしてほしい。ひとりきりであの世界に置いておきたくない。危ないことさえしなければ、なんでも自由にしてくれて構わない。ただ、私のそばにいてくれるだけでいいんだ」

熱っぽい目で見つめられて、どうしていいのかわからなくなった。

唯一わかるのは、ウィルバートが自分を心から心配し、そして熱烈に求めてくれている――という信じ難い状況だけだ。

誰かからこんな目で見られること自体初めてなのに、その相手ときたら、呼吸をしているのを疑問に思うほどの美貌の持ち主だ。しかも、有り余るであろう財力を持ち、広大な城に住んでいる。更に、不思議な力を持ったこの国の王だというのだ。

蓮樹は、子供の頃から望んで家と店の仕事を手伝い、祖母を亡くしたあとは、店を生活のほとんどすべてとして生きてきた。友人もごくわずかで、恋人を作った経験は一度もない。

淡い憧れというレベルですら、誰かに恋愛的な意味で好意を抱いたのは、客として現れた光崎――ウィルバートが初めてだったのだ。

二十一歳の男としては、経験値が浅いどころの話ではない。

そんな自分は、あまりにも彼に不釣り合いな気しかしなかった。

「……どうして、そんなに僕なんかを……」

半ば呆然として、ふたたび漏らす。謙遜しているわけではなく、心の底からの本音だった。

「どうして、と言われても、そもそも好意を抱くことに理由などないだろう。私は、君がいい。ただそれだけだ」

きっぱりと答えた彼が、焦れたみたいに顔を近づけてくる。

とっさに逃げようと身を捩った肩を掴まれる。あっと思ったときには視界が回り、背中に腕を回されて、丁寧に寝台の上に押し倒されていた。

握った手をシーツの上に張りつけられ、彼に伸しかかられる体勢になる。

狼狽える蓮樹を見下ろすウィルバートは、どこか怪訝そうな顔だ。

「……私は君を無理やり連れてきたわけではない。ともに来ることには君も応じてくれていたはずだが」

「そ、それは、助けてほしいと言われたからです！　あなたを助けるためだと思ったから同意したのに、本当は、こんなことをするためだったら、僕は……」

「――来ることに同意しなかった、と言いたいのか」

低い声が発された途端、室内の空気がすっと冷えたような気がした。

そうだとも、そんなことはないとも言えず、蓮樹は言葉を失った。

「君は、店を訪れる私に好意を抱いていた」

ウィルバートの言葉に、頬がカッと熱くなった。

「その感情は、回数を重ねるごとに強く伝わってくるようになっていた。だからきっと真剣に頼めば私についてきてくれるだろうという確信があった」

表に出さないように気をつけていたつもりだったのに、まさか、彼への淡い恋心に気づかれていたなんて。

「あ、あのとき、あなたはなにか、特別な術を使ったんじゃ……？」

ずっと疑問に思っていたことだった。確かに彼を助けたいとは思っていたけれど、普通に考えれば、行き先も伝えずにいますぐついてきてほしいという彼の頼みは、あまりにむちゃくちゃなものだ。それに応じた自分が理解できない。不思議な魔法が使える彼なら、もしやという気がしたのだ。

しかし、蓮樹の問いかけにウィルバートは目を眇めた。

「――術？　そんなものは使っていない。君がここに来たのは、君自身の決断だ」

額を擦り合わせるほどの距離まで顔を近づけられ、身を竦める。

「君は、店を畳んだあと、やりたいことも見つからずたったひとりで暮らす道と、私についてくる道とを天秤にかけて、私の誘いのほうを選んだ。私に、君のこれからをすべて、委ねてくれたということだろう」

強い視線で射貫かれて、蓮樹の顔は燃えるようにいっそう熱くなった。

赤字が続き、これ以上は無理だと店を閉めると決めたあのときから、心のどこかにぽっかりと穴が開いたみたいになった。唯一の家族である祖母が亡くなり、店を続けることだけが蓮樹の生き甲斐だった。それをなくせば、もう自分にはなにも残っていない。

そんなとき、ほのかな恋心を抱いた男に強く誘われて、熱に浮かされたように頷いてしまった。

——あれは、術などではなかった。

確かに、彼についていくと決めたのは、自分自身の意思だ。

改めてそれをはっきりと突きつけられる。

魔法で無理やり連れてこられたほうが、まだましだった。ここにいるのは蓮樹自身が望んだことだと理解させられ、穴があったら入りたいくらいの羞恥に見舞われた。

「恥ずかしがらないでいい。向けてくれた君の想いに応えたい。私のそばにいてくれれば、決して辛い思いはさせない。君の望むなにもかもを与えると誓おう」

うっとりするほど甘い声音の囁きを耳に吹き込まれる。助けてほしい、一緒に来てほしいと懇願された、あのときと同じだ。術は使っていないのかもしれない。けれど、こんな美声で、初めて恋心を抱いた相手から乞われて、拒めるわけがない。

「だから君も私に与えてくれ——君自身を」

両手を握られたまま、恭しく口付けられる。そっと味わうように唇を啄まれて、その愛しげな仕草に、じんわりと躰が熱くなった。

（二度目のキスだ……）

頭の中で思っていると、しっとりとしたキスがじょじょに激しいものへと変わっていく。

口付けをいったん解いた彼の唇が、蓮樹の額に触れる。目元や鼻先にキスを落とされ、そのあと、喘ぐように息を吸っていた唇に戻ってきて、また塞がれる。

「つ、ん……っ、ふ……ぅ」

いつしか握っていた手は解かれていた。その代わりに顎を取られて、有無を言わせずに口を開かされる。開けさせた唇の間から潜り込んできた舌は我が物顔で、蓮樹の喉のほうまで口の中を丹念に舐め回す。

「う……ぅっ」

彼の長躯に伸しかかられ、息も絶え絶えになるまで咥内を舐られる。情熱的な口付けを施されながら服の上から躰に触れられて、ぎくりとする。

「ま、待って」

唇が一瞬離れた隙に、蓮樹は必死で目の前の広い肩を押し退けようとした。

「確かに、ついてくることには、同意しました。でも、こんな……僕はまだ、あなたのことをなにも知らないのに……っ」

切羽詰まった気持ちで訴える。ともに行くと言ったとしても、それは性行為の同意とは違うはずだ。蓮樹の切実な意思表示に、ウィルバートが動きを止めた。

「ああ、そうか。そうだったな……」とどこか寂しそうに言う。

「だが……私のほうは君のことをよく知っている。もしかしたら、君自身よりも深く」

（え……？）

驚くような言葉だった。彼が最初に店を訪れたのは、約半年前のことだ。店のことを調査させたと言っていたが、初来店の日以前に蓮樹が彼と会った記憶はない。

いったい、どういう意味なのか。

訊こうとしたとき、ウィルバートがぽつりと言った。

「……私のことは、愛せそうにないか？」

「それは……まだ、わかりません」

愛という抽象的な言葉を出されて戸惑う。

見たこともないほど美しい彼に会い、初めての恋心を抱いた。けれど、会った回数はまだ両手の指にも満たない相手だ。金持ちで親切で強引で、その正体は不思議な力が使える妖精国の王だということと、蓮樹に強い執着を抱いているということしかまだわからない。愛せるかどうかを訊ねられても、いまは答えられないというのが本音だ。

曖昧な答えに焦れたような顔で、彼は蓮樹の左手を取る。大切そうに握ってから言った。

「私は、君以外の誰も妃にするつもりはない」

真剣な眼差しで決然と告白され、蓮樹は言葉が出なくなった。

「もし君も私を愛してくれるなら、我が正妃として迎えたい」

「え……ちょ、ちょっと、待ってください……！」

なぜそんな話になるのだ。ウィルバートのあまりにもいきなりの求婚に愕然とするしかなかった。

彼の思考は飛躍し過ぎている。蓮樹が望んだのは、とりあえず、まずは健全な交際から始めて、想いを確かめ合い、少しずつ愛情を深めていくといったごくごく一般的な流れだ。異国――いや異世界に攫うみたいに連れてこられて、寝台の上で伸しかかられた状態でプロポーズをされても困る。

僕は男です、と言っても「我が国では妃の種族や性別は問わない。誰であっても、私が選んだ相手が妃となる」と当然のような答えが返ってくる。妖精国というのは、なんとも自由な国らしい。

「なにもしなくていい。ただ、そばにさえいてくれれば、私にできるすべてを君に与える。頼むからどうか私を愛してほしい。そして、この国でずっと一緒に暮らすと言ってくれ」

無茶で強引なのに、切ないほど真摯な求愛に、蓮樹はどうしていいかわからなくなった。

どうやら彼は完全に本気で言っているようだ。捉えた蓮樹の左手の薬指に幾度も口付けてくる。もしプロポーズに応じたら、すぐさまそこに指輪を嵌められてしまいそうな性急さを感じた。

しかし、素直に喜んで求婚に応じるには、あまりにも現実味がなさ過ぎる。

（もしかして、やっぱり夢でも見ているんじゃないかな……）

実は、現れなくなった光崎の訪れを待ち遠しく思いながら、店の中で転んで頭を打ち、意識を失って幸福な夢の中にいるところなのではないかと、蓮樹はいまの状況を疑いたくなった。

密かに想いを抱いていた相手が、自分のことを熱烈に愛してくれて、結ばれる――。

そんな夢は、どのくらいの確率で現実となるものだろうか。

「愛しているんだ、レンジュ。君がそばにいないのなら、私にはもう生きている意味がない」

混乱の最中にいる蓮樹に、苦しげに囁いた彼がゆっくりと唇を重ねてくる。

（……愛してる……）

愛の言葉を伝えられたのは、生まれて初めてのことだ。驚きと動揺で、蓮樹の心臓は痛いくらいに早鐘を打ち始める。

熱を込めて懇願されながら上唇と下唇とを交互に吸われて、頭がぼうっとなった。

「ん、ぅ」

舌を搦め捕られてきつく吸われ、同時に彼の唾液も飲まされる。かすかに花のような香りを感じ、ふたたび思考が蕩けていく。

術は使っていないと言うけれど、そんなわけはない。

ウィルバートにキスをされるたび、蓮樹から抵抗する気が奪われていく。

なにも考えられなくなっていくこの感覚が、もし彼の口付けに溺れているだけなのだとしたら、いったいどれだけウィルバートは巧みなのか。

唇を離した彼を、潤んだ目で見上げる。

蕩けた様子を見て、ウィルバートはかたちのいい唇の端を上げ、嬉しげに微笑んだ。

「これまでの世界でのことなど、思い出す気も起きなくなるくらいに愛してやる」

陶然として蓮樹はその言葉を聞いた。

彼がゆっくりと身を起こす。首筋を撫でた指が、蓮樹の両方の鎖骨の中央から下腹部へと、躰の真ん中を辿って下りていく。なにをしているのだろうと思いながら、くすぐったさに肩を竦めた。

（え……っ？）

見えた光景に蓮樹は仰天した。なんということか、ウィルバートの指が触れたところから、自分が着ている服がどんどん裂けていくではないか。

とっさに掻き合わせようとしたが、破れた服はじわじわと溶けていく。掴んだ布は、蓮樹の手の中からみるみるうちに消滅してしまった。

「な、なんで……っ？」

あとに残ったのは、隠すものがなにもない全裸の自分だけだ。

一瞬で裸にされるなんて、驚き過ぎてまともな言葉すら出てこない。今度はどう考えても彼が特別な魔法を使ったのだとわかる。だが、許可もなくこんな破廉恥な技を使うなんて、あまりにも酷くはないか。

驚愕している蓮樹の裸体を、ウィルバートは遠慮もなしにまじまじと見つめてくる。激しい羞恥に襲われて蓮樹は身を丸める。なんとか肌を隠そうとしたが、肩をそっと掴まれてシーツに押しつけられ、あっさりと仰向けの体勢に戻されてしまった。

「なんと瑞々しく、美しい肌だ……店を訪れるたび、こうして君から服を奪い、その下の裸を見てみたいと思っていた」

蓮樹の腿のあたりに跨り、真上から感嘆するように躰を眺めて言う。彼の手は、怯えて竦んだ蓮樹の首筋から胸元まで、愛おしげに撫で下ろしていく。

「ああ、触り心地も素晴らしいな」

まるで、大切な宝物に触れるような手つきだった。

ゆっくりとウィルバートが身を伏せ、撫でる手のあとを追うように、唇が蓮樹の躰を辿る。

熱い唇で肌に触れられる感触は、くすぐったいのに心地いい。

大きな彼の手が胸に下りたとき、ふいにびくっと蓮樹は身を竦ませた。

「や……っ、そこ」

ウィルバートの指が蓮樹のごく小さな乳首に触れたのだ。

指先でじっくりと捏ね、戯れのように摘む。意外なほど敏感なそこを弄られると、どうしても躰がひくつく。蓮樹の反応に気づいたらしく、一瞬こちらに視線を向けた彼が口の端を上げた。

「愛らしい果実だ。私にもっと触れてほしいとおねだりをしてくる」

「し、してな……あっ！」

反論しようとした言葉は、指で弄られていないほうの乳首に熱い唇が押し当てられたことで遮られた。

チュッと音を立てて啄まれる。そうかと思えば今度は舌先でつつかれ、ねろりと熱い舌で責められる。

性的なことがなにもかも未経験な蓮樹は、こんなふうに誰かに胸を触られるのは当然初めてだ。ましてやその相手はほのかな想いを抱いていた相手なのだ。激しい興奮を感じずにいられるわけがない。

「あぅ……、んっ、や……っ」

すっかり尖った小さな乳首を彼は強く吸い、甘く歯を立てる。片方をそうされながら、もう一方を優しくねっとりと舐め回されて、べつべつの刺激に混乱する。弄られるたび、じんわりとした鈍い快感が腰のほうまで伝わり始めるのがわかった。

恥ずかしくてやめてほしいと思っていても、なぜか抵抗できない。躰の上に乗られているけれど、縛られてもいなければ、術も使われていない。それなのに、恥ずかしいほど甘い声を漏

らしながら、どうしようもなくただ身悶えるばかりだ。

どちらの乳首も散々に舐られて、ウィルバートが顔を上げる頃にはじんじんして鈍い痛みすら感じた。蓮樹は息も絶え絶えの状態になっていた。

「……可愛い声だ。もっと、もっと聞かせてくれ」

やや上擦った囁きが耳に吹き込まれる。

視線を向けると、整い過ぎた美貌が間近にあった。見つめてくる琥珀色の目には、明らかな興奮が見て取れる。

「い、いやです」と言って、蓮樹はぎくしゃくと首を横に振った。

苦笑した彼が蓮樹の頤を捉え、顔中に熱の籠もったキスを落とす。

それから、ウィルバートは愉快そうに蓮樹の目をじっと覗き込んだ。

「私を好いてくれていたのだろう？　それならば、この腕に抱かれることを少しは思い描いたときがあったのでは？」

「それは……っ、その……」

確かに、まったく想像したことがないわけではない。答え難い問いに頬が熱くなるのを感じた。

特に、彼が手の甲に情熱的なキスをして去っていった夜のあとは、たびたび彼のことを思い出してはどぎまぎしていた。

――次に来たときはなにをされるのだろう。

また触れられたら、今度はどうしたらいいのか、と――。

これまでの人生で、蓮樹は誰かを恋愛的な意味で好きになったことが一度もなかった。

もし、これが恋というものならば、蓮樹の初恋相手は、間違いなく客の「光崎」だ。

だが、光崎――ウィルバートは男だ。多くの人間は、異性を愛するのが一般的な中で、なぜ、初めての恋で、同性を好きになってしまったのかがわからない。

自分の中に生まれた衝動に戸惑いはあるけれど、ウィルバートの類稀な美貌や堂々たる佇まい、強いオーラには、抗い難いほどの輝きがある。きっと、出会った誰もが彼に惹きつけられるだろう。

蓮樹も、男や女は関係なく、ただ、彼だから惹かれたのかもしれない――。

『いつもあなたとのことを想像していました』と言わんばかりの蓮樹の反応で、おそらく内に秘めた気持ちがすっかり伝わってしまったらしい。顔を赤くして狼狽えている蓮樹を見て、ウィルバートは美貌を輝かせた。

「私のほうも、店を訪れるたび、少しでも君に触れたい気持ちをなんとか抑え込んでいた。怯えさせたくなくて、抱き締めたい、口付けをしたい、せめて手だけでも触れたいという衝動を必死に我慢していたんだ。だから、君も私を求めていてくれたのだとしたら、私たちはあの頃から両想いだったということになる。こんな嬉しい話はない」

嬉しげに言って、彼はまた唇を重ねてくる。

蓮樹が胸に秘めていたささやかな想いを、ウィルバートは殊の外喜んでいるようだ。

ウィルバートの態度や行動、そして表情から、だんだんと彼が本気で自分に熱烈な好意を向けてくれているのだという実感が、やっと蓮樹の中に湧いてきた。

正直、まだ戸惑いは消えないし、ずっとここに住むなどとはすぐには決められない。

けれど、真剣な告白に心を打たれないはずはなかった。

想いを込めて熱心に唇を吸われながら、そっと下腹部に触れられる感覚がした。

彼の手は、確かめるように蓮樹の腰や脚の付け根を撫でたあと、やんわりと小振りな性器に触れた。

「ん、んン……っ！」

びっくりして身を硬くしたが、キスをされているせいか強く抵抗できない。

舌を舐られながら、ウィルバートの大きな手に幹をそっと握られて、蓮樹は息を呑む。

触れられて初めて、自分のそこが半ば勃っていたことに気づく。

情熱的なキスと胸元への愛撫だけでも、経験のない蓮樹にはじゅうぶん過ぎる刺激だ。

ウィルバートにもその変化がわかったらしく、口付けたまま彼が微笑する気配を感じた。

幹全体を扱き、先端の膨らみを摘んで捏ねられる。

すでにぬるぬるしている感触で、ちょっと触れられただけでもう先端から先走りの蜜が垂れていると気付く。

恥ずかしいけれど、自然な反応は、自分の意思で止められるものではない。

口付けをしてくるウィルバートの躰は蓮樹の上にある。頭の脇に片方の肘を、腿の脇に膝を突くかたちで、有無を言わせずに伸しかかって触れてくる。

全裸の自分に対し、彼は襟元すら乱していないことが更に深い羞恥を煽った。

彼の長い髪が肩先に、そして服の裾が蓮樹の膝下にそっとかかる。

ウィルバートは、蓮樹の舌と自分の舌をぬちゅぬちゅときつく擦り合わせ、同時に昂りを握った手も器用に蠢(うごめ)かす。

「うぅ、ん……んっ」

唇を塞がれたまま、幹と睾丸(こうがん)を纏めて握った手にややきつめに押し揉まれ、鼻から甘い息が漏れた。

咥内と性器の二か所を刺激しながら、更に空いた手までもが躰を撫で回し、乳首を摘んでくる。

感じるようになった場所を丹念に触れられ、蓮樹のモノはたわいなく完勃ちした。

性的なことに慣れていない蓮樹は、どんどん熱くなっていく自分の躰に混乱するしかなかった。

初めての淫らな刺激を続けざまに与えられ、もう限界が近い。

キスを解かれると同時に「手を、離して」と焦って頼む。

ウィルバートは「なぜだ？　気持ちがいいのだろう」と熱の溜まった蓮樹の躰を弄り続ける。

「あっ、だ、だって、もう」

出てしまう、と言いたかったけれど、羞恥のあまり口にすることができなかった。

寝台の上で身を捩り、なんとか逃げようとしたが、無駄だった。

横向きになった躰に覆い被さってきた彼が、隠そうとした蓮樹の性器をぎゅっと握り込む。

先走りでびしょびしょの鈴口を指先で撫でられ、息を呑んだ。

「逃げるな。ほら、早く出せ」と囁き、ウィルバートは蓮樹の耳朶を甘噛みして射精を急かす。

「……あ、あぁっ」

やや強めに根元から扱かれては、一溜まりもなかった。あっさりと蓮樹は蜜を解き放つ。びくびくと身を震わせていると、恥ずかしいくらいにたくさん出た白濁の、その最後の一滴までを搾り取るように、ウィルバートの手で丁寧に扱かれてしまう。

「は、あ……、はぁ……っ」

初めての他者の手でされる刺激は、忘れ難いほど強烈なものだった。完全に脱力して胸を喘がせる。これまでの人生で一番の快感に、蓮樹は呆然としていた。

「私の手で極めてくれたな……ああ、可愛い雫がたっぷりと出た」

感嘆する声音で言い、ウィルバートは躰を下へとずらして身を起こす。視線を向けると、蓮樹の片方の足を持ち上げた彼の、艶やかな笑みに目を奪われた。

優美な手つきでごく薄い性毛を撫でられる。

「初々しい躰だ」と微笑まれて、成人していながら雄として未熟さを残す自分の躰が恥ずかしくなった。

羞恥で目を逸らしていると、膝の上あたりになにか手ではないものが触れる。おずおずと視線を向けたときだ。更にしゅるりと絡みついてきたものに、目を瞠った。

「え……わっ、な、なに、これ……っ!?」

「驚かないでくれ。なにも拘束しようというわけではない。自分で脚を広げているのは辛いだろうから、少々手伝うだけだ」

膝の上あたりに巻きついた植物の蔓みたいなものが、蓮樹の両膝をそれぞれ左右にゆっくりと広げていく。どうやらその蔓は寝台の下のほうから伸びてきているようだ。

開脚させられて固定されては抵抗できない。これでは達したばかりで濡れた性器も睾丸も、その後ろの孔までも、なにもかもが丸見えだ。

違うと言われても、これは拘束としか言いようがない。

こんなのは嫌だ、外してほしいと蓮樹が頼むよりも前に、ウィルバートが動いた。蓮樹の脚の間に屈み、その狭間に美しい顔を近づけていく。

彼の手がくったりとした茎をそっと摘んだかと思うと、上に向けて裏筋を押さえる。

「ひゃ……っ!?」

あろうことか、あらわになった睾丸にキスをされた。敏感な場所への口付けに、びくっと肩が揺れる。

彼は驚いている蓮樹の睾丸の根元を指で摘み、ねっとりと舌で愛し始めた。

「あぁ……っ、やっ、ん……っ」

ウィルバートの長い髪がさらりと垂れて、蓮樹の下腹部を優しくくすぐる。

「君のここはとても愛らしい色だ。かたちも初々しい」

掠れた声で囁き、彼は蓮樹の睾丸を熱い舌で余すところなく舐め回す。

あまりの快感に、抵抗するのも忘れてひたすら喘ぐしかなかった。

小振りなそこを片方ずつそっと口に含まれ、咥内で扱かれたりしゃぶられるのは、腰が抜けそうなほどの衝撃だ。続けざまの刺激に否応なしに幹が反応し、引き上がって双珠が硬くなると、戯れに甘噛みされてまた腰が跳ねる。

蓮樹はもうウィルバートの思うまま、好きなようにされて声を上げるだけだった。

えも言われぬ刺激に躰の力が抜け、ただひくひくと身を震わせる。

彼の指が、濡れてふたたび勃ち上がった蓮樹のモノの先端の孔をぬるぬると撫で回す。

またイってしまいそうになると、なにかが性器の根元に巻きつくのを感じた。

ぎくしゃくとした動きで頭を起こす。

「え……？」

涙で潤んだ視界に映ったものに、蓮樹は仰天した。膝上に巻きついて脚を開かせているのと同じ蔓が、上を向いた自分の性器と睾丸の根元にぐるぐると絡みついている。とっさに手をかけたが、かなりしっかりと巻きついていて外せない。それどころか、ぎゅうと余計に締めつけられ、悲鳴を上げた。

「こ、これ、外して……っ」

「あとでちゃんと外してやる。もう少し我慢できるだろう？　もう一度蜜を出す前に、ここもよく可愛がってやらなくてはな」

そう言いながら、ウィルバートの指が蓮樹の尻を撫でる。狭間にある窄まった後孔に触れられて「とても狭そうだ」と言った彼の言葉で、やっとその意図に気づく。

寝台横のテーブルの上には花瓶があり、上を向いた白百合に似たかたちの花が数本生けられていた。手を伸ばしてその花を一本取ると、彼は花の中に指を差し入れる。抜いた指は蜂蜜のように光る液体で濡れているのが見えた。

その指の先をぺろりと舐め「心配はいらない。躰には害のない花蜜だ」と説明する。それから、花蜜を纏った指を閉じることのできない蓮樹の後ろの蕾に塗り込み始めた。

くすぐったいし、恥ずかしい。そこに触られるのは、乳首や性器に触れられるのとはわけが違う気がして抵抗があった。

客だった彼の訪れを待つ間、正直に言えば抱き合うことを想像したこともあった。だが、童貞の蓮樹の想像はふわふわとした夢のようで、こんなに生々しいものではなかったのだ。

花蜜にはなんの効果があるのか、滴るほど塗られた後孔がじんわりと熱くなる。ゆっくりと指を押し込まれると、その熱さが奥へと伝播していくようだ。

太く長い指を半ばまで呑み込ませたまま、ウィルバートは親指で蓮樹の会陰を揉むようにする。

「あっ、んん……っ」

そうされると、力を抜くべきなのに勝手に躰が彼の指を食い締めてしまう。

「きつくて、熱いな……君が私を心から受け入れてくれて、繋がれる日が待ち遠しくてたまらない」

苦笑して囁き、彼が指を動かす。

ぬちゅっくちゅっといういやらしい音とともに、じっくりと指のかたちに中を開かされる。

気づけば指は二本に増えている。苦しいのに、根元を縛められたままの性器が熱い。鈴口から、少しの雫が垂れている。きつく閉じていた後ろを広げられて慣らされている間に、我慢させられ過ぎた性器がだんだんと辛くなってきた。

「も、無理……、お、お願いだから、イかせて……」

潤んだ目を向け、蓮樹はなりふり構わず彼に頼んだ。

すると、余裕があったはずのウィルバートが笑みを消して固まった。

「ああ、わかった」と言って、蔓を取ってくれるのかと思いきや、なぜか後ろを責める指が三本に増やされて、蓮樹は身を強張らせる。

「なんで……っ？」

「君の望みは叶える。イかせてやるから、その前に躰の力を抜いて、私の指をよく味わうんだ」

意味のわからないことを命じられて、泣きたくなった。

「はっ、はあ……んっ」

中を慣らし、広げる動きをしていた指が、いつしか抽挿に変わる。次第に素早い抜き差しをされて、中がじんじんと熱さを増す。

ふいに挿入されている彼の指が向きを変えた。

掌を上に向けるかたちで、蓮樹の中の腹側にある一点を執拗に刺激し始めた。

「んん……っ、ん、う……っ」

そこを押されると、縛られて達せない性器が、なぜか疼く。

背筋が痺れたみたいになり、何度も擦られているうちに強烈な射精感が溜まっていくのだ。

どうなっているのか、自分の躰が理解できない。

指で蓮樹を犯しながら、動揺しているさまを、射るような目をしたウィルバートの美貌が見つめている。粘膜を彼の指のかたちに広げられる濡れた音と、欲情を隠さない眼差しに更に熱を煽られる。

ふいに抗えない波のようなものが襲ってきて、自然と痙攣（けいれん）するみたいに蓮樹は足を震わせた。

「あぁ……っ！」

頭の中が真っ白になる。びくびく、と何度も全身を揺らす。彼に尻の奥を開かれ、前を縛められたまま、蓮樹は達した。

やっと指を抜いてくれたウィルバートが、放心している蓮樹の耳朶を舐め回す。

「君が求婚に応じてくれたら、すぐ婚約をして、各国の王に伝令を飛ばす。準備ができ次第結婚式をとり行い、君を私のものにする」

そのときになって蓮樹の膝を開かせ、性器を締めつけていた蔓をようやく解いてもらえた。

「あ……、あぁ……ん」

蔓が姿を消すと同時に、とろとろと勢いのない蜜が薄い下腹の上に垂れていく。

普通ではない達し方だとわかっていたが、信じ難いくらいの快楽だった。指だけでこれでは、もし本当に彼と躰を重ねることになったら、いったい自分はどうなってしまうのかと不安になるほどだ。

だが、ウィルバートは蓮樹が求婚を受け入れ次第、式を挙げて我が物にするつもりなのだ。

「ここは、式の夜から私たちが繋がる場所だ。君は未経験でとても狭い。よくよく準備をして、毎夜、大切に愛そう」

花蜜に濡れた後ろをそっとなぞりながらそう言われて、蓮樹は与えられる刺激に翻弄（ほんろう）されるしかなかった。

＊

翌日はさすがに疲労困憊で、蓮樹はぐったりしていた。

日中、王であるウィルバートは外せない責務があるらしい。自分が疲れさせた自覚がいちおうはあるのか、彼は熱がないかを蓮樹の額や首筋に触れて確認する。

「そばについていられなくてすまないが、ゆっくり休んでいてくれ」と気遣われて、蓮樹は項垂れた。本当なら、今日はマルが城の中を案内してくれることになっていた。知りたいことも山ほどあるのに、今日は寝台から起き上がれそうにない。

扉をノックする複数の小さな音が聞こえて、蓮樹は慌てて裸のままで毛布に包まろうとした。

ウィルバートが、蓮樹にガウンを着せかけてくれてから、扉のほうに視線を向ける。

「しもべの妖精たちが飲み物を持ってきたようだ」通していいかと訊ねられ、ガウンの前を急いで結ぶ。日中困ったことがあればマルに言うといい、と言い置き、名残惜しそうに蓮樹の手の甲にキスをしてから彼は部屋を出ていく。

入れ替わりのように、心配そうな顔をした妖精たちがわらわらと部屋に入ってきた。

そのうちのひとりが金色のトレーに載せた飲み物を寝台まで持ってきてくれる。足つきのグラスを満たしているのは赤みを帯びた色の液体で、見た感じでは果実のスムージーのようだ。

「ありがとう、ちょうど喉が渇いてたんだ」

飲んでというように背伸びをして差し出されたグラスを受け取り、口をつける。なんの果実なのか、甘みと酸味が絶妙で、あっという間に飲み干してしまった。

グラスを置いてしばらくすると、なぜだか不思議なくらいすっきりと疲れが取れていることに驚く。

寝台から立ち上がって、さっきまで重たかった肩や足を動かしてみても、疲労感は完全に消え去っている。目が合うと、こちらを見ていた妖精たちは、どきどきした様子で蓮樹を見つめている。

「もしかして……疲れが取れるジュースを作ってきてくれたの？」

訊ねると彼らは揃ってこっくり頷く。すごい、と蓮樹は笑った。「本当に元気が出たよ、ありがとう」と言って屈んで目を合わせ、妖精たちの頭をひとりひとり撫でた。よかった、と言うみたいに、彼らは満面に笑みを浮かべ、小さな手でぱちぱちと拍手をしている。可愛らしいことこの上ない。

疲労が消えてありがたいが、部屋を出て活動を始めるにしても、着るものがないと気づく。

（僕の服は、昨夜、ウィルバートに溶かされてしまったし……）

あとで会ったら、あの恐ろしい上にもったいない術は二度と使わないようにと頼んでおかねば。思い出して、赤面しそうな頬を押さえながら蓮樹は心の中で決める。

しかし、このまま出るわけにもいかないし……と、蓮樹はガウン姿の自分を見下ろす。すると、後ろにいた妖精ふたりが、慌てて仲間の間を割って進み出てきた。それぞれが服や靴などの着替えを差し出してきて、思わず目を丸くする。

おそらくはウィルバートの指示で用意された着替えなのだろう。驚いたが、礼を言ってありがたく受け取る。着替えは綺麗な青色をした襟の詰まった長袖の服だった。

ウィルバートが着ているものと近いかたちだが、彼の服が足元を覆い隠すほどの長さなのとは異なり、蓮樹の上着は腿の半ばまでで、裾が少し広がっている。下に黒い色のズボンを合わせ、革製のショートブーツのような靴を足首のところで紐を結んで履くようだ。

袖を通すと、肌触りのいい滑らかな布は着心地が良く、仕立ても細部まで非常に綺麗だ。

着替えを済ませたあと、妖精たちに両手を取られ、こっちこっちと案内されて蓮樹は部屋を出る。

先導する一番大きな妖精が、お腹を指差しているところを見ると、どうやら朝食をとる場所へ連れていってくれるらしい。彼らに囲まれて長い長い階段を下りていく。

連れていかれたのは三階。晩餐の間と同じ階だが、妖精たちが導くのは、また初めて入る部屋だ。

「——あっ、お母さま——っ！　おはようございますっ！」

入るなり、そわそわしながら待っていたらしいマルが目を輝かせて、ぴょーんと蓮樹の胸元に飛びついてきた。

苦笑して「おはよう、マル」と返す。嬉しそうにすりすりと頬をくっつけてくるふわふわの毛並みをよしよしと撫でてやる。会話ができない光の玉だった頃も、よくこうやっていきなり飛びついてきたものだ。姿が見えるようになり、いっそう可愛くてたまらなくなる。

朝食をとる部屋に入ると、朝だからかカーテンは開けられていて、天井近くまである窓から外がよく見えた。気になっていた周辺の景色を見ようと、とっさに蓮樹は窓に張りついてあたりを見下ろす。

敷地内の前庭はよく整えられた庭になっている。美しいかたちに刈られた植え込みや、その間に挟まれた白い通路、ところどころにある彫像、水を湛(たた)えた噴水などが目につく。

（あれ、意外と普通だ……）

綺麗だが、海外であれば元いた世界でもじゅうぶんにありそうな風景に、安堵するとともに少々拍子抜けした。

周囲の状況から、この城は、どうやら小高い丘の上に立っているようだとわかった。遠くに目を向けると、青空の下には広大な森が見え、更にその先には建物の屋根が集まった町らしき集落や、牧場のようなものも覗いている。

景色だけで言うなら、中世の田舎町を連想させる、自然溢れる田園のような場所だ。

だが、澄み渡った青空に目を向けたとき、蓮樹はその考えを一変させられた。

空を飛んでいる数羽の鳥を眺めて、思わず目を剝く。よく目を凝らしてみると、それは鳥ではなく、なんと羽の生えた小さな妖精らしき生き物たちだったのだ。

金髪で薄い衣服を纏った数人の青年たちの背中には、セミやトンボにも似た羽が生えている。

日本――いや、蓮樹のいた世界ではありえない。

ここは本当に元いた場所とは異なる世界なのだ。それを今更ながら、しみじみと実感させられた。

「さ、お母さま、マルといっしょに朝食をいただきましょう！」

元気いっぱいのマルに促されてテーブルにつく。妖精たちがすぐに皿を運んできた。

美味しそうな果実の盛り合わせに、断面が虹色の焼きたてパン。添えられているジャムの原料はどうも、香りから察するに朝持ってきてくれた〝疲れの取れるジュース〟に使われていた果実と同じものらしい。おかげでジャムを塗って食べているうちに、どんどん血行が良くなり、更に力が湧いてくるのを感じる。かなりの即効性で、栄養ドリンクなどよりよほど効きめが高い。いったいなんの果実なのだろうと興味が湧いた。

食事中に、妖精たちがふたりがかりでよろよろと大きなティーポットを持ってきて、蓮樹のカップに注いでくれる。慌てて手伝おうとすると、ふたりは必死に首を横に振る。どうも彼らの仕事を奪ってはいけないようだ。なんとか注ぎ終え、へたり込んでいる彼らに「頑張って淹れてくれてありがとね」と礼を言うと、誇らしげな笑みを返してくれる。身振り手振り、表情で言いたいことは伝わるが、会話ができないのが寂しい。

（……この子たちともマルみたいに話せたらいいのに……）

そんなことを考えながら、蓮樹は美味しい朝食を綺麗に平らげた。ちょうどマルも出してもらった砂糖菓子の最後のひとつを呑み込んだところだった。「ごちそうさまでしたぁ！」と言ってテーブルの上でお腹をさすり、にこにこと満足顔だ。

「ね、マル。ちょっと訊いてもいいかな？」

「はい、なんでもどうぞ！」

モフモフの小さな体をしたマルは、ピッと背筋を伸ばして応じてくれる。頬を緩めた蓮樹は、まだ残っている質問を口にした。

「今朝は責務があると言って出ていったんだけど……妖精王は、どんな仕事をしているの？」

「妖精王は、この妖精国の平和を守っているのです！　王がいつもあらゆるところに目を光らせているおかげで、えっと、大地からの実りはゆたかで、罪人はすくなくて、病気もひろがりません。あとあと、みんなに元気をまいてあげてます！」

いつもとってもとっても王はがんばっているのです！となぜかマルは胸を張る。

マルの話を聞いた感じでは、ウィルバートはいわゆる名目上の王などではないようだ。国のために特殊な力を存分に使い、采配を振るっている。あらゆることの決定権を握っている、本物の長ということなのだろう。

（なんだか世界史の授業を思い出すなあ……）

学生時代に受けた中世の世界史の内容が蘇る。

作物の成長管理、犯罪と疫病の抑制。王制の国では確かに王が統括すべき仕事だ。不思議な力と生き物たちが存在する世界ではあるけれど、王の責務というものは蓮樹が元いた世界とそう変わらないものなのかもしれない。

そのほかにも、民同士の揉め事や問題を仲裁して解決したり、面会を求めてやってくる者たちに対応したりする必要があるため、日中は忙しくて会えないことが多いようだ。

マルの説明を興味深く聞いてから、蓮樹は気になっていた疑問を訊ねた。

「それから、もうひとつ訊きたいんだけど……向こうの世界にいたとき、マルはどうしてずっと僕のそばにいたの？」

マルはびっくりしたみたいで目を丸くした。

「それは……」と呟き、長い耳がふにゃんと垂れ、小さな手が握り締められる。

「マルは、お母さまのことが、大好きだからです……」

蓮樹が知りたかったのは、マルがなぜ妖精国からあちらの世界に行き、どうやってあの店を知って、蓮樹のそばに居着いたのかだ。

けれど、マルの真剣で必死な答えに、それ以上問うことができなくなった。

幼い心を持つ小さなウサギにとっては、きっとそれが、蓮樹のそばにいたただひとつの理由なのだろう。そんな気持ちが伝わってきたからだ。

幼い頃から、いつもどんなときでも光の玉はそばにいた。親がいないことに悩んだ日も、祖母が亡くなった夜も、店を閉めると決めたときも、いつでも蓮樹のすぐ近くに寄り添って蓮樹の心を温め、会話はできなくともきらきらと輝いて、一生懸命に元気づけようとしてくれた。

小さな躰をテーブルの上からそっと掬い上げ、胸に抱き寄せる。

「……僕も、マルが大好きだよ」と蓮樹は伝えた。悄然(しょうぜん)としていたマルは蓮樹を見上げて、真ん丸で大きな目をパッと輝かせる。

(マルが僕のそばにいた理由を訊くと、マルも、それから妖精王もなんだか様子が変だ……)

いったい、それはなぜなのだろう。昔から蓮樹のそばにいたマルが、妖精王と知り合いになり、この城のことをよく知るためには、蓮樹が産まれる前後——もしくはそれ以前の時期に、ここにいた時期があるはずなのだ。

彼らは、なにか蓮樹の知らない、共通の秘密を持っているような気がする——。

知りたい答えは得られず、一心に慕ってくれるマルの思いと、過去への疑問が蓮樹の中に残った。

ふいに蓮樹の腕の中で、マルがぴくっと片方の耳を立てた。なにか遠くの物音でも聞くかのように、立てた耳をぴくぴくさせてから、慌ててふわっと飛び上がる。

「お母さま、それでは本日は、ボクがこのお城の中をご案内いたしますね！」

マルに促されて立ち上がる。なにか手伝いたいと思ったが、食器の片づけも妖精たちの大切な仕事らしい。せめてこれだけでもと皿を運ぼうとした蓮樹は、皆に断固拒否されて、背中を押され、部屋から追い出されてしまった。

行ってらっしゃいというように、朝食の間に入り口で並んで手を振ってくれる妖精たちに見送られ、マルと部屋を出る。

マルの話では、最初に蓮樹がついた泉のある半地下には、他にも食品などの貯蔵庫がある。もうひとつ下の階は大きな箱のような入れ物がいっぱい並んでいるというから、おそらく倉庫のような場所なのだろう。

一階には部屋はなく、巨大な扉のあるエントランスと大階段のみだ。

二階には多くの客人を呼ぶことのできる祝賀の間と謁見の間がある。謁見の間は、ちょうど今頃妖精王が民と面会をするために使っているようだ。

晩餐の間と朝食の間がある三階は、他にも食事関係の部屋が並んでいて、その食事の時間以外には鍵がかかっていて入れないらしい。

城の外には妖精王の許可がないと出られないそうなので、とりあえずいま案内してもらえる階は、三階よりも上の場所ということになる。

「まずは、四階にお連れします。えと、扉が開くお部屋は入っていいお部屋、開かないお部屋は入ったらダメなお部屋なのです！」

意気揚々と説明しながら前をふわふわと飛び、先導してくれるマルについて、蓮樹は階段を上っていく。

「えっと、じゃあ扉を開けようとしてみて初めて、入れるか入れないかわかる……ってことでいいのかな？」

そのとーりです！とこくこくとマルは頷いている。

面倒ではあるが、ある意味ではわかりやすい。

マルと連れ立って、まずは四階に上がる。

通路に敷かれた絨毯の上をゆっくりと進んでいく。壁に取りつけられた優美なデザインの燭台や、様々な景色を描いた絵画、ところどころに鎮座している精緻な出来栄えの様々な妖精たちの彫像を眺めながら歩く。まるで歴史のある美術館の中でも歩いているかのような気持ちになった。

最初に入った図書室には、蓮樹にはさっぱり読めない言語で書かれた分厚い本が天井まで並ぶ書架に詰め込まれていた。他には、寝台を備えた内装の違う部屋がいくつかあり、マルによるとそのあたりは客間だそうだ。

（このお城、なんだか寂しい感じがするな……）

とてつもなく広くて贅沢な造りの城内を歩いているうち、蓮樹はそう思った。

客間があるのだから、誰も訪れないというわけではないのだろうけれど、小さな妖精とマル以外は、客の世話をする使用人や客人の姿を未だにひとりも見かけない。

他には誰も住んでいないの？とマルに訊ねると、しゅんとしてしまった。

「……前は、いっぱいの妖精たちが働いていて、とってもにぎやかだったのです。お花も、もっともっとたくさん咲いていました」と教えてくれた。その妖精たちがどこに行ったのか、城が変化したのはいつからなのかが気になったが、マルがあまりに寂しそうなので訊くのは躊躇われた。

次の扉を見つけた蓮樹は、「あ、あそこ、開けてみてもいいかな？」と殊更明るい声を出す。残念ながら鍵がかかっていて開かなかったが、「うう、残念でしたー。でも、次のお部屋はきっと入れるのです！」と言うマルが笑顔になってくれたのでホッとした。

部屋の扉には、鍵のかかっているところのほうが多かった。ひとつひとつ、開くかどうかをマルと確かめていくのは、探検しているみたいで楽しかった。

しかし、先へと進むうちに、だんだんと蓮樹は不安になってきた。

なぜなら、どこまで行っても通路の果ては見えないほど長く、一定の間隔を置いてずっと扉が並んでいるのだ。柱ごとに据えられている彫像が異なるので、間違いなく進んでいるとわかるけれど、まるで合わせ鏡に映し出された迷宮に入り込んだみたいな、なんとも奇妙な光景だ。

蓮樹はすぐそばをふよふよと飛ぶマルに訊ねた。

「……ねえマル。この階って、まだずっと先のほうまで部屋があるのかな？」

「うーんと、もうちょっとかなあ。マルがここに住んでたのは、少し前なので……なんだかいまは使ってないお部屋もたくさんで……あっそうそう、四階のお部屋はマルも全部は入ったことがないのでした……」

首を傾げて困り顔のマルに、蓮樹も困惑した。

たぶん、あとは客室だと思うと言うので、四階はここまでにして、来た通路を戻ることにする。

歩きながら訊いてみると、やはりマルは、蓮樹の元にやってくるより前は、この城に住んでいたそうだ。昔はこの城にたくさんの妖精がいたというから、おそらく妖精の一種であろうマルも皆と一緒にいたのかもしれない。

だが、その頃もいまも、この城は広過ぎるので、マルがたびたび飛び回ってよく知っている階は、食事をとる部屋がある三階と、それから自分が眠る部屋のある六階だけなのだという。

ということは、妖精王の部屋以外にも、マルには入ったことのない部屋がかなりたくさんある――いや、むしろほとんどの部屋には入ったことがないということなのではないか。

「あっ、でもでも、お母さま、ご安心ください！　どの階にどんなお部屋があるのか、マルはちゃーんと知っているのです!!」

心配そうな蓮樹の表情に気づいたらしく、マルは焦ったようにぽよんぽよんと耳を揺らして説明した。

三階には、蓮樹が食事をとった晩餐の間と朝食の間、それから午後のお茶のための間に、大きな厨房がある。

そして、この四階には、図書室と客間。

五階には、珍しい薬草や植物を保管しておく部屋。

六階には壊れた時計の間と、宝物庫がある。

最上階の七階は、蓮樹がウィルバートとともに眠った妖精王の部屋だ。

マルの説明の中にやけに引っかかる名前の部屋があり、蓮樹は「ちょっと待って」と口を挟んだ。

「『壊れた時計の間』ってどんな部屋なの？」

「……妖精王が、とっても大切な思い出の時計を壊してしまったのです。でも、上手に直せる人がいなくなってしまったので、壊れたままなのです。だから、そのお部屋の時間は止まったままなのです」

だから、いつしか『壊れた時計の間』と呼ばれるようになったのだと、しょんぼりとしてマルは説明する。悲しそうなのは、時計を直せる人がもしかしたら亡くなったせいなのかもしれない。

「特別な時計なら、部品がないと難しいかもしれないけど、もし良かったら、僕に直せるかどうか見てみようか？」

手先は割と器用なほうだ。これまで、店や家のささいな修理は祖母に頼りにされて、いつもなんとかして自分が直してきた。店の古時計の修理なら慣れているのだが……と思いながら申し出てみると、マルが一瞬顔を輝かせる。だが、ハッとしたように小さなウサギはふたたびうつむき、耳ごと首を横にフリフリしてそれを断った。

「もし、お母さまが直してくれるなら、こんなに嬉しいことはないのです。でも、ダメなのです。あの部屋は、妖精王のお達しで、許可された者しか入れない決まりだから……」

「そうか、開かずの間なんだね」

それでは仕方ない。なぜかその部屋の話をするマルが項垂れているから、件の時計をなんとか直してやれないものかと思ったのだが、入ってはいけないとなると少々難しいようだ。

マルと話しながら、やっと階段のある吹き抜けの場所まで戻ってきた。更に階段を上がり、五階にある部屋の扉が開くかどうか試してみたが、薬草と植物のための部屋はどこも厳重に鍵がかかっているようだ。諦めて、蓮樹はマルと六階に上がることにする。

「あれ、そういえば、マルの寝る部屋もこの階にあるんだよね？　それってどこなの？」

ふと思い出して訊く。頷いたマルが神妙な顔つきで答える。

「ボクが眠るところは、壊れた時計の間なのです」と言われて、蓮樹は呆気にとられた。

マルが入れるなら、そこは開かずの間ではない。だったら自分が入ることもできるはずなのだが。

しかし、そう言ってみても「で、でもでも、お母さまはぜったいに入ってはダメなお部屋なのです！」とマルは焦った様子でぷるぷると首を横に振るばかりだ。

「……マルはいいけど、それ以外の人はだめってこと？」

マルは弱り顔のままこくんと頷く。壊れているとはいえ、高価な時計を盗むとか傷つけるとか思われているなら心外だが、そういうわけでもなさそうだ。理由は不明だが、きっとなにか訳ありなのだろう。

しかしそう考えて、蓮樹は急に不安になった。

妖精王がマルを危険な部屋で眠らせるとは思えないけれど、万が一なにか起きたときのために、マルが眠る部屋の場所だけは知っておきたい。

ぜったいに入らないからと約束をして頼むと、しばらく悩んでいた様子のマルは、迷いながらもその部屋の前まで蓮樹を案内してくれた。

「……こちらなのです」

ついたのは、階段から遠く離れた、六階の突き当たりの部屋だ。

扉には、これまでに何度も見た、剣と蝶が交わる紋章が大きく刻まれている。

マルに礼を言って扉から離れようとしたとき、中からかすかな音が聞こえた気がした。

（室内に、なにかいる……？）

耳を澄ませると、もう音は聞こえなかったが、かすかに花のような香りを鼻腔に感じた。

いまはしんとしてしまったが、さきほどは確かになにかがいる気配を感じた。確かマルは

『みんなと眠る』と言っていた。てっきりぬいぐるみかなにかだと思い込んでいたが違うのかもしれない。

「マル……もしかして、この中って誰かいるの？」

訊くと、すぐそばを浮遊していたマルは驚いた顔をし、それからなぜか悲しそうに耳を垂らした。

「……ここにいるみんなは、ずっと、お母さまのお帰りを待っていたのです。でも……もしいま会ったら、お母さまは悲しみます」

だから、ダメなのです、とマルは言う。蓮樹はふたたび困惑した。

確かマルは半透明の妖精たちについても『帰りを待っていた』と言っていた気がする。

そしてマルの認識では、どうやら蓮樹は、この城に以前住んでいたことになっているようなのだ。

更には『待っていたが、いま会ったら悲しむ』という相反する説明が、マルの言葉の不可解さに拍車をかけている。

これは、そもそもの根本的な誤解を解いたほうがいいのかもしれない。蓮樹は思い切ってマルに訊ねた。

「……ねえ、マル。いつも呼んでくれているけど、その〝お母様〟っていうのは、僕のことなんだよね……？」

「そうです！」

マルはやっと笑って言った。

お母様と呼ぶべきなのは、マルを産んでくれた母ウサギのことだ。

言葉を選びながら伝えてみると、マルはすぐさま首を横に振った。

「マルはウサギから生まれておりません！　お母さまから生まれたのです！　えと、いまのお母さまとマルを生んだお母さまはべつですが、でもでも、いっしょでもあるのです！　マルにはちゃんとわかります！　お姿が変わって飛べるようになったり、綺麗なお花が散ったりしても、どれもおんなじ、マルのお母さまです！」

困ったことに、マルの言い分は蓮樹にはちんぷんかんぷんだった。もう一度やんわりと聞き返してみたが、やはり答えは同じようなもので、頭を抱えたくなってしまう。

（……ど、どうしよう……）

会話ができるようになって本当に嬉しい。けれど、発言の内容から考えると、たとえ元いた世界では蓮樹より年上だったとしても、マルの思考は子供のものだ。人間で言うと、だいたい幼稚園児くらいの年齢の子供に近い感じがする。

そのマルは、蓮樹を自分の母親と勘違いしている。母ウサギは——もしかしたら、死んでしまったのかもしれない。

母ではないとは可哀想で言い辛いが、事実を伝えておいたほうがいいだろう。

「……あのね、マル」

「なんでしょう、お母さま？」

自分はマルの母ではない。

人と妖精国のウサギでは種族も違うし、そもそも男なので子を産むことはできなくて……とできる限りわかりやすく噛み砕いて説明する。

小さな垂れ耳ウサギは、澄んだ目を真ん丸にしてきょとんとしながら、大人しく話を聞いてくれた。だがみるみる悲しげな顔になる。

「……なぜ、そんなことをおっしゃるのですか？　お母さまは、マルのお母さまですのに……」

マルの目がじわじわと潤んでいく。

「わああっ！　あっ、ごっ、ごめん、泣かないで」

まさか泣かせてしまうとは思わなかった。悲しそうにほろほろと涙を零すマルを蓮樹は慌てて抱き上げる。うっうっと苦しげに嗚咽しながら、目元を濡らす小さなウサギを見て、胸が痛くなった。

しばらくの間撫でていたが、マルは泣き止まない。

どうしようもなくなり、「……僕、マルのお母様かもしれないよね」と蓮樹は慰めるように言った。マルはしっかりと小さな前足で蓮樹にしがみつきながら、涙に濡れた目で見上げてきた。

必死で縋るような目が痛々しい。

——これは、本心から母を見つめる目だ。

そう感じたとき、口から母を勝手に言葉が漏れていた。

「ごめん、うっかり忘れてた……僕が、マルを産んだんだったね」

勝手に荒療治を施して小さなマルにショックを与えた自分を、蓮樹は深く後悔した。きっともう少し成長したら、マルにも自分が蓮樹と親子ではないということが自然とわかる日がくるだろう。それまでの間は、母だと誤解されていたって弊害などない。こんなにマルを傷つけてまで、いますぐ無理に事実をわからせる必要はなかったのだ。

やっと涙が止まったマルは、目の周りを赤くして「そうです」と答えた。

「……マルは、マルは生まれたときからずっとお母さまといっしょだったのです……そして、これからも、どんなときもお母さまといっしょにおります。お話ができなくても……たとえ、マルを生んだことを忘れてしまっていても……」

だってマルは、お母さまの子なのですから、と言われて、蓮樹も頷く。

「マル、泣かせてごめんね」

そう言って、小さな頭のてっぺんにキスをする。マルは自らの耳でこしこしと涙を拭い、こくこくと何度も頷いた。

子供にとって、母——母と思いこんだ者から関係を否定されるのがたまらなく辛いのは、母に捨てられ、いっさい愛情を注がれることのなかった自分自身の経験からもよくわかる。

落ち着いたところを見計らって、蓮樹は小さなモフモフの体を首まで持ち上げて、そっと抱き寄せた。

マルは、お母さま、と嬉しげに言ってすりすりと蓮樹の顔に顔を擦りつけて甘えてくれる。

柔らかな毛を撫でながら、蓮樹の中に疑問が生まれた。

——この子がこんなにも慕っている本物の『お母様』は、いまどこにいるのだろう。

生きているのか、それとも墓の下なのか。

そして、『壊れた時計の間』の中にいる生き物は、いったいなんなのか。

マルを抱き締めながら、疑問が棘（とげ）のように蓮樹の胸に引っかかった。


マルが続きを案内すると言うので、気を取り直して、残った場所を案内してもらう。

『壊れた時計の間』と同じ六階には、宝物庫があり、国の主な宝物が集められているという。

行ってみると、その部屋の扉には不用心なことに鍵がかかっていなかった。扉を見る限り、どうやら鍵自体が存在していないようだ。

「宝物庫なのに、鍵をかけなくて大丈夫なのかな？」

かなり高価なものがあるようなのにと、蓮樹は疑問に思った。

「大丈夫なのです！　このお部屋には悪いことをしようとする人は入れないのです！」

マルの説明によると、なんでも宝物庫には、中にある物を利己的な目的や邪な欲のために使おうとする者は入れない、特殊な結界が張られているそうなのだ。もしそういった者が入ろうとしたら、その場で雷のような罰が下されるのだという。

無邪気で幼い心を持つマルがそんな気持ちを抱くはずもないし、蓮樹にも分不相応な欲などない。だが、どこかから罰が与えられる仕組みがある部屋というのは、かなり怖い。きっと、それだけの価値がある宝が保管されているのだろう。

「ボクとお母さまはぜったいに大丈夫です！　さ、行きましょう！」

意気揚々と促すマルが先に入り、中から小さな前足で手招きされて少々緊張する。自分はなにも盗るつもりなどないし、大丈夫だと言い聞かせながら、マルに続いてそろそろと部屋に入る。当然のことながら雷が落ちることはなくて、ホッとした。

広い室内は内部がいくつかの小部屋に分かれていた。

ひとつ目の小部屋には、身につけたら重さで首や手が痛くなりそうなほどの大振りな宝石をあしらった豪華な宝飾品がずらりと飾られていた。中央の棚には、繊細な銀細工にダイヤらしき石と青いサファイアのような石が嵌め込まれた豪奢な妖精王の王冠が置かれ、その隣には揃いの意匠で少し小さめな王妃のための冠が並んで鎮座している。

目がちかちかするほど眩い宝飾品を見て回り、次の部屋に移る。

ふたつ目の小部屋の壁には、大小様々な絵画がかかっていた。

全体をざっと見てみると、その八割の絵は、どうやら妖精国の建国から、これまでに至る出来事をテーマとして描いた連作らしい。

絵画に描かれた情報を纏めてみると、妖精王は、昔は一介の妖精として生まれた。その後、成長するに従って、生まれ持った知恵と強大な力で様々な生き物を数え切れないほど助けた。その功績を称えられて、神からこの土地と民とを授けられ、妖精国を統べる王となった——ということらしい。

蓮樹は一連の絵画を興味深く眺めた。

どの絵にもどこかに妖精王の姿が入っていて、精緻な筆致の絵画でも描き表し切れない美貌に小さくため息を吐く。

絵画の小部屋には、妖精国の成り立ちのあとに、一点、かなり大きな絵がかかっていたと思われる、ぽっかりと空いた場所があった。

ここにはどんな絵がかかっていたのだろうかと考えながら、蓮樹はその空間の周囲に飾られている、遠景を描いた数点の小さめな絵画に視線を向けた。

王となったウィルバートの傍らには、短い茶色の髪をした少年のような雰囲気のひとりの女性が描かれていた。寄り添う雰囲気から、女性はウィルバートの恋人か――もしくは妃のうちのひとりなのかもしれない、と気づく。

（僕のこと、正妃に迎えたいって言ってたけど……でも、そういえば、他に妻がいないかどうかは、聞いてなかったっけ……）

衝撃のあまり、すうっと躰が冷たくなっていく。

思わずその場に足を止め、蓮樹は考え込んだ。

もしかしたらこの女性は、いま王妃の座にいる人物なのかもしれない。これだけの広さがあれば、この城のどこかに王妃の部屋があっても、連れてこられた蓮樹と顔を会わせずに暮らすことはじゅうぶんに可能だろう。

（……もし、ウィルバートの求婚に応じたら……僕、略奪婚か、もしくは……愛人……？）

内心で激しく狼狽えていると、「お母さま？」とマルが不思議そうに声をかけてきた。

ハッとして「ごめん、なんでもないよ」次の部屋に行こう？と蓮樹はぎこちない笑顔を向ける。

ぜったいに略奪なんてしたくない。

そう思うと、ウィルバートにすでに妃がいるのかどうかを知るのが怖くなった。

さきほど泣かせてしまったマルをもう心配させたくなくて、動揺する気持ちを押し隠して続きの部屋に向かう。

気を取り直して入った三つ目の小部屋には、見事な出来栄えの妖精の彫像が部屋の壁いっぱいに並んでいた。可憐な少女の妖精の像や、小人たちの像など、多様な種類の像がある。中央部には周囲を見回すような位置に美しい双子の少年の像が据えられていて、悩んでいる最中でも、その迫力に圧倒される。

そして、最後の小部屋には、様々な武器や防具類が厳重に保管されていた。

これまでの宝とは異なり、さすがに武器類はただ置かれているわけではなかった。柄と剣先の部分に、壁から伸びた硬そうな銅色をした植物の蔓のようなものが絡みつき、しっかりと張りつけられている。

どの武器もどうやらいわくつきのようで、説明書きのプレートが添えられている。蓮樹には読めない妖精国の文字だ。困っていると、ありがたいことにマルが次々とその説明を読んでいってくれる。

「こちらは『黒ドラゴンを封印した盾』です！　封印が解けちゃったら危ないのでさわらないでくださいです！　それとあっちのは『どんなものでも割れる斧』！　ほんとになんでも割れるので、普通の剣では太刀打ちできない大きい魔物とか山とか大地とか、そーいうのを割るのに使ってたみたいです！」

思いの外有能なアテンダントのマルの説明を聞いているうち、ふと、もっとも奥まった壁にかけられている剣が蓮樹の目に留まった。

鞘と持ち手に立派な装飾が施された、美しい一振りの剣だ。

「これは……？」

「あっ、それは『永遠に転生しなくなる剣』です！」

（……転生しなくなる……永遠に……？）

その剣の名前を聞いたとき、なぜか頭の奥がずきりと小さく痛んだ。

マルによるとその剣は、妖精王が知り合いの死神から預かったものらしい。

持ち主の名を取り、『死神の剣』とも呼ばれていて、その剣で心臓を深く突き刺せば、魂を二度と転生できなくなるように消滅させる力を持つ。

死神以外には託された妖精王だけしか使えない特別な剣なので、妖精国の民の中でも後ろ暗いところがある者は、妖精王とその剣の存在の両方を酷く恐れているそうだ。彼らは自分たちが消されないようにするため、そのどちらかを奪うことを常に狙っているのだという。

この剣を排除しようと城への侵入を試みた者や、妖精王の命を狙おうとした者は数多くいた。

だが、全員が捕らえられ、一年中凍りついたままの北の湖の上にある牢獄に入れられていると聞いて、蓮樹はぞっとした。思わず壁に目を向けて剣をまじまじと見る。剣を見ているうち、どうしてなのか呼吸が苦しくなってくる。更に、心臓のあたりがちりちりとかすかに痺れたような感じまでしてきた。

美しさに惹かれて近づいたものの、由来と力を聞いたあとでは、印象はがらりと変わった。

見た目の意匠とはあまりにそぐわない。大きな力を持つゆえに、様々な問題を呼び込む魔の剣にしか思えない。

「ね、ねえマル。妖精王の命が狙われているんなら、城や宝物庫の警戒をもっと強めたほうがいいと思わない？」

思わずそう言うと、マルはにっこりして言った。

「ご心配はいりません、お母さま。妖精王は、いまはちょっとおつかれですが、ふだんはとってもとってもお強いのです。それに、このお部屋には悪い心を持ったものはぜったいに入れないのですから！」

そう、と言いながら、不安を消し切れないまま、部屋を出る。

通路を歩くときには、なぜか頭の痛みや胸の痺れはすっかり消えていた。こんなに自分は怖がりだったのかと首を傾げつつ、その剣のことを蓮樹は無意識に頭の隅に追いやった。

「——そうか。では今日は、マルはレンジュをあちこち案内して、ご苦労だったな」

蓮樹たちが晩餐の間で食事を終えたところへ、ウィルバートが姿を見せた。

彼が蓮樹の向かい側の席に座ると、半透明の小さな妖精たちが慌てて果実酒を運んでくる。

マルから今日の出来事を一通り聞いて、彼は微笑む。

褒められた上に頭を撫でてもらい、マルは嬉しそうに長い垂れ耳をぱたぱたさせている。

「いっぱいすてきなところをお見せして、お母さまにこの国とこのお城を大好きになってもらうのです！」

明日はお庭を案内するのです！と宣言するマルの前に、妖精たちが素早く砂糖菓子のお代わりを持ってくる。マルは至極ご満悦という顔で、それを頬いっぱいに詰め込んだ。

城中を飛び回り、ずっと蓮樹に説明をしていたから、さすがに疲れたのだろう。蓮樹がウィルバートと雑談をしている間に、満腹になったマルは「ボクは、もう寝るのです……」と漏らす。

「マル、今日は本当にありがとう」

すでに目をしぱしぱさせているマルに慌てて礼を言う。

嬉しげにこっくり頷いたマルは、「おいで」とウィルバートに呼ばれ、そちらへふわふわと飛んでいく。よろめきながらちょこんと彼の掌の上に止まった。労わるみたいに大きな手で優しく撫でられて、マルはうっとり顔だ。

「それではお休みなさいませ、妖精王、お母さま」

ぺこりと頭を下げた白ウサギの姿がふっと消える。

なにごとかと、蓮樹は慌ててウィルバートを見た。

彼は目を眇めて「あの子の寝る部屋に送っただけだ」と説明した。突然マルが消えたのは、彼の魔法によるものだとわかってホッとした。不思議な力が使えるとわかっていても、なかなか慣れず、使われるたびに驚いてしまう。

「普段はなるべく甘やかさないようにしている。だが、今日はさすがに、ひとりで戻らせたら、途中の通路で丸まって眠っていそうだったからな。明日、風邪をひいていたら可哀想だろう？」

まるで言い訳をするようにそうつけ加える彼は、なぜか少し後ろめたそうだ。誰かにマルを甘やかし過ぎだと文句を言われたことでもあるのだろうかと蓮樹は不思議に思った。

お前たちももうお休み、とウィルバートに促され、小さな妖精たちも少し寂しそうに手を振って下がっていった。

「レンジュ、見せたいものがある」

こちらへ、と誘う彼に手を取られて、蓮樹は背の高い窓のほうへと導かれる。彼が少しカーテンを開けると、その隙間から月明かりが差し込んできた。

窓を開けたウィルバートについて、白い石造りのバルコニーに出る。外の空気は少し冷たく感じた。

薄闇に目が慣れてくると、朝見た町があるあたりに、ぽつぽつと小さな明かりが見える。電気がない世界では、日の出とともに起き、日没後は眠る暮らしがもっとも効率的だ。人々はもうほとんどが休んでいるのだろうと考えながら、蓮樹は空を見上げた。

深い藍色の夜空に上弦の月が浮かんでいる。

よく見ると、この世界の月は、蓮樹がいた世界の月よりも青みを帯びた色をしていると気づく。だが、どちらも比べようもなく美しい。

夜の空には、数え切れないほどたくさんの星が競うように瞬いている。あたりが暗くて闇が深いせいか、星空は言葉が出ないくらい綺麗だった。

彼はこの夜空を見せたかったのだろう。高揚した気持ちのまま、綺麗ですねと言おうとして、蓮樹は隣に立つ彼を見上げる。

すると、ウィルバートは月ではなく、なぜか、こちらをじっと見つめていた。蓮樹の心臓の鼓動が一気に跳ね上がる。

想いの滲むようなまっすぐな視線を受け、しどろもどろになりながら「き、綺麗ですね」と一言だけ感想を絞り出す。

しばらくそうして夜空を眺めたあと、蓮樹の手を握ったまま、ウィルバートは訊ねた。

「今日、マルと城の中を歩いてみて、どうだった？」

「ええ、すごく広くて、不思議な武器や綺麗な宝石や、いろんなものをマルが説明しながら案内してくれて……本当にここは、僕がいた世界と違うところなんだと実感しました」

たぶん、本当に彼が知りたかったのは『この城で暮らしていけそうか』ということだと思ったが、正直、まだ答えは出せていない。ついてたった一日で答えを出させようとするのはさすがに早計だと気づいたのか、彼も無理に聞き出そうとはしなかった。

「私がそばにいない間、なにか困ったことはなかったか？」

気遣う問いは、彼が花屋を訪れていたときと同じものだ。

思わず頬を緩めたとき、ふと宝物庫の小部屋で見た、彼と女性を描いた絵画のことが蓮樹の脳裏を過った。訊くべきだと思ったが、知るのが怖くて急いでそれを頭の中から追い出す。

その代わり「困っていることではないのですが」と前置きして、もうひとつの気になっていたことを訊ねる。

マルが眠る場所だという『壊れた時計の間』にある、件の時計のことだ。

「入ってはだめだということなので、無理に入るつもりはないんです。ただ……マルが、壊れているという時計のことをとても気にしているみたいなので、どうにかして直してやれないかなと思って」

その話をすると、一瞬驚いたようにウィルバートは蓮樹を見た。だが、すぐに諦めたみたいに息を吐いて、彼は視線を逸らす。

「……直してくれようという気持ちは大変ありがたいのだが、あの部屋の時計は、ある人でないと直せない。特別な時計なんだ。室内には他にも、私の大事なものが置いてある……すまないがマルの言う通り、まだしばらくの間は、君には入らないようにしてもらったほうがいいだろう」

その答えに少々の違和感を覚えたが、「わかりました、すみません」と慌てて素直に引き下がる。

マルも君の気持ちは嬉しかったはずだ、と慰めるようにつけ加えられて、余計に悲しい気持ちになる。そのとき、さきほどの違和感の正体が、やっとわかった気がした。

光の玉にしか見えなかった頃から考えると、マルとはずいぶんと長いつき合いになる。元いた世界では、懐いてくれていたのも光の玉が見えるのも蓮樹だけで、マルは自分の大切な相棒だった。そして、マルにとっても自分は特別な存在なのだと、勝手に思い込んでいた。

だが、妖精国に連れてこられてみると、妖精王とマルには、目に見えない絆のようなものがあると気づいてしまった。蓮樹にも懐いてくれているが、マルはウィルバートをとても尊敬しているし、彼もマルに深い愛情を持って接している。

壊れた時計の間の話を持ち出すと、ふたりともが暗い顔をするけれど、その理由を蓮樹には教えてすらくれない。

――さきほど湧いたのは、強烈な疎外感だ。

普段なら、このくらいなんとも思わないはずなのに、いまはやけに気落ちしている。それは、見知らぬ世界で、彼らだけが自分とこの場所を繋いでくれる存在だからかもしれない。

つまり、自分は可愛がっているマルと、自分をここまで連れてきて求婚したウィルバートがやたらと仲がいいことに、嫉妬していたようだ。

「――レンジュ」と優しく呼ばれて、いつの間にかうつむいていた顔を上げる。

「そんなに悲しそうな顔をしないでくれ。私たちは、なにも君に秘密を持ちたいわけではないんだ。できることなら……いつか、君と一緒にあの部屋に入れたらいいと願っている」

大きな手が蓮樹の頬に触れてくる。どうしてなのか、部屋に入ることを拒んだウィルバートのほうが、自分よりもずっと苦しそうに思えた。

「すみません、僕……」

自分の身勝手で首を突っ込みたがり、拒まれたらしょげるなんて、もう二十歳を超えた大人なのに。

「その部屋に入れないことに、こだわっているわけじゃないんです。ただ……マルが自分よりあなたに懐いているみたいだってわかって、なんていうか……ちょっと、寂しくなってしまって……」

子供染みた気持ちで、恥ずかしかったが、正直に話した。一瞬驚いた目をしたウィルバートが、ふっと柔らかい表情になる。眩しいものを見つめるように、目を細めた。

「マルは、君のことが誰よりも大好きだ。いつも、お母様お母様と言ってばかりで、日中は君のそばからぜったいに離れないだろう？　もし蓮樹が寂しがっているようだと伝えたら、きっと私に怒ってまたぶつかってくるな。ああ、ぜったいだ」

冗談ぽい言い草に、蓮樹も表情を緩めた。

落ち着いてみれば、マルのお気に入りがどちらかなど、考える必要はなかった。マルはきっと、どちらのほうが好きかなんて考えもしない。

ふたりとものことを、大好きでいてくれるのだろうから。

ふいに顫に指をかけられ、そっと仰のかされる。ウィルバートが顔を近づけてきて、優しく唇を吸われた。

「……っ」

驚きに開いたままの蓮樹の目に、月光を受けて輝く彼の髪が映る。

なにもかもを奪うような激しい口付けではなく、愛おしむみたいに軽く啄むだけで、すぐに唇は離れた。突然のキスに動揺していると、「……正直に気持ちを伝えてくれて、嬉しかった」とウィルバートが囁いた。

「君のそういう素直なところは、とても好ましい。たくさんある君の美徳のうちのひとつだな」

感嘆するみたいな言葉に、子供染みた気持ちを抱いた自分が恥ずかしくなる。まさか、正直にもやもやを打ち明けて、褒められるとは思わなかった。

だが、ささやかな嫉妬を笑い飛ばさずに彼が受け止めてくれたことが、驚くほど嬉しかった。

「なにかあれば、どんなことでも隠さずに私に伝えてほしい」と言われて、躊躇いながら蓮樹はこくりと頷く。

他には困ったことはなかったか、と確認されて、もうひとつ、ずっと気になっていることを打ち明ける。

「元いた世界のことなんですが、やっぱり、どうしてもそのままにしてきたうちの店が気になるんです。今日は定休日でしたけど、店じまいも途中でしたし、明日は本来であれば店を開ける日なので……」

マルに案内してもらいながらも、ときどき店のことは思い出していた。

連れてこられる前に、ウィルバート――光崎が、『店のことは心配いらない』と断言してくれたが、やはりどうしても気にせずにはいられない。

休み明けなので、本当なら市場で少し多めに入荷をして、開店までにアレンジメントや花籠を作り足したい。それに、レジの鍵の場所など、彼がどんなに有能な人材を寄越してくれても、蓮樹が引き継がなければわからないことがあれこれとある。

すでに妖精国に連れてこられたあとで、すぐに帰してもらうのは無理だろうということは理解している。だったらせめて、なんとか彼が手配した者と連絡を取り、店を開けるのに最低限必要なことだけでも伝えてもらえないかと思った。

蓮樹の頼みに、ウィルバートは「大丈夫だ。なにも問題は起きていない」と答えた。

どういう意味なのかと蓮樹は首を傾げる。

「伝えるのが遅くてすまなかったな。篠田生花店は定休日明けに問題なく開店した。更にその後も予定通りの日まで営業し、ついさきほど、なにごとも起きず穏やかに閉店したはずだ」

「え……っ、も、もう、閉店しちゃったんですか!?」

閉店予定日まではまだ一週間ほどあったはずだ。どうしてそんなことになったのか。

彼から詳しく状況を聞き、蓮樹は仰天した。

なんと妖精国の一日というのは、蓮樹が元いた世界の二週間程度に相当するそうなのだ。

それは、非常に大きな差だ。

驚きで愕然としていると、「詳しく説明するより、実際に見てもらったほうが話が早いだろう」と言って、ウィルバートは蓮樹を軽々と抱き上げた。唐突に周囲の風景が変化する。また一瞬で、蓮樹は最上階にある彼の寝室に移動していた。

腕から下ろした蓮樹を、彼は部屋の壁にかかった大きな鏡の前まで連れていく。鏡には、泰然として立つ彼と、ウィルバートに背を抱かれて不安そうな表情をした自分が映っている。

金縁に囲まれた大きな鏡面に彼が手を触れると、うねるように鏡面が渦巻き始め、蓮樹は息を呑んだ。

その波が落ち着いた頃、鏡の中に映し出されたのは、幼い頃から見慣れた篠田生花店の中だった。

接客をしているのはエプロンをつけた黒髪の小柄な青年——驚いたことに、どこから見ても蓮樹自身にしか見えない人物だ。

「ぼ、僕……？」

「勝手にすまなかったが、こちらに連れてくる前に、君の髪を数本もらった」

『葉がついている』と伝えたときだ、と言われて、店に出た最後の日のことを思い出す。

「店に残したのは、君の髪から作った、君の分身のようなものだ。あまり長期間は持たないが、二週間程度ならばじゅうぶんだろう。本物の君とまったく同じ姿で、君がする行動をとったはずだ」

彼の言う通りだった。鏡の中でどんどん日々は過ぎていき、鏡の中の蓮樹は、例年よりも少し忙しいクリスマス当日を迎えている。

営業最終日には、蓮樹がそうしたいと計画していたように、これまでの感謝として来店者に一輪ずつ花が贈られていた。最後の日ということで、市場でも割引をしてもらえて、かなりの数を仕入れたが、予想より多くの客が訪れ、閉店前にはプレゼント用の花も売り物の花も、すべてなくなった。その後も、商店街で親しくしてくれていた店主たちや、桜也と高木たち親子、それから常連客たちが続々と訪れて、にわかに店はにぎやかになった。その中に、最終日には差し入れを持ってくると言っていた黒田の姿が見当たらないのが少し気にかかった。なにか用事があったのかもしれないが、いろいろと気遣ってくれていたのに、最後に礼を言えずじまいだったことが残念だ。

閉店後には、桜也の伝言で知り合いが皆揃って店に残り、ささやかな慰労の会まで開いてくれたようだ。それを鏡越しに見た蓮樹は、感謝の気持ちで胸が熱くなった。

鏡の中の分身の自分は、慰労の会の最後になると、それぞれが好みそうな日本酒や菓子折りを用意して、これまでのお礼代わりに渡している。どれも、この人にはこれを買っておこうと自分が考えていた品ばかりで蓮樹は驚きを隠せない。

「周囲の人々には『店を閉めたあとはしばらくの間友達の家に身を寄せて、ゆっくりと今後のことを考えようと思っている』と伝えさせておいた。支払い関係もすべて問題はない」

「そうですか、よかった……ありがとうございます」

言った通り本当に、彼はなにもかも問題がないように、誰も心配をすることのないようにと、スムーズに店を閉めてくれたらしい。

安堵して礼を言いながらも、蓮樹の中に寂しい気持ちが込み上げてきた。

近所の人々には、子供の頃から本当にあれこれと世話になった。蓮樹が怪我をしたり、祖母の体調が悪くなったときには、いつも誰かがすぐに車を出して病院まで連れていってくれた。毎回祖母はきちんと足代とお礼を包んでいたようだが、年寄りと子供のふたり暮らしにはどうしても手が足らないことがある。近所の皆が当たり前のように手を差し伸べてくれたおかげで、自分はなんとかこの年まで無事に成長できたのだ。

蓮樹が大人になったいまは、皆のほうがだんだんと年を取り、助けが必要なことも多くなってきた。これまでの恩返しのため、送迎でも買い物でも、できることはなんでもやらせてもらうと決めていた。

（……本当なら、きちんと自分の口で挨拶したかったな……）

呆然と見入っているうち、いつの間にか鏡の中にいるのは、またウィルバートと自分だけになっていた。

顔色が暗くなっていることに気づいたのか、ウィルバートが蓮樹の肩を抱き寄せた。

「そうか……滞りなく店を閉め、君が留守でもご近所に心配させることはなければいい、というだけの問題ではなかったんだな。君自身が訪れる客や周りの人々に挨拶をする、最後の大切な機会を奪ってしまった」

手を回し過ぎたと後悔する彼に、すまない、と謝罪されて、蓮樹は急いで首を横に振る。

「いえ……考えてみたら、いきなり姿が見えなくなって、失踪したのかとか、事故や事件に巻き込まれたのかもって周りを心配させて、警察に行かれるよりずっといいです。そのうちちょっとうちに帰してもらえたときにでも、旅から帰ってきたって言ってどこかのお土産を持って、改めて挨拶しに行きます」

こちらについたのは、城の半地下の少女の像がある部屋だった。ウィルバートはたびたび蓮樹の店に来ていたし、きっとあの場所から、どうやってか元いた世界と行き来できるはずだろう。

しかし、蓮樹の言葉に、今度はウィルバートの表情が曇った。

「……もしかして、たとえば、こちらに慣れたあとで、先々ちょっと里帰り、とかも禁止なんですか……？」

おそるおそる訊ねると、困惑顔で顔でじっと見られる。

「ようやく君をこちらに連れてこられて、私はいま幸福の絶頂にいる。この光に満ちた日々も、まだたった一日めだ。私の妃となり、こちらに住むと約束してくれた上で、暮らしが落ち着いたあとでなら考えないでもないが……どちらにせよ、君をひとりで帰すことは危険過ぎて、考えられない」

言葉を濁されて、蓮樹は動揺した。このままでは、元の世界に挨拶をしに帰れるのは相当先になりそうな気がして、頭がくらくらする。

だが、それには大きな問題がある。なぜなら、さきほど知ったばかりの事実だが、こちらの一日は、向こうでの二週間なのだ。

つまり、二日で約一か月、一週間いたら三か月以上、そして、もし妖精国に一か月いたら、元いた世界では一年以上ものときが過ぎてしまうことになる。

商店街の面々には高齢者が多い。あまり長く時間が経ってしまうと、場合によっては最悪、忘れられてしまう恐れまである。

そのことを説明して、蓮樹は必死になってウィルバートに訴えた。

「挨拶のために向こうにいったん戻っても、またぜったいに帰ってくると約束するので、なんとか、近いうちに一度、帰してはもらえないでしょうか……？」

まだここにずっと住むと断言はできないんですが……と蓮樹は正直につけ加える。

帰ってきたら永住すると宣言して、彼を騙し、向こうの世界に帰してもらって逃げるということもできるはずだ。

けれど、彼には蓮樹の店を救おうとしてくれた恩がある。どうしても、蓮樹はウィルバートに嘘をついたり、誤魔化したりして逃げる方法を選びたくなかった。

重ねて頼み込むと、彼は渋々頷いてくれた。

「――わかった。だが、その際は私も同行しよう」

「えっ、あ、あなたも、一緒に？」

「ああ、もちろんだ」と言って微笑んだ彼が、蓮樹の頬に触れてくる。

「君が世話になったご近所の人々に私も挨拶がしたい。それまでに心を決めて、私を人生の伴侶だと皆に紹介してくれたら、なお嬉しいのだが」

びっくりな希望に蓮樹はどぎまぎしてうつむいた。

「そ、そんなことしたら、商店街のみんなも、桜也さんや高木さんたちも、腰を抜かしちゃいます……」

なぜだ？とウィルバートは首を傾げている。それから気づいたみたいに自らの艶やかな長い髪に触れた。

「ああ、もちろん、この髪は以前と同じように、術を使って短くする」

髪だけの問題ではないのだが、彼は蓮樹の戸惑いを、自らの長髪のせいだと思ったようだ。

「それに、こういうときは向こうの礼儀に従って正装すべきだな。窮屈でもスーツを着ていこう。すべて、君にとって恥ずかしくない相手であるように努める」

殊勝な言葉に、思わず蓮樹の頬が緩む。

一国の王で傲慢なところもあるが、ウィルバートは蓮樹の立場や気持ちをなんとか理解し、尊重しようとしてくれる。しかも、意外にも彼は非常に尽くすタイプのようだ。

「帰るときは、君が世話になった人たちに、なにかいい土産を手配して持参しよう」

一緒に挨拶をしに帰省するときの計画を話すウィルバートにホッとして、蓮樹は頷く。

すでに問題なく営業を終え、店に関する心配事は消えた。

あとは、自分の気持ちだ。

——覚悟を決めて彼の求婚を受け入れ、この妖精国で暮らしていくのかどうか。

＊

妖精国に来て二日目の朝がきた。

目覚めたあと、大切なことを思い出し、蓮樹は慌ててウィルバートに頼んだ。

「今日はマルが庭を案内してくれると言っていたので、城を出る許可をもらえませんか？」

部屋から出ていくところだった彼は、少し悩む様子を見せた。

「……敷地内から決して出ないと約束してくれるのであれば、いいだろう。だが、城の外に出るのにマルと君だけでは心配だ。念のため警護の者をつけさせる」

朝食が終わる前に君たちのところに行かせよう、と言われて、警護なんて大げさだと思ったけれど、仕方なく了承する。

文句を言って、せっかくもらった許可をなしにされても困る。植物や花が好きな蓮樹は、この城の庭を眺められる機会を楽しみにしていたのだ。「では、また晩餐の間で会おう。いい一日を」と言って、蓮樹の額に口付けてから、出ていく彼を見送った。

今日も、迎えにやってきた妖精たちとともに、マルの待つ朝食の間に向かう。そこで、城を出る許可をもらえたことと、警護の者がつけられるらしいという話を伝えると、マルにはその相手の想像がついたらしく嬉しげに羽をぱたぱたさせた。

「お母さまも、きっとすぐに大好きになります！」と言われて、警護に困惑気味だった蓮樹もどんな者なのか少し楽しみになってくる。

そして、蓮樹が妖精たち手作りの美味しい朝食を食べ終えた頃、なぜか厨房のほうから、のっそりと入ってきた黒い影があった。

「あっ、クロちゃん!!」

食事の途中だったマルがぴょーんと跳びはねて、その生き物の頭の上に飛び乗る。

それは、黒い犬のような生き物だった。細身だがかなり躰は大きい。ピンと立った耳に艶やかな毛並みを持ち、賢そうな顔立ちをしている。

犬〝のような生き物〟だと蓮樹が思ったのは、その生き物の背に、体毛と同じ漆黒の立派な翼が生えていたからだ。

子供の頃から動物は大好きだったが、店をやっていたため、自宅でペットを飼うことは禁止だった。だから、予想外の被毛を持つ警護が現れたことに、蓮樹は胸を躍らせた。

「お母さま、この子が守ってくれるクロードです！　とっても頭がよくて、強いのです！　マルのおともだちです！」

よほどクロードが好きらしく、クロードの立ち耳にマルはすりすりと身を寄せている。

「そうなんだね。初めまして、クロード。今日はマルと庭に出たいんだけど、一緒に行ってもらえるかな？」

身を屈めて目線を合わせ、頼んでみる。クロードは蓮樹への服従を表すかのようにその場に伏せてから、こっくりと頷く。

ずいぶんと頭の良い生き物だ。

マルはクロードに、これまではマーレだったが自分の名前はマルになったので、今後はそう呼んでほしいと頼んでいる。わかったわかった、というようにクロードがこくこくと頷いているのが微笑ましい。

言葉がわかっている様子に感激し、撫でてもいい？と訊ねて許可をもらい、その毛並みに触れた瞬間だった。

「わあ、艶々……クロードはさ、……クロくん……、あれ、君…………、黒田、くん……？」

蓮樹が口にした呼び名に、クロードはぴくんと耳を揺らす。

自分でもおかしいと思う。

けれど、どうしてなのか——この翼のある生き物に触れると、元の世界で悠太と友菜のシッターをしてくれていた青年、黒田の姿が明確に思い浮かんだのだ。

蓮樹の言葉に、クロードの頭の上にいるマルも、びっくりした様子で耳を真横に伸ばして固まっている。

ごめん、なにを言っているんだろう、と蓮樹が急いで謝ろうとしたときだった。

クロードは、人間みたいにがっくりとうつむき、はあああ、と深くため息を吐いた。

「——妖精王。もうバレてしまいましたよ。どうしますか？」

突然、目の前の生き物が人間の言葉をしゃべり、蓮樹は目を丸くする。

『――そうか。ならば仕方ないな』

唐突に朝食の間にウィルバートの声が響く。すぐに部屋の扉が開き、そこから顰め面をした妖精王が入ってきた。

「この子は、いったい……」

わけがわからず、蓮樹が彼に訊ねると、ウィルバートがまだ伏せをしているクロードに言った。

「人の姿をとることを許す。ただし、いまだけだ」

一瞬ウィルバートを睨むように見上げてから、クロードがむくりと立ち上がる。

四本足で立っていたクロードが、後ろ足ですっくと立ち上がる。かと思うと、その躰が、みるみるうちに縦長に伸びていく。

「ひっ!?」

あっという間に、翼のついた犬が人へと変化する。

犬のような生き物だったクロードは、元の世界にいるはずのシッターの青年、黒田の姿になった。

「く、く、クロ、くん……!?」

目の前で鮮やかな変身シーンを見せつけられ、蓮樹は驚きで腰を抜かしそうになり、その場

にしゃがみ込んだ。

「これ……ど、ど、どういうことなんですか……っ？」

自分で指摘したことながら、目の前でこうして変身されると、あまりに衝撃が大きい。

「君が見た通りだ。いろいろと心配なことがあったので、私がこのクロードをこちらの世界から君の警護をするために行かせた。ちなみに彼は犬ではなく神狼(しんろう)だ。勇猛果敢で一噛みで敵を倒せるほどの鋭い牙を持っている。ただ、本当の姿ではなかなか向こうの世界にいる君のそばには近寄れないので、私が翼を隠させ、人間の姿をとる許しを与えて送り出したんだ」

黒田の服装はこれまでの現代的な若者のものとは異なり、裾が長い詰め襟の上着にズボンとブーツという衣服を纏っていて、しかもよく似合っている。細部の作りからみて、どうも軍服のようだ。

ウィルバートが戻れ、と言うと、黒田は彼を睨みながら、みるみるうちにまた翼のある獣――神狼の姿に戻っていく。

「私がずっと君のそばについていられればいいのだが、そうもいかない。心配だから、城の外に出るなら、庭までだ。そのときは、必ずクロードとマルを連れていってくれ」

ウィルバートはそう言うと、へたり込んだままの蓮樹の手を取って立たせてくれる。

「ありがとうございま、す……っ!?」

立ち上がった蓮樹は、ぐいと引き寄せられる。礼を言おうとする唇を、ウィルバートはなぜか唐突な口付けで塞いだ。もがく前にすぐに離してくれたが、ここは皆もいる朝食の間なのだ。なぜこんなところで、と蓮樹は顔が真っ赤になるのを感じた。

ウィルバートに背を抱かれたまま、おそるおそる目を向けると、キスシーンを目撃したマルはなぜか嬉しげにピョンピョン跳ねている。妖精たちも、皆頬を染めて、どうしてなのか喜んでいるようだ。

そして、また神狼の姿に戻った黒田はといえば、ふたたび伏せの姿勢になり、なぜかウィルバートのほうを睨んでいる。

とんでもないことをしてきたウィルバート自身は、なぜかむすっとした顔になり「人々を待たせている。そろそろ戻らなくてはならないな」と漏らす。

「レンジュ、ではまた夜に。マル、クロード、頼んだぞ」と言い置くと、蓮樹を一度抱き寄せてから、さっさと部屋を出ていってしまった。

妖精王が消えると、クロード――黒田が立ち上がり、ゆっくりと蓮樹のそばまでやってきた。

片方の膝を突いて、蓮樹は大きな神狼と目を合わせる。

「……ほんとに、ほんとに、君はあのクロくんなんだね……」

まさか、黒田がマルやウィルバートと同じ、こちらの世界から来た者だったなんて。

「そうです。黙っていてすみませんでした、蓮樹さん。俺はあなたを守る任務のために送り込まれていましたが、正体を伝えることは王から禁じられていたんです。まあ、言ったところで、信じてもらえなかったでしょうけど」

初めて『黒田』に会ったのは、祖母が亡くなった少しあとのことだった。訊ねると、その頃が、彼があちらの世界について、蓮樹の店を訪れ始めたところだったという。

当然のことながら経歴は作り物だったが、この国を長く留守にできないというウィルバートのように、毎回行き来するのではなく、彼はしばらくの間向こうの世界に滞在していた。駅向こうのマンションは、なんと購入したものだったらしい。

シッターのバイトを始めたのも、なにもかも、すべては蓮樹を警護するためだという。

「店で桜也さんの泣き言を聞きつけて、ちょうどよかったのでバイトをさせてもらったんです。成り行きでしたが、悠太くんと友菜ちゃんふたりともとてもいい子で、楽しい仕事でしたよ」

と、思い出すように彼は目を細める。

そのとき、ふと頭を過ったことがあった。蓮樹はおそるおそる「じゃ、じゃあ、ご近所で噂になってた大きな黒い野良犬って、もしかして……」と訊ねる。

「たぶん、俺のことでしょうね」と平然と言って、彼は軽く肩を竦める。

以前から夜になると、翼を隠して犬にしか見えない姿で、店の周囲を守っていたらしい。

「警察と保護団体に通報されて、マークされたのはさすがに失態でした」とぼやいているのに啞然とする。

わざわざ変身させてまで彼を警護として送り込むなんてと、ウィルバートの過保護に蓮樹は思わず呆れた。

そう言うと、クロードは複雑そうな顔をして、「妖精王にもいろいろと心配事があるんですよ。それに、用心に越したことはないでしょう」という謎の答えが返ってくる。

店がある町は比較的治安のいいところだ。それに、蓮樹はやや小柄ではあっても成人した男で、そこまで手を尽くして守ってもらうほど弱くはないと思うのに。

マルがいる店だから、というわけではないようだし、どうしてウィルバートはそんなに蓮樹の安全を心配していたのだろうと不思議に思う。

念のためクロードに、彼とマルの他にも妖精国から向こうに行っていた者はいるのかを確認する。他の知り合いにはいないはずだと言われて、蓮樹は胸を撫で下ろした。まさかとは思うが、桜也や高木などまでもが……と不安になったのだ。

黒田は、蓮樹が妖精国に連れてこられるときに、一緒にこちらに戻ってきたそうだ。半地下の部屋から階段を上っていくときも、蓮樹に見つからないようについてきていたというので、階段で一瞬だけ蓮樹の目に入った黒っぽい影は、見間違いではなく、彼だったのだと納得した。

「あ……じゃあつまり、クロくんは妖精王の部下ってこと？」と蓮樹は訊ねる。

その問いに、なぜか神狼はとても嫌そうに顔を顰める。

「そういうわけじゃないんですが……ちょっとした事情と、大きな恩義のために、いまは彼の配下にいます」

更に驚いたことに、実はここについてからこれまで蓮樹が食べていた食事のほとんどは、彼が作ったものだったらしい。「妖精王が料理長や使用人たちをすべて解雇してしまったので」と言う彼は、蓮樹の食事を作るために、厨房に入るときだけ人の姿をとれる許しを得ていたそうだ。小さな妖精たちは、盛りつけと配膳係だったのだという。道理で、知らない食べ物であるにもかかわらず、どれもなんとなく親しみのある味つけだったはずだと蓮樹は微笑んだ。

「そして、今日からは、料理番だけではなく、あなたの警護が俺の任務です」

「そーです、今日はクロちゃんとふたりで、お母さまをお城の庭にご案内するのです！」

クロードと蓮樹が話している間、せっせと残りの砂糖菓子を頬張っていたマルが、話を聞きつけたのか、勢いよくぴょーんと飛んできた。またクロードの頭の上に遠慮もなくちょこんと乗っている。

子供好きなところは変わっていないのか、白ウサギに耳を掴まれてじゃれつかれても、クロードはちっとも意に介さない様子だ。

マルは店の自宅スペースのほうに黒田がシッターをしに来ているとき、ぜったいに入ってこなかったから、彼か子供のどちらかが苦手なのかと思い込んでいた。

そう言うと、マルは慌てたみたいに「クロちゃんは大好きですよ！」と答えた。

どうも、シッター中に自宅スペースに近寄らなかった理由は、純粋な心を持つ小さい子供には、マルの本当の姿が見えてしまう場合があるためだったそうだ。問題を起こさないよう、なるべく子供とは接触しないようにと命じられていたらしい。

そして、『光崎』がいるときに隠れていたのは、ウィルバートからいいかげん妖精国に戻ってこいと言われたり、連れ戻されたりするのを恐れていたからだそうだ。

自分だけが知らなかった事実を次々と明かされ、なんだか力が抜ける。思わず蓮樹は笑ってしまった。

黒田とマル、そしてウィルバートの三人は、実は知り合いだった。そして、マルとクロードは仲良しで、ウィルバートとクロードはなぜか犬猿の仲に思える。

不明なことはまだ多いけれど、あちらでの知り合いでもあり、信頼のおける黒田がそばに来てくれたのは、純粋に嬉しかった。

「じゃあ、今日は庭に一緒に行ってもらえるかな?」と蓮樹が訊ねると、「もちろんです。それが俺の仕事ですから」と黒田――クロードは澄まして答える。

大きな神狼は、マルを落とさないようにゆっくりと動き出した。

＊

蓮樹が妖精国に連れてこられて、二週間ほど経った。

この国での暮らしは、なぜだか不思議なくらいに蓮樹の躰にしっくりと馴染んでいった。

マルはいつもそばにいて、わからないことがあればすぐに教えてくれるし、半透明の妖精たちも、すっかり蓮樹に懐いている。

庭に出るときは、マルが呼ぶとクロードがすぐに現れてつき添ってくれる。

朝食とお茶の時間、それから夕食と、クロードが作り、妖精たちが出してくれる食事は毎度、とても美味しい。原料は食べたことのないものばかりのようだが、どの皿も蓮樹の口に合う。毎日の食事の時間が楽しみなほどだ。

時折、異なる世界の風習に驚きを感じつつも、毎日が穏やかに過ぎていく。

皆に慕われる優しい日々に、蓮樹は祖母を失ったときになくした温かな幸福を、ここで取り戻せたような気がしていた。


夜がきて、ふたりきりになると、ウィルバートはいつも日中の蓮樹の話を聞きたがる。

「――そうか。今日も庭に出たのか」

はい、と蓮樹は笑顔になった。上の階から眺めた前庭は美しく整えられていたが、そちらは城を訪れる民が集まる場所らしく、マルが案内してくれたのは裏庭のほうだった。

驚いたことに、完璧な前庭とは違い、裏庭はあまり手入れが行き届かずに荒れていた。だが、蓮樹は裏庭に出てみて、こちらの世界に来てから一番ワクワクするのを感じた。

なぜならそこには、元の世界では見たことのない植物や種がいくつも目についたからだ。

どうしてこの裏庭だけが放置されているのかわからないが、手を入れれば、きっとここも前庭以上に綺麗な庭になるはずだ。

これらの植物が芽吹き、いっせいに花が咲いたらさぞかし美しいことだろう。

なにかを育てることは、気持ちを前向きにさせる。

その日から、寂しい裏庭に出るのが日々の楽しみになり、蓮樹たちが城の外にいる時間は格段に長くなっていった。

「少し土いじりをしたあと、今日はリースの芯にできそうな雰囲気のいい枯れ枝を見つけたので、マルとクロくんに頼んでそれを一緒に集めてもらったんです。マルも作ってみたいと言うので、明日はリース作りを一緒にしたいと思ってます」

それならば、装飾用品に使えそうなものを揃えた部屋がある、そこにあるものは好きなだけ使って構わないとウィルバートに言われた。おそらく、以前マルが案内してくれた、様々な種類の布やリボンやボタンなど、ありとあらゆる手芸用品が詰め込まれた小部屋のことだろう。

ずいぶんと立派なリースができそうで嬉しくなり、蓮樹は礼を言った。

ウィルバートは、だいたいいつも蓮樹たちが晩餐の間で食事を終えた頃にやってきて、自分は果実酒を飲むか、果物を少し食べるだけだ。

彼は晩餐の間で、蓮樹がマルとなにをしたか、その日の出来事を聞くことを、殊の外楽しみにしてくれているようだ。そして、一生懸命に一日の冒険譚を話すマルの微笑ましい姿と、それを褒めながら興味深く聞くウィルバートの仲の良い様子を見るのが、蓮樹にとってとても密かな楽しみになっていた。

眠る部屋に向かうマルを見送り、妖精たちにお休みを言って、最上階の寝室に移動する。

妖精王の寝室の続き部屋には、いつもたっぷりの温かい湯を溜めた桶と、清潔な夜着が用意されている。躰を清め、すっきりして部屋に戻ると、今度はウィルバートにおいでと呼ばれ、ひとり掛けソファへと導かれる。

今日はいいです、と断ったところで無駄だということは、これまでの日々でよくわかっている。

大人しく蓮樹が腰を下ろすと、彼が目の前に片方の膝を突く。足元に置かれた光沢のある貝殻のような一抱えほどもある大きな入れ物に、水差しから水を注ぐ。

「土いじりをして歩き回り、今日も疲れただろう」と言いながら、彼が水の中に指を一本入れると、甘い花の香りの湯気がふわりと立ち上った。

どうやら術を使ってお湯にしたようだ。

更に、湯気の上で彼が手を翳(かざ)すと、ふわっと光の粉が舞い落ちて、湯で満たされた殻の中がきらきらと煌めき始める。マルがいつも店で花にかけてくれていたのと同じもののようだ。妖精は皆できるのか、ウィルバートにも出せるらしい。

ふくらはぎまでの長さのある夜着を捲るように命じられて、おずおずと従う。足首を掴まれて湯にそっと浸けられ、蓮樹は思わずため息を吐いた。

広い裏庭を歩き回った足に、適温の湯が沁みるようで心地いい。

城自体が広大なので、普通に暮らすだけでもここでは体力を使う。しかも蓮樹は、夜になると、ウィルバートから性的に刺激されて、更に体力を奪われている。毎朝妖精たちが作ってくれる、疲れの取れるジュースがなければ、持たないかもしれないと思うほどだ。

彼は湯の中に手を差し入れ、蓮樹の脚に触れる。ゆっくりと揉み始める手に、ぎくっとした。

「や、やっぱり、だめです」

慌てて止めようとしたが、「なぜだ？」と彼は不思議そうな目をしている。

「だって……自分でできます」

「昨夜も一昨日の夜も、こうさせたはずだ」とあっさり受け流された。

「気持ちがいいのだろう？　だったら大人しく私に任せておけばいい。君の疲れはすべて取り去ってやる」

そう言いながら、膝頭にそっとキスをされて、頬が染まるのを感じる。

ウィルバートの大きな手は、絶妙な手つきで、蓮樹のふくらはぎから足の裏までをも揉んでいく。

仮にも王に足を揉ませるなんてという強い躊躇いは消えないけれど、あまりに巧みなマッサージに次第に全身の緊張が緩み、躰が蕩けていく。

いつしかウィルバートと過ごす時間も、蓮樹の幸せのうちのひとつになっていた。

こうして彼は、いつも蓮樹の世話を率先して焼きたがる。ウィルバートが術を使えば簡単に済むようなことでも、蓮樹に関しては手ずから世話をしたいらしい。それが自分の望みだと言われると、強くは断り辛い。こんなふうに尽くされた経験のない蓮樹は、恐ろしいほどのまめしさに恐縮してしまう。

花びらを入れた湯はなんともいえずいい香りがほのかに漂う。宝物を撫でるような、丁寧で恭しい手つきで強弱をつけて、気持ちのいいところを押される。

「ん、ん……っ」

あまりに上手過ぎて、無意識に喘ぐような、甘い息が漏れた。

もしウィルバートが向こうの世界でマッサージ師の職についたら、それだけでじゅうぶんに食べていけそうだ。きっと口コミであっという間に評判が広まるだろう。

くったりと椅子の背に身を預け、いつしか脱力した蓮樹は、彼の絶妙な手技に身を委ねていた。

「う……ん」

つい、うとうとし始めたときだ。

ぼんやりと目を開ける。心地いい湯に浸かっていたはずの足は、いつの間にか殻から出されて拭かれたようで、乾いている。

「う……ん」

なぜか腰にもどかしい疼きを覚え、無意識に腰を捩る。目に映った状況に蓮樹はぎくりとした。大きく開いた自分の白い脚の間に、ウィルバートの姿が見える。

「え……っ」

すでに夜着の裾は臍（へそ）のあたりまで捲られている。背もたれに深くもたれる体勢にされ、両脚を大きく開いて椅子の肘置きにかけるというとんでもなく恥ずかしい格好に、蓮樹は驚愕した。

「あっ、や……！」

更に、躰の奥で指を動かされて声が出た。きっとまた花の蜜を使われたのだろう、濡れた感触のする尻には、彼の指をもう二本も銜（くわ）え込まされている。

床に膝を突き、蓮樹の脚の間に陣取ったウィルバートが、あらわになった蓮樹の下腹に恭しく口付けてくる。

彼の目の前にある蓮樹の性器は、すでに半勃ちの状態だ。

驚いている蓮樹と視線だけを合わせると、彼はかたちのいい口の端を上げた。

「足を揉んでやっているうちにうたた寝してしまったから、しばらく可愛い寝顔を眺めていた。起きるのを待っていたんだが……我慢できなくなった」

「寝てる間になんて、そんなの……」

「起こそうとしたが、あまりに気持ちが良さそうに寝ていたから」

必死に文句を言おうとしたが、楽しそうな彼が蓮樹の脚を掴み、奥にある指をまた蠢かす。

「んっ！　ま、まって……っ」

毎晩嫌というほどじっくりと弄られている上に、今夜も相当丹念に慣らされたのだろう。彼の指をぐっぷりと呑み込んだ後孔に痛みは感じない。ぬちゅぬちゅと音を立てて動かされ、執拗に気持ちのいいところばかりを何度も擦られる。

「う、うっ、ん」

ぐりぐりと押されるとじんと躰が熱くなり、勝手に中が彼の指をきゅうと締めつけて、たまらないほどの快感を伝えてしまう。

「――そろそろ、私の求婚を受け入れてくれる気になったか？」

ふいに訊ねられて、蓮樹はぎくっとする。

「そ、それは、その、まだ……」

「まだか」と落胆したように漏らす。顔を近づけてきたウィルバートが、蓮樹の目をじっと射貫くように見つめてくる。

「……私は、どうしようもなく君のことが好きだ。心の底から君を欲している。私の想いは、君に伝わっているか？」

真剣な言葉に、蓮樹はぎくしゃくと頷く。

唇が重なってきて、熱っぽく吸われる。口付けの合間に開いた隙間から舌が入り込んでくる。舌を情熱的に吸われながら、後孔に押し込まれた指をゆっくりと動かされる。

舌を搦め捕られながら尻の奥を同時に刺激され、全身が痺れたみたいになる。抵抗する力も出ず、蓮樹は声にならない喘ぎを漏らす。

「ああ、早く君を我が妃にして、一刻も早く繋がりたい。こんなに焦らされては、さすがにおかしくなりそうだ……」

苦しげな声で言いながら、彼は差し込んだ指を激しく蠢かし始める。

「んっ！　あ、あ……っ！」

たまらずに先端を濡らしている小さめの性器には触れてくれないまま、指が容赦もなく三本に増やされた。優美な指は、呑み込まされていると長くて太い凶器のようだ。後孔を雄の指でいっぱいにまで開かれ、同時に硬い親指の腹で膨らんだ会陰を揉むように押されて、息もできなくなる。

「そ、そこ、ダメ……っ」

危機感を覚えて、もがこうとすると、夜着の上から硬い指先で乳首をぎゅっと摘まれた。じわっと蓮樹の前から蜜が溢れる。

「あ、ぁ、ん……っ！」

頭の中が真っ白になり、全身に電流が流されたみたいな痺れを感じた。

一瞬気を失っていたのか、気づいたときにはすでに蓮樹の茎はくったりと萎え、下腹を垂らした蜜でぐしょぐしょに濡らしてしまっている。

自分でなんとかする力も出ず、吐き出したものはウィルバートが清潔な布で丁寧に拭ってくれる。

ぐったりしてひとりで歩くという気力も出ない蓮樹をその腕に軽々と抱き上げ、恭しく寝台に移動させてから、彼がぽつりと言った。

「……できるだけ、早めに応えてほしい」

真上から伸しかかられて、切実な目で見つめられる。

「私には、君を無理に妃にすることはできない。だが、このままではいつか理性を失って、私の妻になりたい、結婚してくれと君のほうから懇願するまで、責め立ててしまいそうになる

……」

本当にそうされてしまいそうな気がして、ぶるっと躰に震えが走った。

掬い取った手に何度も口付けを落とされる。想いに応えてほしいという強い願いを感じた。

好かれているのは日々、痛いほどに伝わってくる。彼の中にあるのは、なにも持たない平凡な自分に対しては、過剰なほどの強い恋情だ。

だんだんとここでの暮らしにも慣れてきた。マルとクロードがいてくれれば、なんとかやっていけそうな気もしている。

元々淡い想いを抱いていた相手だ。正体に驚きはしたが、ウィルバートのことは、もちろん嫌いではない。いや、むしろ——。

(だけど……ウィルバートには、べつの妃がいるかもしれなくて……)

はっきり彼に訊ねさえすれば、すぐにわかることだ。だが、ふたりきりになるたび、その時間の心地よさに、蓮樹はついその質問を呑み込んでしまう。

——もしもウィルバートにすでに妃がいるのなら、自分の選ぶべき道は決まっているのに。

彼の熱烈過ぎる想いを受け止めていいのかがわからず、蓮樹は悩み続けていた。

翌々日の昼間、いつものように裏庭に出ていた蓮樹とマルは、クロードにお茶の時間になったと告げられた。作業をいったん中断して三階に上がることにする。

妖精たちが出してくれる美味しいお茶を飲もうとしていたとき、珍しくウィルバートが姿を見せた。

「少しいいか？　君を連れていきたいところがある」

彼にそう言って誘われ、蓮樹は目を瞬かせた。

実は昨日の夜、蓮樹は初めてウィルバートが触れてくる手を拒んだ。

妖精国に連れてこられてからというもの、毎夜、濃密な愛撫を与えられ、当然のように同じ寝台に引き込まれて眠っている。

だが、一昨日の夜にぶつけられた彼の熱烈な想いに戸惑いを感じた蓮樹は、昨夜、『今日はひとりで眠りたい』とおそるおそる頼んでみた。せめて一晩だけでもひとりで夜を過ごし、少し冷静になりたかったのだ。

蓮樹がそんなことを言い出すとは思ってもいなかったようで、ウィルバートはショックを受けた様子だった。なぜなのかを訊ねられ、不満や望みがあるならなんでも言ってほしいと乞われた。しかし、蓮樹はいまの気持ちをうまく言葉にできず、『向こうの世界では、一般的にいきなり躰を重ねたりはしない。最初はお茶から始まり、デートを重ねてじょじょに段階を踏み、時間をかけて結婚するかどうか決めるものだ』というようなことを、しどろもどろに必死で訴えた。

結局、昨夜はひとりで眠ることを蓮樹に許し、ウィルバート自身は部屋を出ていってどこかべつのところで休んだようだ。彼の部屋なのに、まるで追い出したみたいで申し訳なかったが、こうして誘い出してくれたところを見ると、怒っているというわけではないようだ。

どこに連れていってくれるのだろうと、初めての誘いにどきどきしながら蓮樹は頷く。

彼はマルにも「お前も一緒に行くか？」と訊ねた。行こうかどうしようかとしばし迷っていた様子のマルは「ボクは皆とお留守番をするのです」と言って、残ることを決めたようだ。

遠慮しているのかと思ったが、なぜか留守番を選んだマルはご機嫌でにこにこしている。妖精たちも頬を染めていて、同じように嬉しそうだ。妖精王がいない間にしたい悪戯でもあるのだろうかと不思議に思う。

ウィルバートは、妖精たちからなにかが入った籠を受け取り、頭を撫でている。

「マルは次の機会に連れていこう。レンジュ、行くぞ」と言って、手を引かれる。

一階に下りるのかと思っていたら、彼はなぜか窓を開けてバルコニーに出た。器用に指笛を吹く。すると、どこからともなく降りてきたのは、純白の見事な翼を背に生やした天馬だった。

蓮樹が驚いている間に、ウィルバートは天馬に手早く鞍をつけ、妖精たちから受け取った籠を括りつける。その背に軽々と飛び乗った彼に手を差し出され、おそるおそる掴むと、蓮樹も馬上に引き上げられた。

蓮樹は馬に乗ること自体が初めてだ。飛行機にも乗ったことがない。どちらも、なんとなく怖そうなイメージがあったが、天馬なんて、これを逃したら一生乗る機会がないと覚悟を決めた。

ウィルバートの前に乗せられた蓮樹は、やたらと嬉しそうなマルと、並んで手を振る妖精たちを振り返る。

「い、行ってきます」

強張った顔で手を振り返したとき、あれ、と思った。

いつも半透明なはずの妖精たちの姿が、なぜかいつもより少しはっきり見えた気がしたのだ。

だが、よく確認する前に天馬が空へと前脚を伸ばし、バサリと翼を羽ばたかせる。

「うわあぁ……！」

バルコニーから飛び上がる瞬間には、思わず声が出た。

大きな翼をひらめかせて飛ぶ天馬の背中は思いの外揺れず、意外にも乗り心地は悪くない。

背後にいるウィルバートが両腕で挟むようにして、しっかりと蓮樹の躰を支えてくれているせいもあるかもしれない。

じょじょに爽快感が湧いてきて、天空の乗馬を楽しめる気持ちになってきた。

一望した妖精国は、思ったよりも大きな国のようだ。飛び立った城を中心として、森と町が各所に点在する景色が遥か遠くのほうまで広がっている。天馬の背から緑が鮮やかで自然溢れる広大で美しい国を眺めていると、地上から必死で手を振る民たちの姿がぽつぽつと目に留まる。飛べない種類の妖精だろうか。

「よければ手を振り返してやってくれ」とウィルバートに言われて、自分でいいのだろうかと思いながらも、おずおずと蓮樹は手を振り返す。気づいた民ははしゃぎ、喜んでくれているように見えて嬉しかった。

しばしの間空中散歩を楽しみ、天馬が降り立ったのは、小さな山の頂上にある草原だった。緩やかな斜面から見下ろすと、城も町も小さく見える。

ふたりを下ろすと、天馬はあっという間にまたどこかへ飛び去ってしまう。こんな山のてっぺんからからいったいどうやって帰ったらいいのかと心配になるが、ウィルバートから「呼べばまたすぐに来る」と言われて蓮樹はホッとした。

いつの間にか草の上には彼が持参したらしい布が敷かれていた。その上に腰を下ろすと、ウィルバートが妖精たちから受け取った籠の中身を取り出す。

籠の中には、敷布以外にもいろいろなものが入っていた。焼き菓子や果実に、ティーカップ、布に包まれた瓶にはお茶が入っている。ふたつのカップにそれぞれお茶を注いだウィルバートが、その上で軽く手を翳す。茶葉のいい香りが漂い、温めてくれたのだとわかった。礼を言って受け取り、美味しいお茶をありがたく飲みながら、絶景を楽しむ。

「ここは天馬との散歩コースなんだ。どうだ、少しは気晴らしになるだろうか」とウィルバートに訊かれて、「はい、とても！」と勢い込んで答えた。

それはよかった、と彼が微笑む。

少し冷えた空気が頬を撫でる。思い切り深呼吸をすると、かすかに草の匂いがした。青空の下、絶好のピクニック日和だ。

この地についてから、蓮樹が城の敷地の外に出たのはこれが初めてだ。

高揚した気持ちで外の空気を満喫していると、レンジュ、と名を呼ばれる。彼のほうを向くと顎を取られて唇を吸われた。

外だからか、もしくは昼間だからなのか、ウィルバートのキスはひたすら甘く、そっと舌の先端同士を擦り合わせるだけで離れる。

布の上に突いた手の上に手を重ねられ、大切そうに撫でられる。間近にあるウィルバートの端正過ぎる顔に見つめられると、それだけで心臓の鼓動が壊れそうなくらいに激しくなる。寝室では疲れていたり、眠かったりでまじまじと顔を見ることもない。

だが、昼間にこうして日の光の下で見る彼の美しさは格別だった。どうして彼が自分をという戸惑いと、その彼に一心に想いを向けられて歓喜する気持ちとが蓮樹の中で混ざり合う。

髪を撫でられたり、頬にキスをされたりと、ゆっくりとした時間が流れ——蓮樹はハッとした。

(もしかして……これって、『デート』……？)

蓮樹が昨夜言った、向こうの世界における『段階を踏んだ交際』という流れを聞き、ウィルバートはなんとか実行しようとしてくれているのかもしれない。

まさか、天馬に乗って連れ出されるとは想像もしていなかったので、これが彼なりのデートだということに、蓮樹はいまのいままで気づかずにいた。

なぜ、いつも蓮樹にどこまでもついてくるマルが遠慮したのか。妖精たちが頬を染めて見送ってくれたのかが今更ながらわかる。蓮樹も赤面しそうになった。

「君がこうして私のそばにいてくれるなんて、夢のようだな」

熱っぽい囁きを耳に吹き込まれながら頬を撫でられて、ゆっくりとウィルバートの胸に抱き寄せられる。いつもと変わらない様子の彼が、いろいろなことを考えて、昼間の時間を空けてくれた。わざわざこのデートを、蓮樹のためにセッティングしてくれたのだろうと思うと、じわじわと愛しさが湧いてきた。

「……もっと君の笑顔が見たい。私は君を、この国で一番幸せにしたいんだ」

まっすぐに蓮樹を見つめながら彼が囁く。ウィルバートの目に、愛されていることを実感してたまらないような気持ちになる。

なんとか少しずつでも歩み寄ってくれようとする彼の気持ちが、ただ嬉しい。蓮樹はウィルバートの硬い胸元に頬を寄せる。

まるで、夢の中にいるような時間だった。

そんな妖精国での幸福な日々の中でも、気がかりはいくつかあった。

「う、ぅ……」

（まただ……）

天馬に乗ってデートをし、ふたたび同じ寝台で眠ったその日の夜のことだ。夜半に目を覚ました蓮樹は動揺した。

自分を抱き込んで眠っているウィルバートが、酷く魘（うな）されているのに気づいたからだ。

「まて、……いく、な……、……レ……」

どうも、夢の中で誰かを引き留めようとしているようだが、叶わないのか、その美貌は顰められ、額には汗が滲んでいる。

とても辛い夢を見ているようだ。

おそらく、求める相手を引き留められなかったのだろう。

起こしたほうがいいのかわからなくて、蓮樹はいつも迷いながら彼の手を握る。

すると、手を強く握り返され、ウィルバートの表情がふっと和らぐ。苦しげな寝言も収まり
——ホッとして、蓮樹もまた眠りに戻るという夜が、それからもたびたび繰り返されている。

どんな夢を見ているのか、彼が誰を引き留めたいのかが気にかかる。

ウィルバートが魘されていることに気づいてから、蓮樹はずっと心を痛めていた。

昼間はいつも通りの余裕ある彼だが、なんだか少しやつれてきたようにも見える。あれほど苦しそうなのだから、躰が休まらず、疲労を感じていて当然だろう。本人は気づいていないようなので、魘されている事実を伝えて、改善策を考えたほうがいいのではないか。

そう思うのに、どうしても伝えられない。

もし、それが万が一にも、彼と一緒に描かれていた絵画の女性——すでにいる彼の妃だとしたらと思うと、怖くて言えないのだ。

蓮樹は元々客だった光崎に好意を抱いていた。その彼が、いまは自分だけを見つめてくれている。毎夜熱心に求婚されて、気遣われて甘やかされ、心も躰も蕩けそうなほど情熱的に愛されている。

そんな日々を重ねる中で、彼への想いがいっそう膨らまないはずはなかった。

強引に連れてこられ、求婚されたのには戸惑ったが、不思議に満ちた妖精国の暮らしは、いつしか蓮樹の身にしっくりと馴染んでいった。

祖母亡きあと、不安な気持ちでひとりで無理に店を続けようとしていたときよりも、もしかしたら、ここでウィルバートやマル、クロードや妖精たちとともに暮らしているいまのほうが、ずっと幸せかもしれないと思うほどだ。

時間を過ごすうち、蓮樹の中で、元の世界に戻りたいという気持ちは薄れ、ここでみんなと暮らしていきたいという気持ちがじょじょに強くなっていく。

得たことのない幸福の日々の中で、それを失うのが怖くて身動きがとれなくなる。

悩みの中にいる蓮樹は、毎夜魘されるウィルバートの手を握り、ただ悪夢を止めてやることしかできずにいた。

＊

こちらに連れてこられて、十七日目の朝がきた。

今朝初めて、蓮樹はウィルバートとささやかな喧嘩をする羽目になった。

理由は、ここにきてやはり彼が蓮樹の里帰りを渋っていることだった。

こちらの一日が、向こうの二週間に当たると聞いた。ならば、おそらく元いた世界では、もうすでに八か月近くもの時間が過ぎているはずだ。

ひとりで、でもいいから、そろそろ一度帰りたい。向こうにいられるのは一日だけでもいい、閉店した店の状況をこの目で確認し、世話になった皆に挨拶をしてきたいのだと蓮樹は頼み込んだ。

けれど、苦い顔をした彼からは「危険だからひとりでなどぜったいに行かせられない。だがいま私はこの国を離れられない。必ず連れていくから、もう少し待ってくれ」という答えが返ってくるばかりだ。どんな危険があるのか、ひとりではだめな理由はなんなのかを訊ねても教えてはもらえず、クロードやマルと一緒ではどうかと頼んでも首を横に振られるだけだった。

帰省は渋られるかもという予感はあったが、正直がっかりした。

(以前頼んだときは、一緒に行ってくれるって言ったのに……)

このままでは、どんどん日々が過ぎていく。あまり悠長にしていると、周囲の人が順当に年を重ねていく中で、年を取らない自分がぽんと現れるという、ニュースになりそうな事態に陥る危険性すらあった。

なにも、自分はわがままを言っているわけではない。幼い頃から住んでいた場所への帰省を『たった一日でいい』『用が済んだらすぐに戻ってくる』という、相当に譲歩した二点で頼んでいるのだ。

そもそも、すぐ戻るつもりでいるのは、何度も夜に魘されているウィルバートのことが心配だからもあるのに。

それにもかかわらず、短過ぎる帰省すらも許してもらえないなんて酷いと思う。

(お祖母ちゃんのお墓にも行って、これからのこととかも報告しておきたいし……)

祖母は人づき合いを大切にしていた。だから自分も、育ててくれた彼女の教えを守りたい。

(一度帰省して……皆に礼儀を通して、気がかりをすべて片づけたら……彼に、自分より前に妃がいるのかどうか、ちゃんと確認しよう……)

ウィルバートには未だにそのことを聞けずにいる。

一度元の世界に戻りたいと蓮樹が急いているのは、祖母の墓参りをして勇気をもらい、臆病な自分が、彼に真実を訊ねる決断をするためでもあるのだった。

その日も蓮樹は、朝食を終えたあと、マルとともに、先日裏庭の花壇に植えた種の様子を見に行った。

クロードも同行してくれて、皆で連れ立って長い階段を下り、裏側の出口から城を出て裏庭に向かった。マルたちに心配をさせたくないので、ウィルバートと揉めたもやもやは心の中に押し隠す。

見事な前庭に比べ、最初に来たときは目を疑ったほど、城の裏庭は寂しい状態だった。整地自体はされていて、通路と花壇になるであろう区画はちゃんと分けられているのに、花はごくわずかしか咲いておらず、どれもが萎れかけていた。土に栄養が足りないのか、木は葉を落としていて、中にはすっかり枯れてしまっているものもちらほら見受けられた。

荒れている、と言っても過言ではない。妖精国は、夜になると秋の終わりのような冷え込みを感じるときもあるが、昼間は春先のような暖かさだ。こんなふうに植物が疲弊し切った状態になるような気候ではなさそうなのに。

(裏庭まで手入れする庭師はいないのかな……)

城内は恐ろしくぴかぴかだし、朝食の間から覗いた城の正面側にある前庭は完璧なほど見事に整えられていた。きっと、できないわけではないはずなのに、なぜウィルバートはこの裏庭にだけ手をかけてやらずに放置しているのだろうと蓮樹は不思議だった
閉店したとはいえ、元花屋だ。忘れ去られたような庭が悲しくて、どうしても気にかかった。

そこで、前回庭に出たときから、マルとクロードと相談して、裏庭を生き返らせて妖精王をびっくりさせる計画を始めた。

最初の日は、朝食の間にいた妖精たちに頼んで肥料になりそうな果物の皮などをもらい、クロードに器用な前足で土を耕してもらって、その肥料を入れ、少し土を整えておいた。

翌日から、毎日蓮樹とクロードでせっせと土を掘り返して栄養を行き渡らせ、空気を含ませる作業を続けた。痩せた土が元気を取り戻し始めたところで、落ちていた種を拾い集めて埋めていった。更に水分をたっぷりと与えたあと、マルに頼んでその上から光の花を撒いてもらったのだ。

妖精国は植物の成長がかなり早いそうなので、そろそろ芽が出る頃ではないか、というのがクロードとマルの意見だ。

「あっ、あれ！　わああい、やっぱり芽が出ているのです！」

前回種を埋めたところに小さな芽をひとつ見つけて、マルは大喜びだ。生えたての芽を目を輝かせて眺め、それからやや萎れ気味の花々にも忘れずに光の花を撒く。きっと今日、夕食の時間には嬉々としてこの芽のことを妖精王に報告するのだろうと思うと、蓮樹の頬も緩む。

「なんの種かわからないけど、育つといいね」

土を掘るのを手伝ってくれたクロードも、芽を見てこくりと頷いている。少しばかり強面（こわもて）に見える神狼の顔も、いまはやや誇らしげに見える。

この庭が生き生きとした緑に包まれ、あちこちに花が咲くようになったらと思うと、俄然やり甲斐が湧いてくる。夢中で土仕事をしているうちに、今朝ウィルバートとの行き違いで、沈んでいた気持ちも、すっかりどこかへ吹き飛んでしまった。

（……でも、喧嘩できる相手がいるっていうのは、ありがたいことだよな……）

最初は遠慮していたが、日々をともに過ごすうちに、だんだんと蓮樹は、したいことや嫌なことを、迷いながらもウィルバートに伝えられるようになってきた。

それは、本音を伝えることを彼が望み、蓮樹がなにかを告げるたび、真摯に受け止めて行動に移してくれたからだ。

（今夜会ったら、もう少し、自分がなぜ向こうに帰りたいのかを話してみよう）

元の世界には危険なことなどないし、蓮樹には彼から逃げるつもりもない。まだはっきりと気持ちを伝える勇気は出ないけれど、ここで暮らしていくための前向きな願いだとわかってくれたら、きっと彼も一度戻る許可をくれるはずだ。

土に触れたおかげか少し明るい気持ちになる。ルーティンの作業を一通り終えたあとは、まだお茶の時間まで少し余裕があったので、皆で散歩がてらぐるりと城の周辺を巡る小道を歩くことにした。

外側から見た城はかなりの大きさで、裏庭も相当に広い。蓮樹たちが土弄りをしている部分はほんの一角だとわかる。進んでいくと、途中には枯れかけた木立が並ぶ森や、魚の見当たらない池、洒落た造りの古い四阿（あずまや）などもあって、見つけるたびにマルがはしゃいでいる。

城の正面側が近づくにつれ、少しずつ、誰かの手が入っているらしく、庭は綺麗になっていく。だんだんと多くの人の気配が伝わってきた。

「あっ、もうじき光の花の時刻です！」

「光の花の時刻？」

首を傾げると、クロードの頭の上に乗ったマルが興奮気味に説明してくれる。

「訪れた者たちとの謁見を終えて、ちょうど妖精王がバルコニーに出てくるお時間なのですよ！」

お母さまも見に行きましょう！とうきうきした様子で誘われて、わけがわからないまま頷く。

飛び上がったマルのあとを、クロードとともに蓮樹は小走りでついていく。

そこには、驚くほど多くの人々が集まっていた。ざっと見た感じでも、百人以上はいるだろう。

城の正面側の広大な前庭には、敷地すべてをぐるりと囲む背の高い鉄柵と、その手前に蓮樹の背より少し高い鉄柵が設けられていて、手前の鉄柵のところまでは、民が自由に訪れることができるようになっているらしい。

マルが言うには、城の中央にあるのが妖精王の謁見室だそうだ。城の裏側から回ってきて、手前側の柵の中にいる蓮樹たちは、集まった民たちから少し距離を置き、植え込みの陰からそっとその様子を眺めた。

妖精王の城は、外側から見ると中心部が高く、左右に長く翼廊がある造りになっている。あの中央部分がおそらく階段のある塔、そして最上階が妖精王の部屋なのだろう。

皆が城の二階にある謁見室のバルコニーを見上げて歓声を上げている。

そこには、すでに妖精王の姿があった。

なにが起きるのかと蓮樹が固唾(かたず)を呑んで見守っていると、ウィルバートがすっと天に向けて手を翳す。

「――今日も平和でなによりだ。妖精国に永遠(とわ)の栄えあれ」

よく通る深みのある声を上げた彼の掌から、金色をした粉がふわっと舞い散る。

「光の花だ!!」

「ありがとうございます、妖精王!」

「ウィルバート様! こちらにもどうか光の花の祝福を!!」

民から感謝の歓声が上がった。皆が慌ててその光を浴びようと右往左往している。光の粉を浴びた者たちの躰は、陽光にきらきらとした輝きを放つ。光が零れ落ちた芝生まで生き生きと緑を濃くした。

光の花が舞う様子を目にしたとき、蓮樹は不思議な既視感に囚(とら)われた。この光景を見たことがある、という強い錯覚に襲われたのだ。

馬鹿な、と思う。あのバルコニーを外から見上げたことすら初めてだ。見た覚えがあるはずはないと、蓮樹は自分の中に湧いた感覚を頭を振って消そうとした。

一頻り輝く粉を撒き終わり、だいたい全員にかかったところを見計らって、妖精王がバルコニーから姿を消した。

まだ感嘆の声を上げている人々の顔は、歓喜に満ちている。

昼間、ウィルバートがどんなことをしているかを初めて目の当たりにして、素直に蓮樹は驚いていた。

おそらく、あの光にはマルの撒く粉が花を延命させるのと同様に、妖精国の民にもなにかいい効果を及ぼすのだろう。

集まってきた民に惜しみなく光を与えていた様子を見て、不思議に誇らしい気持ちになる。彼が真実この国の王なのだと、やっと蓮樹にも実感できた。

(……そういえば、あの光って、いつもマルが撒いてくれるのと同じものなのかな……)

ウィルバートが撒いたもののほうが、量としてはずっと多いけれど……と考えているうち、満足げな表情でバラバラと人々が帰っていく。

その姿をよく見て、蓮樹はぎょっとした。

妖精王のしもべの妖精たちと、マル、それからクロード以外で、妖精国の民の姿を至近距離ではっきりと見たのはこれが初めてだ。

集まった者の中に、ひとりも人間はいない。かといって、蓮樹の元いた世界に存在する動物も見当たらない。

上半身が人間と同じ姿の男性は、下半身が馬の躰を持っていたり、または躰は人間で頭だけが獣の姿だったりと、その姿は様々だ。数人でぞろぞろと歩いているのは子供たちかと思えば、顔は大人のものなので、どうやら小人たちらしい。中でも、背中に羽のある妖精らしき生き物がもっとも多い。人々の周りをふわふわと小さな虫のようなものが飛んでいるなと思ってはいたが、あれももしかしたら小さな妖精なのかもしれない。

ごく稀に、人間の女性がいたかと思えば、下のほうを見ると、長いスカートの裾から出ているのは蛇の尻尾だったりで、蓮樹は目を白黒させてしまう。

ふと、まばらに残った者たちの中にいる背中に羽根を持った青年の妖精が、鉄柵越しのこちら側に目を留めた。

「おい……あれは、もしかして人間か？」

怪訝そうな声を聞いてぎくりとする。どうやら彼は蓮樹に気付いたらしい。

近くにいる者たちの視線がこちらに集まる。人々が一気にざわめき始めた。

集まった民の中に、獣の部分や羽などがない者は見当たらなかった。どうやら、ここではただの人間は相当珍しいのだと今更ながらに気づいて、蓮樹は慌てた。

「蓮樹さん、戻りましょう」とクロードが蓮樹を促す。マルはすでに飛び上がって先導しようとしている。彼らについて、その場から急いで立ち去ろうとしたときだ。

「――人間？　人間とのハーフじゃないのか？　それなら、妖精王のお妃では？」

誰かが言った言葉に、思わず蓮樹は足を止める。

「そういえばこの間、『妖精王と天馬に乗っている者を見た』という奴がいたな」

他の者が思い出したように言うと、民たちはいっせいに声を上げた。

「じゃあ、やっと戻られたのか！」

「え、お妃様？」

「どこにいらっしゃるの？」

口々に言いながら、彼らは鉄柵の前まで近づいてくる。頑丈そうな鉄柵を越えてまでくる者はいないと思うが、十数人の民が一気に近づいてくるさまに、蓮樹は恐怖を感じた。

「お母さま！」

「蓮樹さん、こっちへ！」

迫る民から逃げるようにして、蓮樹は先導するマルとクロードのあとに続いて走り始めた。

久し振りに全力で走ったせいか、胸が苦しい。それが、自分がショックを受けているせいだとは思いたくなくて、蓮樹は必死で走り続けた。

（……ウィルバートには、やっぱり妃がいたんだ……）

彼女は、人間と妖精とのハーフらしい、ということもわかった。

今日、民の口から聞くまで、誰にも訊けなかったし、教えてはくれなかった。

けれど、その妃が、妖精王とともに描かれていた、あの絵画の女性なのだろうという奇妙な確信が蓮樹にはあった。

しかし、蓮樹を見て『戻られた』というのは、いったいどういう意味なのだろう。

大きな特徴として、小柄でショートカットという点だけは同じだけれど、蓮樹が見た限りでは、絵画の女性と自分は、特に似てはいなかったはずだ。

だがこの国は、半獣や小人などの特徴を持った者が多くいる妖精国だ。それだけでも同じ人物に思えるほど、分類として、自分たちは似ているのかもしれない。

（まさか……ウィルバートが僕に熱心に求婚してきたのは……僕が、妃に似ていたから……？）

考えるほど、緊張で躰が強張り、指先が冷たくなってくる。

さっぱりわからない。固まりかけていたこの世界に住む覚悟が、にわかに揺らぎ始めた。

一度も姿を見かけない妖精王の妃。人間と妖精のハーフだという彼女は、いまいったいどこにいるのか――。

「……お母さま、どうなさったのですか？」

ぐるぐると考え込みながら進む。気づくと、飛びながらきょとんとして目線を合わせてくるマルと、下からは心配そうなクロードの目が、揃って蓮樹を見つめている。

「ご、ごめん、えっと、城のみんな以外の人たちを見たのが初めてだったから……ちょっとびっくりしただけだよ」

誤魔化すように無理に笑って言う。マルはその答えに納得してくれたようでホッとした。クロードが気遣うみたいに「民が騒ぐので驚きましたよね。こちらの世界では、人間は珍しいので」と言って頷いてくれる。

——民の言葉は、少し先を飛んでいたマルには聞こえなかったようだが、耳の良さそうなクロードには聞こえてしまったのかもしれない。彼が妖精王の妃について知っているのか気になったが、マルの前では訊けない。

動揺を押し隠し、いまだけは民の言葉を忘れようとする。

もうお茶の時間が近い。いったん城に帰ろうと、皆で来た通路を戻る。

「今日の光の花も綺麗でしたねえ！」

またクロードの頭の上に乗せてもらっているマルが、嬉しそうに言った。

さきほど浮かんだ疑問を思い出し、蓮樹は訊ねた。

「ねえ、マル。妖精王が撒いてたあの光の花って、マルがいつも花や種に撒いてくれるのと同じものだよね……？」

「その通りです！　マルはまだ少ししか出せませんが、大人になったらきっと、妖精王と同じくらい、たくさんふりまけるようになるはずなのです！」

マルは夢を見るようにきらきらと目を輝かせて言う。

大人のウサギに成長しても、それほど大きくはなれないような気がするが、否定せずにおいた。この不思議の国に、蓮樹の持つ常識は通用しない。もしかしたらマルが蓮樹の背丈ほどもある巨大なウサギに成長する可能性も無きにしも非ずだからだ。

ふわふわの毛玉が少しずつ大きくなっていくところを想像すると微笑ましい。立派に成長してほしいけれど、いまの小さくて愛らしいままのマルでいてほしくもあった。

「あの光の花って、具体的にはなにが原料なの？」

以前から不思議に思っていた。見た感じは粉々になったガラスの破片にも似ているが、いつも、なにかに触れると光は溶けるように消えてしまう。

「あれは、命のかけらです！」と言われ、予想外の答えに驚く。

「命？」

「そうです、妖精王は神さまからいただいた長い長い命を持っていますが、それをほんのちょびっとずつ削って、皆に分け与えているのです！　光の花を浴びると、ケガとかの治りが早まったりします。それから、すこーし若返ったり、あと、ちょこっと寿命がのびたりもするんです！」

それはとんでもない効果だと蓮樹は驚いた。マルが撒いてくれていたとき、切り花を長持ちさせたり、種を早く開花させたりする効果があったから、勝手に自然の栄養剤のようなものかと思っていた。

もし元いた世界で商品化でもしたら、きっと恐ろしい値段がつくことだろう。

だがそれが、妖精王と、それからマルの命を削ってできたものと知ると、もうそうそう気軽に頼むことはできない。

「マルの力ではまだほんの数時間だけですが、妖精王のお力なら、数か月から年単位で寿命をのばせるんですよー！」とマルが胸を張る。

妖精王の力に畏怖を感じながらも「それは、本当にすごいね」と蓮樹は素直に褒める。

嬉しげに羽と耳をぱたぱたさせたマルが、蓮樹の胸元に飛んできた。

「でも、マルの命を削って振り撒くなんて、ちょっと心配だよ。これからは、すごく必要なとき以外はあまり使わないでほしいな……」

切実な気持ちで頼んだ蓮樹に、マルは不思議そうな顔をする。「大丈夫なのです、お母さま！マルはとっても元気です！　それに、きっといっぱいいっぱい長生きして、お母さまをお守りするのですから！」と無邪気な顔で言って耳を揺らした。

複雑な気持ちで小さなウサギを腕に抱いて歩きながら、ふと浮かんだ疑問を口にする。

「妖精ってみんな、ふたりみたいに光の花を振り撒けるものなの？」

「いいえ！　いまは、妖精王と……マルだけなのです」

今日見かけたこの国の民を思い出しながら何気なく訊くと、マルは唐突に困り顔になった。クロードも困ったみたいにくーんと鼻を鳴らす。

小さな白ウサギと神狼は、なにかを訴えたがっているような目で蓮樹を見上げてくる。

不思議なふたりの様子に、蓮樹はどうしていいのかわからなくなった。

悲しげに耳を垂らし、ついには涙ぐんでしまったマルを、なんとかして蓮樹が慰めようとしたとき、唐突にクロードが声を上げた。

「――あっ、マル！　あそこに小さな花が咲いているようだぞ？」

彼は前脚を上げて、ちょいと器用に花壇のほうを指す。ちょうど裏庭まで戻ってきたところで、枯れかけた茂みの陰に、萎れかけた小さな花が見えた。

こしこしと小さな前足で涙を拭くと「お花！」と言って、マルは蓮樹の腕からぴょーんと飛び上がる。ふわふわと花のところまで飛ぶと、サッと光の花を撒いた。

下を向いていた花がみるみるうちに蘇っていく。一瞬で瑞々しさを取り戻した花は、まるでありがとうとでもいうかのように、マルのほうに向けて花弁を大きく開いた。

元いた世界で売り物の花にしてくれていたときより、強く効果を感じる。

いつか妖精王が説明してくれた通り、こちらの世界ではマル本来の力が使えるからなのだろう。様子を見ていても、光の花を撒いたあとも、マルは元気いっぱいだ。本人の言うように、少し撒いたくらいでは、本当に心配はいらないのかもしれないと安堵した。

クロードが戻ってきたマルを褒めている。蓮樹も褒めると、えへへ、と笑うマルはさきほどの落ち込みをすっかり忘れてくれたようだ。

（なんだろう……）

この世界に来てからずっと感じていたことを、蓮樹はいまはっきりと実感した。

マルとクロードは自分を慕い、ウィルバートは熱烈に求めてくれる。

だが、皆、蓮樹になにか言いたげなのだ。

マルは寂しそうな、クロードは確かめるような――そしてウィルバートは切実さを孕(はら)んだ真剣な目で、蓮樹を見つめてくる。

――それは、なぜなのか。

奇妙な違和感が胸の中に居座っている。その理由を確かめなくてはならない、と思った。

＊

「わあ、今日は芽がいっぱいなのですー!!」

昨日はひとつだけだった芽が、今日はいくつも顔を出している。

見つけたマルは大喜びでぴょんぴょんと跳ね回っている。

翌日もまた、蓮樹はクロードとマルとともに裏庭を訪れていた。

少しずつ土を掘り返し、花壇に栄養を与えて整えていく。

クロードは蓮樹がいるのとは逆側の花壇の端から一心不乱に土を掘り返していく。その周りを飛ぶマルは「そうそうクロちゃん、いい感じなのです！」と応援しつつ、ふかふかになった土に次々と種を蒔いていっている。

蓮樹は少し離れた場所でせっせと作業をしているふたりに気づかれないよう、小さなため息を吐いた。

皆で頑張っている甲斐あって、日に日に庭は生き返っていくが、逆に蓮樹の気持ちは沈んでいく。

――昨日、民の言葉から、ウィルバートには妃がいることがわかった。

それを確認するすべがないことに、蓮樹は焦れていた。

彼のしもべの妖精たちは言葉が話せないし、思考がまだ子供のマルには聞き辛い。それに、マルたちは、なぜかウィルバートと蓮樹が仲がいいと、喜んでいるような気がするのだ。彼には他に妃がいるのかなどという複雑な質問を持ち出すのは躊躇われた。

クロードになら訊けるかもしれないが、彼がいるときは必ずマルも一緒なので、訊ねるタイミングが見つからない。

宝物庫の中にあるあの絵画だけが、民の言葉の裏づけと言えるが、確証にはならない。

（たとえば、妃がいたのは、先代の妖精王だとか……？　もしくは妖精王は、実はふたりいるとか……）

あれこれと、民の言葉は誤解で、ウィルバートには妃がいない説を必死で絞り出してみるけれど、どれも無理がある気がする。

毎夜、同じ寝室で蓮樹と彼はふたりになるのだから、ストレートに本人に訊けばいい。そう思うのだが、実際、そのシチュエーションになると、喉が詰まったみたいになってなにも言えなくなってしまう。昨夜などは、湯浴みをしながら散々悩んだ挙句、逆上せて、驚いたウィルバートに介抱された。気づいたら朝で、質問どころではなくなってしまった。

（……本気で好きになってしまった相手が、まさかの既婚者だったとか……）

奥手過ぎる話だが、蓮樹は彼が初恋だ。最初の恋で、こんなことで悩む羽目になるなんてと落ち込んでしまう。

しかし、べつの可能性もまだわずかに残っていた。

ウィルバートは蓮樹と寝室をともにしているが、それを誰も咎める様子がない。『戻ってきた』という民の言葉から考えて、可能性があるとしたら、『以前、蓮樹に似た妃はいたが、現在はもういない』という状況は有り得るのかもしれない。

亡くなったか、それとも行方不明だとか――。

けれどそれは、ウィルバートの気持ちを思うと、あまりに切ないものがある。たとえ、自分にとって都合が良くても、そうだったらいいとは蓮樹にはとても思えなかった。

(他に、妖精王の過去をよく知るような大人はいないのかな……)

しゃがみ疲れて、いったん立ち上がる。気晴らしに種を拾って歩きながら、蓮樹は救いを求めるような気持ちで思った。

〝……もし、もし、そこのお方〟

囁き声が聞こえた気がして顔を上げる。

振り返ると、いつの間にか、マルたちからはかなり離れてしまっていた。声の主はあのふたりではないと気づき、慌てて視線を巡らせて、ぎょっとする。

すぐそばにある枯れかけた茂みの中から、目を光らせたなにかが顔を覗かせている。

蓮樹に声をかけてきたのは、怯えた顔をした、ごく小さな猿のように見える生き物だった。

「僕……？」

〝さようです。他の者に気づかれないよう、お静かに〟とその小猿は言った。

〝我が主人が、貴方様にお伝えしたいことがございます。どうぞこちらへ〟

気づけば、もう目の前に周囲の森と裏庭を区切る鉄柵があった。間からするりとその外へ出て、小猿は蓮樹をそちらへ導こうとする。

「ご、ごめん、行けないよ。このお城の敷地から出てはいけないことになっているから」

慌てて断ったが、〝お話ししたいのは、妖精王の妃のことです〟と言われて、ぎくりとした。

それは、蓮樹がいままさに、喉から手が出るほど知りたいことだ。

だが、妖精王が一緒でないときに城の敷地の外に出ることは、固く禁じられている。

悩んだ末に、蓮樹がやはり行けないと伝えると、小猿は首を傾げてしばし黙った。

〝では、伝言をお伝えいたしますので、もう一歩、こちらへ近づいてください〟

そう言われて、それならばいいかと頑丈な鉄柵越しの小猿に近づく。

「う、わっ⁉︎」

踏み出した足元の地面が、突然大きく崩れた。

クロードとマルに助けを求める暇もない。

鉄柵の真下に、ちょうど人ひとりが入るほどの大きさの穴が開く。呑み込まれるようにして、蓮樹はその穴の中に落ちていった。

強く目を閉じる。激しい衝撃を覚悟したが、いつまで経っても痛みは訪れない。

おそるおそる目を開けると、驚いたことに、小さな部屋の中にいた。

蓮樹の膝の上にはさきほどの小猿が乗っている。もろともに穴に落ちたショックなのか、意識を失っているようだ。穴に落ちたのがこの小猿が誘導した仕業かと思うと腹立たしいが、そういうつもりで近づかせたわけではない可能性もある。すやすやと寝息を立てるさまは愛らしく、小さ過ぎて八つ当たりもできない。

(だけど、僕、裏庭に開いた穴の中に落ちたはずだよね……?)

不思議な部屋の中にある家具は、重厚なひとり掛けのソファだけだ。蓮樹は目を開けたときからそこに座っていて、室内には窓や扉などは見当たらない。つまり、ここは密室のようだ。

奇妙な部屋を見回しているうち、だんだんと不安が強くなっていく。もしかしたら自分は穴に落ちたショックで意識を失い、夢を見ているのかもしれないと思い始めた。

蓮樹の座るソファの向かい側の壁には、大きな楕円(だえん)形の枠の鏡がかけられている。

鏡の中の動揺し切った自分と目が合う。

その顔が、にやりと笑った気がして血の気が引いた。

「ひっ」

驚きに立ち上がりかけたとき、ぐにゃりと鏡面に映る自分の姿が歪む。ふいにうねりが止まると、そこには初めて見る男の姿が映し出されていた。

「――やはり、レーンではないか！　民からの情報を聞いて半信半疑だったが、本当に戻ってきたのだな」

嬉々として言うのは、褐色の肌に彫りの深い容貌をした、野性味溢れる雰囲気の男だった。筋肉のついたがっしりとした躰つきに、中世の貴族が着るようなフリルのついたシャツと黒い上着を着て、蓮樹が座っているのと似たようなソファに腰を下ろしている。

一際目を引くのは、鮮やかな赤い髪と黄金色に輝く目、そして耳の上から生えた、ねじれた立派な角だ。顔立ちは人間のものに見え、非常にハンサムなのだが、角は山羊で、手はライオンのような猛獣のものという、見たことのない不思議な姿だ。

彼が、裏庭でこの小猿が蓮樹と会わせようとしていた『主人』なのだろうか。訊ねると、

「まあ、そんなところだ」と適当に流される。なぜか、膝の上の小猿が意識を失ったまま目覚めないのが気にかかった。

「あの……僕の名前はレーンではありません」

おそるおそる、蓮樹は名前の間違いを指摘する。

「いいや、誤魔化しても無駄だぞ。お前はレーンだ。その顔と魂の色を見れば俺にはすぐにわかる。以前から綺麗な娘ではあったが、転生後はまたずいぶんと可憐な青年になったものだな。なかなか俺好みだ。ふぅむ、人間と妖精のハーフから——今度は、人間に生まれ変わったのか」

鏡の向こうの彼はまじまじと蓮樹を眺めて言う。見ただけで性別や種族までわかるとは、この男はいったい何者なのか。

「……ん？　なんだ、レーン……お前、まさか俺のことを覚えていないのか？　妖精王の晩餐会で、何度も顔を合わせただろう——ああ、そうか。転生時に記憶をなくしたんだな」

『レーン』が記憶喪失になったのだと決めつけたらしく、角の男は同情するような目つきになった。

「ならば、俺のことを覚えていなくてもしょうがない。俺は獣人国の王、テオドロスだ。妖精王ウィルバートとは旧知の間柄で、妃だった昔のお前のことも、もちろんよく知っている。俺も美しいお前を見て興味を抱いたが、お前はウィルバートのことしか眼中になかった……結婚した当初は、周囲の誰もが羨むような、大変に仲睦まじい夫婦だった」

しみじみと言われて、蓮樹の動揺は激しくなる。

妖精王と、『レーン』は夫婦だった。そして、自分は彼の妃の生まれ変わり——。

テオドロスの言っていることは、真実なのだろうか。

顔を強張らせていると、彼は蓮樹の表情を眺めて、ふっと皮肉な感じで笑った。

「しかし記憶を失う、か……可哀想に。まあ、妖精王はこれで最初からやり直せると、安堵したかもしれないがな」

「……なぜですか？」

胸の前で腕を組み、含みのある表情でテオドロスは言った。

「前世で妖精王の妃となり、幸福な暮らしを送っていたお前が、最後にどんな目に遭って死んだのか知りたいか？」

「知りたく、ないです」

知りたくないはずはない。だが、たとえどれだけ知りたかったとしても、この男に聞いてはいけないと本能的に感じた。

けれど、この部屋に出口はない。鏡に映るテオドロスから逃れる方法もわからない。脱出するための電源やスイッチがあれば、いますぐに押していただろう。

続きを聞きたくなくて、蓮樹が焦っていたときだった。

「熱烈な求婚を受けて妖精王の妃になったお前は、あるとき男との密通を疑われて、激怒したウィルバートに殺されかけたんだ」

強引に聞かされたのは、予感していたよりも尚、酷い話だった。

「永遠にも近い長い命を持つ妖精王と結婚すると、その伴侶の寿命も同じほどに延びる。それなのに、事件のあと、レーンがすぐに死んだのは、おそらく愛の誓いを込めた結婚指輪を外されたからだろう。そうすると、妖精王との結婚によって不死になった伴侶は、その場で命を落とすことになるからな」

詳しいことは、妖精王に聞いてみるといい——。

呆然としている蓮樹を、彼は可哀想なものを見るような目で見て囁いた。

「もしウィルバートのところが嫌になったらいつでも言え。奴の城の外に一歩でも出て、俺の名を呼べば、すぐさま迎えに行ってやる。我が国に連れ帰って客人として丁重にもてなし、お前が望むなら我が妃として迎え入れてもいい。もしくは――帰りたいのなら、元いた世界に帰してやることもできるぞ」

そのときだ。テオドロスが映っている鏡にいきなり大きなヒビが入った。同時に、膝の上で気を失っていた小猿が苦しげにもがき始める。

大丈夫かと心配していると「再会できて幸運だった。では、また会おう」と言い残し、鏡の中からテオドロスの姿が消える。唖然としているうちに、ヒビがどんどん増え、いつしか鏡は粉々に砕けた。

動揺している蓮樹の上に、パラパラと天井から土が落ちてくる。

「な、なに……？」

蓮樹は気を失ったままウーウーと唸っている小猿を抱いて立ち上がる。部屋の壁もソファもぐしゃぐしゃに潰れて無残に崩れていく。その瞬間、頭上からどっと一気に大量の土が降り注いできた。

「――レンジュ」

声をかけられて、ハッと目を覚ます。

目に入ったのは、見慣れた妖精王の寝室の天蓋だった。いつの間にか蓮樹はいつも休む寝台の上に寝かされていた。

「魘されていたから、起こした」すまない、と言いながら、心配そうに覗き込んでくるウィルバートの表情は険しいものだ。彼と目が合い、状況が掴めずに混乱する。

「僕……裏庭で……」

「ああ、そうだ。マルが泣きながら『お母さまが穴に落ちたのです』と謁見室まで知らせに来たんだ。裏庭にいるときに地面が崩れたらしく、クロードが土塗れ（つちまみれ）の君を急いで助け出し、背に乗せて城まで連れ帰ってきた」

怪我がないことは確認したが、ショックのせいか、蓮樹は気を失ったままだったらしい。

自分が生き埋めになりかけたことを思い出し、背筋がぞっと冷たくなった。

寝台の上に身を起こし、彼が出してくれたグラスを受け取って少し水を飲む。やっと人心地ついた気がした。

全身土塗れになったはずだが、髪も躰も綺麗になっていて、夜着を着せられている。おそらく、ウィルバートがしてくれたのだろう。

「君はずっと眠っていたから、もう夜だ。蓮樹は大丈夫だと言ってマルは休ませたが、クロードは、君が離れたことにすぐに気づかなかった自分を猛省して落ち込んでいた。マルも、君のことをとても心配していた。私も……心臓が止まるかと思った」

寝台の端に腰かけた彼に、労わるように頬を撫でられてから、強く抱き寄せられる。

「君に怪我がなくて、本当によかった」

ため息交じりの囁きに、蓮樹の中にようやく助かったという実感が湧いてくる。おずおずとウィルバートの背中に腕を回し、深く息を吐いた。心配してくれていたのだろう、彼の背中が強張っている。

抱き締められているうちに、少しずつ気持ちが落ち着いてくる。だんだんと穴の中での出来事を鮮明に思い出してきた。

「あの……僕と一緒にいた小猿は、無事でしたか……？」

訊ねると、ゆっくりと身を離したウィルバートが苦い顔で説明した。

「ああ、大丈夫だ。クロードが君を助け出したとき一緒にいて、すぐに目覚めて逃げたと言っていた」

彼は深い色の瞳を蓮樹に向けた。

「あの小猿は非常に珍しい種類の妖精で、離れたところにいる者同士を自らの夢の中で会わせる力がある。小猿がいたと聞いてすぐ、これが事故ではなく、何者かが画策してこの城で守られている君に会おうとしたんだとわかった」

あの不気味な扉も窓もない部屋は、小猿の夢の中だったということらしい。

「――いったい、誰に会った？」

問い質されて、迷いながら口を開く。言葉を話す小猿に導かれて穴に落ち、不気味な密室で、妖精王と旧知だという獣人王テオドロスに会ったことを説明した。

「奴か……！　虫唾が走るな、奴は友などではない。あの者の言うこともいっさい信じるに値しない。なにもかもが嘘だ」

苛立った様子のウィルバートは、珍しく怒りをあらわにして吐き捨てる。旧知の仲だというのは嘘ではないのかもしれないが、ウィルバートのほうがテオドロスを嫌っているのは明白だった。

「いったいなにを言われた？」と問い質されて、戸惑いながら蓮樹も口を開く。

「あの人の話より、聞きたいことがあるんです」

そう言い出すと、ウィルバートが怒りをやや収める。もう、悩んでいるわけにはいかないと、意を決して蓮樹は訊ねた。

「宝物庫の中にある絵画で、あなたと一緒に描かれていた女性を見ました。あれは……あなたの妃なんですすね」

言い終わるが早いか、ぐっと痛いぐらいの力で両肩を掴まれる。

「思い出したのか……？」と、ウィルバートは縋るような目で蓮樹を見つめた。

蓮樹はいいえ、と首を横に振る。

前世の記憶なんてまったく思い出せない。

だが、もしテオドロスが言うように、自分が前世でウィルバートの妃だったのだとしたら、これまで謎に思ってきたすべての辻褄が合う気がするのだ。

「テオドロスは、僕の前世のことを教えてくれました。でも……なにも思い出せないから、不安なんです」

彼をまっすぐに見つめて蓮樹は頼む。

「まだ、前世とか、正直ぜんぜん信じられないけど……他の人からではなくて、あなたから『レーン』という人の話を聞きたいんです」

蓮樹の必死の願いに、ウィルバートは深く息を吐く。

しばらく迷ったあと、彼は静かに語り始めた。

「……私とともに描かれたあの絵画の娘は、人間と蝶の妖精の間に生まれたハーフだ。そして、数百年前に娶った、私の妃だった——あれが、前世の君の姿だ」

そうだろうと確信していても、改めて彼の口から前世の話を聞くと、衝撃が深かった。

「当時の名はレーン。いまではだいぶ様々な種族同士の混血が進んで偏見も薄れたが、昔はハーフの妖精というのはこの国では迫害される存在だった。ハーフのレーンは若くして両親を失い、山間の集落で羊飼いをしながら、たったひとりで暮らしていた。あるとき、彼女が可愛がっていた牧羊犬が瀕死のところを私が偶然見つけ、力を分け与えて命を救った。それが、君の警護につけているクロードだ」

「え……クロくんが!?」

そうだ、とウィルバートが頷く。向こうの世界で出会った黒田は、最初からやけに蓮樹に親切だった。だが、それが前世から続く縁で、しかもウィルバートよりも前に出会っていた主人と飼い犬の関係だったからとは。

「最初は、この国の王だとは伝えずに出会ったが、彼女は大切な愛犬を助けた私に深い感謝の気持ちを向けた。気になって、その後もクロードの様子を見にいくたび彼女への気持ちが募り……いつの間にか、私はレーンを深く愛するようになっていた。そして幸運にも彼女のほうも想いを返し、私の求婚を受け入れてくれたんだ」

昔の記憶を思い出すウィルバートの口元が、かすかな笑みのかたちを作る。

「周囲には彼女がハーフであるため反対を受けたが、なんとか説得した。レーンを妃に迎えて、数年の間はこの城でともに暮らした……とても幸福な時間だった」

話す彼の表情が次第に沈んでいく。

「だが……あることをきっかけに、彼女は躰を壊した。あらゆる手を尽くしたが、間に合わず、死んでしまったんだ」

ウィルバートは苦しげな顔で話し続ける。

「彼女は、魂が消える前に生まれ変わることを約束してくれた。その後、約束した通りに転生はしたものの、何度も花になり、次は小鳥にと、なかなか会話ができる生き物には生まれ変わらなかった。それでも想いはわずかも変わらず……私は新たな妃を迎えることなく、転生するたびに世界中を捜して君を見つけ出しては、大切に愛した」

いつの間にか、亡くなった妃の話をしていたはずの彼が、『君』と呼んでいる。

蓮樹の中ではまだ腑に落ちなくとも、ウィルバートにとって、その死んだ妃と蓮樹とは、同じ存在なのだということがわかった。

「どれだけ祈り、待っただろう。君が人間に生まれ変わったことを知ったときの喜びは、計り知れないものだった。嬉しかった。これで、やっと会話ができる。助けられなかったことを謝り、また一緒にこの城で暮らせる、と。時折君の世界に行っては、成長を楽しみに見守っていた。君は前世と同じく両親はいなかったものの、優しい祖母のもとで幸福そうだった。本当は、君が幸せならば、人としての生を終えるまでは見守るつもりでいた。いつか妖精に生まれ変わるまで待とうと思っていた。だが、――祖母を失い、あの日、店まで失うことになった君は寂しそうにして、人生の目的を失っていた。もう放っておくことはできなくなり、決意を固めて我が元へと連れてきたんだ……今度こそ、君を幸せにするために」

彼は隣にいる蓮樹に視線を向けた。

蓮樹を見る彼の目は、店を訪れた最初の日から、どこか特別なものを感じさせた。

――まさかその彼が見ていたのが、蓮樹自身ではなく、『前世の自分』だったなんて。

蓮樹の絶望には気づかず、ウィルバートは愛しげに頬に触れてくる。

「やっとそばに連れてこられた。記憶がないのなら、無理に過去を思い出さなくていい。もう決して間違わないし、辛い思いもさせない……許してくれるのなら、もう一度私の妃となり、これからは互いの命が尽きるまで、ずっとそばにいてほしいんだ」

（……もう決して、間違わない……）

切なく求める言葉よりも、つい本音が漏れたような、悔恨の言葉のほうが耳に残った。

それは、前世の自分がウィルバートに殺されかけたという、獣人王テオドロスの言葉を裏づけるような言葉だったからだ。

蓮樹には際立った取りえはない。目立つ容貌を持っているわけでもない。そんな自分に、民に敬愛される一国の王であり、特別な力を持つ彼が、異様なまでに執着する理由がようやくわかった。

彼は、もう一度、やり直したいのだ——失った最愛の妃の生まれ変わりと。

前世なんて、普通なら信じられない話だけれど、むしろ、やはりそうだったのかと、すとんと納得できる気さえした。

この城での日々を重ねるうち、蓮樹はいつしかウィルバートに心を委ねるようになっていた。

彼はずっと、自分だけを一心に見つめ続けてくれていたからだ。

半信半疑だった心が動かされ、だんだんと迷いは消えていった。たった一度、元の世界に帰省さえさせてくれれば、彼の願いに応えて、この国で生涯をともに暮らしていく決意すら固めかけていたほどだった。

——だが、彼が自分を愛してくれたのは、亡くなった『レーン』への未練からだ。

すべては嘘だと、テオドロスの言った通りだった。

自分には当時の記憶がない。確かに彼の妃だったという実感もまるで湧かない。

好きになった相手が愛してくれるのだから、違和感になど目を瞑ればいい。そんな声が自分の中から聞こえてきたが、それよりも強い拒否感が湧いてきて、胸が苦しくなった。

——好きだからこそ、身代わりは、嫌だ。

触れようとしてきたウィルバートの手から、蓮樹は思わず顔を背ける。

「……レンジュ？」

「も、もしかしたら、僕は……前世であなたの妃だったのかもしれません。でも、まったく覚えていないし、いまの僕は、その人とは違う人間です」

必死にいまの気持ちを訴える。なんとかこの違和感を、彼にわかってほしかった。

「それは、当然だ。私はレーンと君を同一視しているわけではない」

『レーン』と彼が親しげに呼ぶのを聞いて、胸の中の苦痛は、いっそう強くなった。

「僕……も、元の世界に帰って暮らします」

連れてこられてから、これまでの間、悩みながらも、一度もそうしたいとは思わなかった。

いったん戻ることは望んでいても、常に妖精国にまた帰ってくる前提で考えていた。

つまり、自分の気持ちは、最初からここで暮らすことに傾いていたのだ。そう思うと、よりいっそう悲しみが深くなった。

「レンジュ、待ってくれ。私の話を聞いてくれないか」

悲痛な表情のウィルバートが蓮樹の手をぎゅっと握った。

「私は、君を君として好きになった。だから……」

「すみません、とにかく、いまは帰りたいんです」

前世の話を聞いたあとでは、なにを言われても誤魔化しにしか聞こえなかった。

頑なに帰ると言う蓮樹に、彼は苦しげにこの国の婚姻の仕組みを説明した。

妖精国において、婚姻は魂に刻まれた契約だ。すなわち離婚というものは存在しない。この国で婚姻を交わしたふたりの魂はすでに繋がっているので、どちらかが命の危機に瀕したり、死んで転生したりすると、片方にも伝わる。

更に、片方が相手への愛情を失ってそばから離れたとき、残された者は、辛さのあまり、生きるために伴侶の記憶を消し去ってしまうのだという。

「君に拒絶されるのは耐えられない。これまでは、君が死んでもまた生まれ変わって見つけられるという希望があった。だが、拒絶されたまま離れていると、私はおそらく悲しみに耐え切れない。きっといつか君のことを忘れてしまうだろう」

彼は、蓮樹を愛するがゆえに、自分を捨てた蓮樹の存在を思い出さなくなるのだという。

(ウィルバートに、忘れられてしまう……？)

——溢れるほどに与えられていた彼の愛を失う。

蓮樹は、向こうの世界に戻ったあとの暮らしを想像してみた。ウィルバートはもちろん、マルもクロードもきっともうついてきてはくれないだろう。

だが、どんなに寂しくても当然だ。最初から、彼らが見ていたのはレーンだった。すべて、自分が受けるべき愛情ではなかったのだから。

どうしても、彼が愛した妃とともに暮らしていた城にはいたくない。

「……ごめんなさい。お願いですから、帰らせてください」

もう元の世界に帰ることしか考えられず、ひたすら懇願すると、ウィルバートが表情を変えた。

「——だめだ」

寝台の上のほうからしゅるりと一本の蔓が伸びてくる。

逃げようとするよりも早く、それは一気に蓮樹の両手首を搦め捕り、強く巻きついて縛り上げてきた。

「望みはなんでも叶える。だが、私のそばから離れることだけは許さない」

「ちょ、ちょっと、待って、ウィルバート……！」

蓮樹を縛ると、彼はそう言って、反論も聞かずに部屋を出ていってしまった。

(なんて横暴なんだ……！)

話し合いにも応じてくれず、なにも悪いことをしたわけではないのに拘束するなんて。蓮樹は蔓をなんとか外そうと、しばらくの間奮闘していた。しかし、外そうとすればするほど蔓はきつく絡みつき、どうにも自力では外せそうにない。

そうしているうちに何時間か経って、やっと無理だと悟った。疲労を感じ、ため息をついて諦めかけたときだ。寝台の陰からひょこっと顔を出した者に、蓮樹は目を丸くした。

いつからそこに隠れていたのか、現れたのは、いつも食事を作ってくれる半透明の妖精のうちのひとりだった。どうやら、中でも一番小さな子だ。珍しくひとりらしいその妖精は、あたりを窺いながらそろそろと蓮樹に近づいてきて、蔓が巻きついた手にちょんと触れる。

温かな小さな手が、蔓を掴んで引っ張る。するとなにが起きたのか、驚いたことに、あれほど固かった蔓の縛めがふわっと解け、しゅるしゅると縮んで、床板の中に消えていった。

「外してくれたんだね……ありがとう」

この妖精は、どうやら蔓の拘束から蓮樹を助けに来てくれたようだ。感謝を伝えると、妖精は首を横に振った。どういたしまして、というようにパッと蓮樹に抱きつき、小走りで部屋を出ていく。

(あれ……今日は、薄い……？)

その背中が、いつもよりも尚薄く透けているのが気にかかった。

どうか、あの子がウィルバートから叱責されませんようにと祈りながら、急いで夜着から棚に置かれていた自分の服に着替える。どんなに頼んでもウィルバートは帰してくれそうにないし、ともかく、まずは半地下の部屋まで行こうと蓮樹は考えた。ついたあの場所まで行けば、どうにかして帰る方法が見つかるかもしれないと思ったのだ。

（どうしようもなければ、城の外に出て、テオドロスを呼ぶ……？）

消える間際、獣人王が言った『帰りたいなら帰してやる』という言葉が思い出される。だが、小猿ごと穴に落とすという危険な方法で蓮樹と強引にコンタクトを取ってきた男が、本当に望みを叶えてくれるかは疑問だ。

それは最終手段だと思いながら身支度をして、そっと部屋の扉を開ける。慎重に周辺を窺いながら、ウィルバートがいないことを確認してから、蓮樹は一歩を踏み出した。

「――あっ⁉」

壁に突いた手に、突然背後から伸びてきた蔓が絡みつく。慌てて外そうとすると、今度は両手首を纏めるようにして絡みつかれた。

そのまま手首を引っ張られ、バランスを崩す。尻もちをついた蓮樹は、ずるずると引っ張られて部屋の中に連れ戻される。中央まで引きずられたあと、一気に蔓に引かれて爪先が浮く。あろうことか、蓮樹は天井から吊り下げられる格好になった。

（……捕まった……）

蔓は、まるで感情を持っているかのように、恐ろしく器用に動く。絶望しているうちに、蓮樹が着ていた服が捲り上げられ、布を裂きながら脱がされて、気づけば靴だけを残して全裸にされていた。

更に、寝台の下から伸びてきた蔓が、裸になった蓮樹の両方の腿に絡みつく。空中で、内股が引き攣るくらいにまで開脚させられ、顔が真っ赤になるのがわかった。

「こ、こんなの、やだ……っ」

じたばたともがきながら必死に訴えたけれど、ウィルバートに命じられたことを遂行するだけらしい蔓は、当然やめてはくれない。

おそらく、逃げようとして部屋を出たら、捕らえて性的なお仕置きを与える仕組みになっていたのだろう。愚かにもその罠に引っかかり、あっさり捕まった自分が憎い。

後悔している間にも、新たな蔓が伸びてきて、蓮樹の躰を這い回り始める。

ある蔓の先端が乳首をゆるゆると擦り、更にべつの蔓が性器に絡みつく。性器を根元から丁寧に扱き上げながら、くびれをやんわりと絶妙な強さでくすぐってくる。

「あ、あっ」

無理やりの刺激に、否応なしに蓮樹の躰が反応していく。

静かな寝室に、自分の甘く重苦しい息が響く。

それに時折、くちゅくちゅという淫らな音が重なり、よりいっそう蓮樹の息を荒らげさせていた。

命令を遂行するだけの蔓には、手加減や容赦という行為はできないようだった。

だからか、蓮樹の感じるところをただひたすら、飽かずに延々と弄り続ける。

蓮樹が恐怖したのは、時間が経つにつれ、次第に蔓の数が増えていくことだった。何本もの蔓が天蓋の上からも寝台の下からも伸びてきて、抵抗できない躰に纏わりついてくる。

「やっ、やだって……っ」

巻きついた蔓に性器をぬるぬるとしつこく扱かれて、心では嫌だと思っていても、勝手にそこは半勃ちになってしまう。

蓮樹は必死で腰を跳ねさせて、何度ももがこうとする。太い蔓に腿をしっかりと拘束されているが、心まで縛れるわけではない。

——こんなことで、帰りたいという自分の気持ちを変えられると思ったのか。

そう考えると、たとえ無駄でも抵抗せずにはいられなかった。

拒もうとする蓮樹を嘲笑(あざわら)うかのように、細めの蔓が数本伸びてきて小さな乳首を擦る。弄り回して硬く尖ったところにきつく巻きつき、なにも出ない乳首をぎゅっと搾り上げてくる。

そうして、そこが恥ずかしいくらいに充血した頃、新たにどこかから伸びてきた蔓があった。先端から樹液なのか、雫を滴らせたその蔓は、粘液を蓮樹の乳首にねっとりと擦りつけると、小さな尖りをくりくりと捏ねる動きを始めた。

「あ……っ、やっ」

新たな蔓は、信じられないくらいに淫らに動く。

とろりとした液体で濡らされた乳首を捏ね回されて、むず痒い刺激に蓮樹の腰が震える。

両手を纏められ吊り上げられているため、蓮樹の視界には、否が応でも無理に脚を開かされている自分の股間が見えてしまう。

すでに小さめの性器は完全に充血し、先走りの蜜で恥ずかしいくらいに下腹を濡らしている。

「ん……っ」

両胸の薄い肉が無理に掬い上げられ、乳首を中心として、搾り上げるように巻きつかれる。

蔓によって執拗に刺激された乳首は濡れて硬くなり、ツンと尖っている。更にべつの蔓が、腫れて敏感になった乳首の先端をぬるぬると擦り続けていて、嫌なはずなのに、うずうずとした快感にどうしようもなく身を捩る。

なにも知らない頃なら、嫌悪感しか湧かなかったかもしれない。

だが、ここに連れてこられてから、毎夜のようにウィルバートの手で触れられ、躰で得る快感を教え込まれた躰は、感情のない蔓からの刺激ですら感じて、勝手に腰が熱くなってしまう。

こんな状況で感じたくなんかないのに、蔓は柔らかく撫でたり、こりこりと擦ってきたりと、恐ろしく巧みな動きで蓮樹の躰のあちこちを同時に責め立ててくる。

「あ……、ん、ぅ……っ」

蔓に巻きつかれた胸は、かすかに膨らんで見える。男の胸とは思えないほどの淫らさだ。

「あっ、な、なに……？」

ふいに、粘液を纏ったごく細い蔓が、敏感な性器の先端の孔をしつこく弄る。

しばらくぐりぐりと先端を擦っていたその蔓が、どうやら性器の先端の孔に入り込もうとしているということに気づき、蓮樹は愕然とした。

「やっ、い、いやだっ！」

やめて、ウィルバート……！と必死に悲鳴を上げたけれど、無駄だった。

蔓に扱かれて勃ち上がった蓮樹の小さな性器の先端の孔から、細い蔓が侵入してくる。身を強張らせて強烈な違和感を必死に耐えた。

（抜いて……おねがい……）

蔓は思ったよりもずっと深くまで入り込んでくる。触れてはいけないところにまで入られ、恐怖と鈍い痛みで、呼吸すらままならない。

「ひっ!?」

すぐに抜いてくれることを祈っていたのに、入り込んだ蔓はその場に留まり、あろうことか、中でわずかに膨らみ始める。信じ難い感覚に蓮樹は躰を強張らせた。

「やっ、やだっ、だめ……っ！」

蔓は、小さなコブのように部分的に身を膨らませる。蓮樹の悲愴な願いとは裏腹に、その蔓は、性器の中の過敏で細い道をゆっくりと抽挿し始めた。

「や……、め……」

四肢を捕らえられて吊り上げられたまま、更に、勃った性器の孔の中まで弄られる。

極細の蔓であっても、精道の中に入ってこられるのは、異様な感覚だった。

しかも、

「んぅ……っ、ん……ぐ」

嫌がって叫び過ぎたせいなのか。今度は太い蔓が、口の中に押し入ってくる。喉のほうまで挿入されて苦しい。蔓はぐぼぐぼと音を立てて、蓮樹の咥内に激しく出し入れを始めた。

もう抵抗する気も起きず、されるがままになりながら、ただウィルバートが許してくれることだけを願う。

咥内を犯す極太の蔓が、舌の上にどろりとした樹液を吐き出す。蔓が出ていってくれないので、泣きながら飲み込むしかない。

(あ……な、なに……?)

何度もその濃い粘液を飲まされたり、躰に擦りつけられたりしているうち、いったいなにが入っていたのか、だんだんと躰が燃えるように熱くなってきた。あちこちを滴を垂らした蔓に弄られるたび、蓮樹は躰をびくつかせる。

もう、これ以上酷いことはされないだろうと思っていたのに、太い蔓の先端が後孔を撫でてきて、血の気が引く。しかし、蔓はなぜかそこには押し入ることをせず、ひたすら入り口をぬるぬると擦り、舐めるようにそこを撫で回すばかりだ。

「んぐ、ん、ン……」

疲れを知らない蔓たちは、蓮樹が無抵抗になっても許してはくれなかった。ひたすら無慈悲に力の入らない躰を弄られ続ける。

性器をいやらしいやり方で奥まで蹂躪(じゅうりん)され、小さな乳首も、腫れるまで延々と弄られる。まるで、何人もの相手に弄られているかのようで、次第に意識が朦朧(もうろう)としてきた。

「う、う……っ」

ふいに、極太の蔓が、えずくぐらいに深く蓮樹の喉に侵入してから、引き抜かれていった。同時に、性器の孔に入っていた蔓も抜けていく。

小さなコブが中を擦りながら出ていく感覚は強烈で、そのたびに失神しそうなほどの電流が全身に走った。

やっとすべて蔓が出ていくと、まるでおしっこを漏らしたみたいにとろとろと、性器の先端の孔から蜜が溢れ出す。強張っていた蓮樹の躰からぐったりと力が抜けた。

気づくと、蓮樹の両手足を拘束していた蔓は、ようやく緩んでいた。

(……ウィルバート……なんで……？)

淫らな蔓に全身を弄(もてあそ)ばれ、屈辱と疲労の中で蓮樹は意識を失った。

――ここまでして、彼は自分を帰したくなかったのだろうか。

これが、蓮樹自身への執着だったなら、どんなに良かっただろう。

彼は、まだ前世の妃を心から愛している。べつの人間でも構わないから、生まれ変わりの蓮樹を引き留めようと必死なほどに。

ずいぶん前に死んだ相手を追い求めるウィルバートの心の中を想像してみる。

孤独と深い悲しみだけが、蓮樹の中を満たした。


かすかな物音で目覚める。ぎくっとして、蓮樹は無理に重い躰を起こした。

いつの間に来たのか、寝台の端、蓮樹が寝ていたすぐそばに、ウィルバートが腰を下ろしている。

「――レンジュ」

散々怪しげな蔓に苛まれた蓮樹よりも、どうしてか彼のほうが憔悴（しょうすい）した顔をしている。だがそれが、帰ると言い出した自分の決断のせいだと思うと、罪悪感が湧いた。

ぎくしゃくと周囲を見回す。全身に絡みついていたたくさんの蔓はすっかり消え去っていた。

全裸だったはずなのに、蓮樹はこれまで着ていたのと同じ服をちゃんと身につけている。粘液の痕跡もどこにもなく、躰も綺麗になっているようだ。

（まさか……あれは、夢……？）

疑問に思ったが、鮮明過ぎる記憶が夢だとはとても思えない。

そういえば、眠っている間に誰かに躰を拭かれていたような気がする。朦朧とする中、水を口移しで飲ませてもらったような覚えもあった。疲労し過ぎていて起きられなかったが、あれはおそらくウィルバートだったのだろう。

ゆっくりと手を伸ばしてきた彼に、そっと手を握られて、蓮樹は動揺した。

「君に、見せたいものがある」

そう言うと、突然周囲の景色が変化した。

連れてこられたのは、六階にある宝物庫の中の、絵画の小部屋だった。

蓮樹が彼に妃がいるのではと疑問を抱いた、妖精王とレーンの一連の絵画は、変わらずにそこにあった。

だが、以前見たときは大きな空間のあった壁に、一枚、ぴったりと嵌まるサイズの絵が追加されていることに気づく。

「これ……」

増えたのは、かなり大きなサイズの家族の肖像画だった。描かれているのは、正装して王冠をいただいた妖精王ウィルバートと――青いドレスを纏ったその妃、レーン。

蓮樹の目を引いたのは、輝くようなウィルバートの美貌でも、優しく微笑んでいる絵画の中のレーンの顔立ちが驚くほど自分に似ていることでもない。

レーンが腕に抱いている、赤ん坊の存在だった。

蜂蜜色の髪に琥珀色の目は、明らかにウィルバートとの間の子供だろう。

ふたりには、子供がいたのか。

そう気づくと、その存在が酷く気にかかった。レーンは早世したはずだが、その後、この子はどうなったのだろう。

妖精王は永遠にも近い長い命を持つとテオドロスは言っていた。確かに彼は相当に長く生きているはずだ。

だったら、ふたりの間に生まれたこの子供の寿命はどうだろう。

その子がまだ生きて、もし、この城にいるのだとしたら――。

「……長い間、この絵を見ることができず、しまい込んでいた」

子供のことを訊ねようかと考え込んでいた蓮樹の隣で、ぽつり、と彼が口を開く。

「だが、これを見れば、レーンの魂が君と同じものであるとわかってくれるだろう」

ウィルバートがこちらにスッと手を伸ばしてきたので、反射的に蓮樹は身を強張らせた。

「レンジュ?」

「こ、来ないで……」

いまはウィルバートは落ち着いているとわかる。だが、蔓で苛まれた経験が、蓮樹を本能的に怯えさせていた。

また捕らえられて、感情のない植物に散々躰を弄り回されるのだけは嫌だった。

無意識に足が後退り、躰が勝手に奥の部屋へと逃げる。

「レンジュ、待ってくれ」

恐怖心に突き動かされ、無我夢中で隠れる場所を探して走るうち、最奥にある武器類を集めた小部屋に行き当たった。

逃げ場を探したが、すぐそばまでウィルバートが追ってきている。あっという間に蓮樹は小部屋の奥に追い詰められてしまった。

「……それほど、私を拒むのか」

辛そうに言う彼が距離を詰めてくる。

ウィルバートが嫌なわけではない。蔓の罰を与えられたことに、憤りと恐怖を感じているだけだ。だが、いまその話をしてもわかり合える気はしなかった。

罰として、次はどんなことをされるのかと身を硬くして怯えていると、彼がスッと蓮樹の頭の横に手を伸ばした。

手にしたのは、壁にかかっていた剣——美しい意匠の禍々(まがまが)しい剣。マルが言っていた『永遠に転生しなくなる剣』。魂を殺せる力を持つ、死神の剣だ。

それを見た瞬間、思わず呆然として訊ねた。

「……もしかして、俺のこと……それで……？」

長い間待ち続けたというのに、思うような姿にはなかなか転生せず、会話ができるようになってもいっこうにままならない。そんな蓮樹に、彼が飽き飽きするのも理解できる。元は最愛の妃だった蓮樹が転生することすらも諦めて、ここで区切りをつけ、べつの相手を妃にしようと思われても仕方ないのかもしれない。

小部屋には他にも多くの武器がある。その中で、死神の剣を選んで手にした彼に、蓮樹は魂の死を覚悟した。

ウィルバートはしばらくの間、握った剣を見つめていた。柄を逆手に持っていて、その刃先は蓮樹ではなく、なぜか彼自身のほうを向いている。

息を殺して様子を窺っていると、ふいにカシャンと耳障りな音がして床に剣が落ちた。

唐突に引き寄せられ、彼の腕の中に強く抱き締められる。

ハッとして気づくと、足元に冷たさを感じた。ウィルバートに抱き締められたまま、蓮樹はなぜか足首まで水に浸かり、今度は泉の中に立っていた。

あたりの景色が変わっている。視線を巡らせると、すぐそばには水瓶を持った少女像が立っていて――ここは、半地下の彫像と泉のある部屋。蓮樹が妖精国についた場所だ。

「レンジュ……本当は、離したくない」

絞り出すような声でウィルバートが囁く。それで蓮樹は、彼が自分を手放し、望み通を叶えて元の世界に返してくれるつもりなのだと悟った。

「ウィルバート……」

呆然としたが、帰りたいと訴えたのは自分だ。

戻ったら、もう二度と彼には会えないのだろう。これが、最後になるのかもしれない。

淫らな蔓の罰への文句でも、前世のことでもなんでもいい。焦りが募り、なにか言わなければと切実に思った。

「——お母さま？」

部屋の入り口に、きょとんとした顔のマルと、マルを頭の上に乗せ、難しい表情をしたクロードが立っていた。

「う、わっ!!?」

マルに声をかけようとしたときだった。

突然、足元が崩れるようにして泉の底がずぶずぶと沈み始めた。蓮樹はウィルバートに抱き締められたまま、一気に水の中に引き込まれていく。

「お母さま!?　待ってください、マルもいっしょに行くのです!!」

悲痛な呼び声に、あの子を置いては行けない、という強い気持ちが湧いた。

戻らなければ、と思ったとき、ふいにウィルバートが蓮樹を抱く腕の力を緩めた。身を屈めてきた彼が、掠めるように一瞬だけ唇を重ねてくる。

すまなかった、と囁かれた気がした。

彼の温もりが離れ、蓮樹はひとりで泉の底へと吸い込まれていく。水にすべてを呑み込まれる瞬間、最後に見えたのは、勢いよく泉に飛び込んでくるクロードと、その背後で、何度もお母様と呼びながら、蓮樹を追いかけようとして泣いているマル。

そしてそのマルを抱いて立ち尽くす、悲しげなウィルバートの姿だった。

＊

アルバイトを終えて惣菜店の裏口から出る。

「蓮ちゃん、蓮ちゃん」

背後から呼び止められて、蓮樹は振り返った。裏口から、惣菜屋のおばあちゃんがちょこんと顔を出している。

「今日までほんとありがとね。これ持っていって」と言われて、あれこれと惣菜のパックが詰まったビニール袋を渡される。

「こんなにいっぱい……！　すみません、ありがとうございます」

「また旅に行くかもなんでしょ？　体に気をつけて、楽しんできて。帰ってきたら、お土産話楽しみにしてるからねぇ」

笑顔で見送ってくれる。戻るのは、すぐそばにある閉店した篠田生花店の自宅兼店舗だ。

蓮樹がこちらの世界に戻ってから、もうすぐ三か月が経つ。あっという間の時間だった。

妖精国に滞在していた間は『友人宅に身を寄せてリフレッシュしていた』という話になっていた蓮樹は、戻ったあと、辻褄の合う土産物を持ってご近所を回った。最後にウィルバートが作った分身がちゃんと挨拶をしてから消えていたおかげで、皆、長旅お帰りと明るく迎えてくれて、あっけなく元の暮らしに戻れた。

妖精国で過ごしたのは、わずか二十日足らずだったはずだが、戻ってみると、こちらではやはり八か月以上もの時間が過ぎ去っていた。

その間に、様々な状況が変わっていた。

蓮樹の店の売り上げを圧迫していた駅前のチェーン店は、ビルの耐震問題が発生して閉店を余儀なくされ、いまは隣町に移転して営業しているらしい。

閉店した蓮樹の店は、古さゆえに水場やレジなどあちこちに細かい不備があり、いつも直しながら使っていた。しかし、久し振りに店に戻ると、気になっていたところはすべて新品に取り換えられ、古びた床や壁もすっかり綺麗にリフォームされていた。その気になりさえすれば、またいつでも店を再開できる状態だ。

更に、蓮樹の銀行口座には、こちらの世界に戻ってきた日付で、一生遊んでも使い切れないほどの金額が振り込まれていた——なにもかも明らかに、ウィルバートの仕業だ。

返しようもないが、使うつもりもない。その金には一円も手をつけず、アルバイトをして、蓮樹はなんとか日々の生活費を稼いでいる。

ここしばらくのアルバイト先は、商店街にある知り合いの惣菜店だった。お嫁さんが双子を出産したので、保育園に入るまでの間だけ、繋ぎのアルバイトを頼まれたのだ。

だが、それも今日で終わりだから、また短期の仕事を探さねばならない。

最近は、近所の人に頼まれて、近隣の介護施設やコミュニティーセンターで、フラワーアレンジメント講座のボランティアもしている。月に数回の不定期で、主に高齢者と子供相手だが、皆が楽しそうに作ってくれるのでやり甲斐がある。大好きな花に関わる仕事は、自分にとってもいい気分転換になった。

（クロくんは、今日も来るよね……）

自宅の居間で惣菜を開けながら考える。

こちらに戻る瞬間、追いかけてきたクロード——この世界での黒田は、蓮樹がこの店で目覚めたときも、そばにいた。

「いろいろ隠していてすみません」と謝り、彼はこれまで言えなかった事情を説明してくれた。

レーンの相棒で大切に飼われていた牧羊犬だった黒田は、死にかけていたところをウィルバートに救われ、翼を持った神狼となった。レーンが妖精王の妃として迎えられたあとは一緒に城に移り住み、そばで彼女を守り続けてきたこと。亡くなったあとも転生する日を待ち続けて、妖精王の元に残ったということを——。

「成り行き上、妖精王に仕えることになりましたが、本来は、俺はあなたの犬なんです。だから、あなたのためならなんでもしますし、どこまででもついていきますよ」

店を再開するなら手伝うし、もしなにもしたくなければ自分が養うから、生活の心配はいりません、と真顔で言われて、蓮樹は困ってしまった。

以前こちらに滞在していたときに彼が住んでいたマンションは、ウィルバートが黒田の滞在用に購入した物件らしい。一緒にそちらに住もうと言われたが、自宅のほうが居心地がいいので、とりあえずは遠慮しておいた。

そんな黒田は、もう蓮樹に正体を偽る必要がないせいか、大学に行く振りはしなくなった。日中は自宅マンションで株取引をして生活費を稼ぎ、朝と晩は蓮樹のところにやってきて食事を作り、一緒に食べてから帰る日々を送っている。

戻ってしばらくの間は、やることも思いつかず、ただ呆然として暮らしていた。そんな蓮樹にとって、彼の存在は本当にありがたいものだった。

ウィルバートがあんなにまで引き留めるのを押し切り、マルを泣かせてまで帰ってきたこの世界だったのに、戻ってきても考えるのはあちらの世界のことばかりだった。

折に触れ、黒田に様々なことを訊ねてみる。

もっとも気になったのは、彼の主人だったという『レーン』がどんな女性だったのかということだった。

「当時は珍しかったハーフの生まれで、村人に受け入れてもらえなかったレーンは、人里離れた山間に住んでいて、両親を亡くしてからはそばには俺だけしかいなくて……明るく生きていましたが、きっと孤独だったと思います。でも、妖精王と出会って、城に住むようになってからは変わりました。生まれて初めて愛せる人に出会えて、妖精王といるときの彼女はとても幸せそうでしたよ。その暮らしは、十年足らずでしょうか。不幸にも病に伏して亡くなるまでの間は、きっと幸福の絶頂で……俺も、そんな彼女を見ているのが幸せでした」

〝レーン〟の思い出を語る黒田は、穏やかな表情をしている。躊躇いながら、蓮樹は彼に訊ねた。

「クロくんも、僕の前世は、本当にそのレーンさんだったと思う……？」

「思うとか思わないとかいう話じゃなくて、あなたの前世は間違いなくレーンです。そうでなければ、俺がここまでして守ろうと思うわけがないじゃないですか」

断言する黒田は、妖精王が蓮樹を攫ってあちらの世界に行くとき、一緒に戻った。

そして、こちらに蓮樹が戻されるときも、ぎりぎりでついてきてくれた。

忠犬、という言葉が頭を過る。

不思議と、黒田の行動には、本当は自分は彼に守られるべき相手ではないのに、という複雑な気持ちは湧かなかった。レーンと蓮樹を重ねるウィルバートには、あんなにも動揺したというのに。

「ね、どうしたら前世の記憶が戻ると思う？」

ある日の夕食どき、唐突な蓮樹の質問に、黒田は首を傾げた。

「どうでしょうね……でも、無理に取り戻さなくてもいいんじゃないかな」

「でも、なんとかして、取り戻したいんだ」

「……どうしてですか？　なにか問題でも？」

不思議そうに訊かれて、どうしてだろうと自分でも思った。改めてその晩、ひとりになってからよくよく考えてみて、やっと蓮樹はその理由に気づく。

前世の自分が、真実、妖精王の妃だったという記憶を取り戻せれば、堂々とウィルバートのそばに戻れる。妃だった日々を思い出しさえすれば、彼に愛されていても、後ろめたさを感じずにいられるから――。

それが、いまの心の底からの自分の本心だった。

（そうか……）

蓮樹は、彼に愛される『レーン』に、内心で嫉妬していた。

ウィルバートが戸惑うのも仕方ない。彼にとってはレーンと蓮樹は、一繋がりの同じ命なのだ。

だが、その記憶を持たない自分は、レーンを愛し続けながら自分に求婚する彼に、強い違和感を覚えた。

部外者の獣人王から聞かされた話は未だに気がかりだし、前世の記憶を失っている蓮樹に、ことの真偽はわからない。だが、本当にウィルバートがレーンの浮気を疑い、その後、指輪を外して彼女の命を終わらせたというのであれば、その彼女の魂をこれほどまでに長い間求め続けたりするだろうか？

たった一度鏡越しに会っただけのテオドロスの言葉より、ウィルバートの言葉を信じたいと蓮樹は思った。

彼は一途にひとりの魂を愛し続けただけだった。

そして――蓮樹はただ、彼に自分だけを見つめてほしかった。

ふたりの気持ちは違う方を向いていたわけではない。状況を受け入れられず、自分の衝動だけに従って、話し合おうとする彼から逃げてきた、自分が浅はかだったのだ。

こちらの世界に戻り、落ち着いて考えているうちに、少しずつ自分の気持ちが整理できた。

――今更だが、もう一度、ウィルバートと話がしたい。

泣いていたマルを置いてくる羽目になったこともずっと気になっている。あの甘えん坊の羽ウサギは、今頃どうしているだろう。

なんとかして妖精国に行き、もう一度彼らに会う方法はないかと蓮樹は切に思った。

しかし、こちらについて一か月ほど経ち、そう決意した頃、恐るべき事実が判明した。

黒田に妖精国に行く方法を訊ねると、「残念ながら俺には蓮樹さんをあちらにお連れする力はありません」という、申し訳なさそうな答えが返ってきた。

なんでも、時空移動の力を使えるのは、妖精王の血筋の者だけらしい。

以前こちらに大学生の黒田として来たときは、妖精王に連れてこられた。戻るときは、妖精王が蓮樹を連れていくときに、マルと黒田もともに帰った。

「じゃあ……もう、僕があの国に行く方法はないってこと……？」

愕然として訊くと「そうですね。向こうから迎えが来ない限りは」と黒田は困り顔だ。

ショックだったが、強引に戻ってきたのは自分の意思だ。

焦っても仕方ない、と蓮樹は思った。

悩んだが、来るか来ないかわからない迎えを待つ身では、また店を再開する気にはどうしてもなれなかった。

――自分は、どうしてももう一度妖精国に行かなければならない。

そうして蓮樹は、短期のアルバイトで生活費を稼ぐことに決めた。ボランティアをしているコミュニティーセンターでは、正規の講師として一年契約の講座を持たないかと打診されたが、辞退した。

戻って半年ほどが経った頃、人を通じてちょうど小さな花屋兼カフェを開店しようと物件を探していた夫婦と会い、店舗部分を貸し出すことを決めた。小さめのキッチンなどを新たに入れる必要があるが、その改装工事も自由にしてもらって構わないと伝える。夫婦は、古いが綺麗にリフォームされている格安の物件を喜んで、大切に使うと言って契約を決めてくれた。

祖母の店があった思い出深い場所を空き家にせずに済んで、蓮樹も嬉しかった。

こちらに戻ってから、桜也や他の友人たちに挨拶には行ったものの、これまでのように定期的に連絡を取らずにいた。時折、長旅に出ているふうを装い、じょじょに周囲との関係をフェードアウトしていく。処分すべきものを片づけ、いつ自分が消えても誰かが困ることはないように、あらゆるものを身綺麗に整えておく。

そうして蓮樹は、いつ来るかわからない、一生来ないかもしれない迎えを、ただ静かに待っていた。

＊

「——蓮樹さん、やっと来たみたいですよ」

いつものように黒田が作ってくれた夕食をありがたく食べて、食事が済んだあと、片づけ係の蓮樹は台所に立っていた。

「え？」

食器を洗っていた蓮樹は「お待ち兼ねの迎えです」という黒田の言葉に慌てて振り返る。

やってきたのは、予想外の者だった。

ちゃぶ台の前に座っている黒田の脇にちょこんと現れたのは、妖精王でもマルでもなく——妖精王のしもべの、あの半透明の妖精だ。

来てくれたのは、七人いた中でも、一番大きな子らしい。

たったひとりで頼りなく立つその子の姿は、こちらの世界にいるせいか、これまで以上に薄い。かなり輪郭が曖昧で、ぼんやりとした姿がなんとかかすかに見えている。

「……！　……っ!!」

必死になにかを訴えている妖精の表情が切羽詰まったように見えて、蓮樹は黒田と顔を見合わせた。なにかが起きたのだ。だが、この子とは話すことができない。

どうしたらと悩んでいると、妖精がずいとなにかを差し出した。見ると、紫色の液体が入った小さな瓶だ。反対の手にも、もう一つ同じものを握っている。

「これは……？」

妖精は、必死の面持ちでそれを飲む仕草をし、自分と蓮樹を指差す。

「たぶんですが、妖精国に蓮樹さんを連れていくから、これを飲んでほしいってことみたいです。自分も飲むからって」

受け取った蓮樹に、黒田が妖精の言いたいことを察して通訳してくれる。

「おそらく、この子には、ひとりで蓮樹さんを連れて帰るだけの力が足りないんでしょう。時空に穴を開けて移動させるのには、かなり大きな力が必要ですから。きっと、力を増幅するための薬なんだと思います」

こくこくと妖精はその通りだと言わんばかりに頷いている。

「でも……これ、僕、ひとりぶん？」

それでは黒田が一緒に帰れない。僕と彼で半分ずつ飲むのじゃだめ？と訊いてみたが、妖精はぜったいにだめ！というふうにぶるぶると首を横に振った。

「先に帰ってください。俺のことは大丈夫」

「でも……っ」

「この子がこんなに焦っているということは、向こうがいまどういう状況なのかわかりません。危険がある可能性もなくはないので、あなたたちだけを返すのは心配ですが、仕方ない。躊躇していたら、次はもういつ帰れるかわかりませんよ」

こちらに戻ってからすでに十か月近く経っている。確かに、今回を逃したら、もう戻る機会はこないかもしれない。

だが、自分を追いかけてきてくれた黒田を、この世界に置き去りにして帰るなんて。

妖精が黒田を見上げ、彼の手を握る。ぎゅうぎゅうと握って、なにか言いたげにこくこくと頷く。

微笑んで頷き返した黒田が、その子の頭を撫でる。

「心配いらないって。この子が蓮樹さんを守ってくれるそうです」

黒田に伝えられ、蓮樹は泣き笑いのような顔になった。

「あなたが無事に戻ったあとで、可能であれば、俺にも迎えを寄越してください」

穏やかに言われて、いまは他にどうしようもないと悟る。蓮樹は黒田の手をぎゅっと握った。

「ウィルバートか……マルと一緒に、あとでぜったいに迎えに来るから、待ってて」

蓮樹がそう言うと、彼は目を瞠った。

「思い出したんですか……？」

「ううん。でも、ずっと考えてたんだ。迎えに来られるとしたら、あのふたりだけだろうって」

話していると、急いた様子の妖精が早く早く、と言うように蓮樹の周りをうろうろし始める。

よほど急いでいるようだ。

行ってきます、と黒田の目を見て言う。妖精と一緒に紫色の瓶を開けて、覚悟を決めて、蓮樹はそれを一気に飲み干した。

叩きつけられるような感覚で蓮樹が目覚めたのは、以前ついたときと変わらない半地下の泉――ではなかった。

＊

「なんだ……？」

以前は豊かに満ちていた泉の水が、枯れかけている。

少女像には無残にヒビが入り、窓はどれも粉々に割れていて、室内を嵐が吹き荒れたのかと思うぐらいに床は枯れ葉や泥塗れになっている。

気づけば迎えに来てくれた妖精は隣に倒れ、ぐったりしている。蓮樹をここに連れてくるのに力を使い果たしてしまったのかもしれない。

妖精国につくと、元の世界に来たときより少しはっきりと姿が見えるようになったが、それによって、なぜかその子が酷く憔悴していることがわかった。

「ね、大丈夫？　どこか痛いところとかある？」

慌てて声をかけるとうっすらと目を開く。痛いところはないらしく、力なくゆっくりと首を横に振る。異常なこの部屋の状況から、妖精王やマル、そして他の妖精たちが無事なのかが酷く気にかかった。だが、わざわざ異世界まで自分を迎えに来てくれたこの子をこのまま置いていくわけにはいかない。

空気のように軽い躰を背負う。あたりの様子を窺いながら、蓮樹はそろそろと泥と砂だらけの階段を上がっていく。

「……どうしたんだ、これ……」

一階に上がってみて、更に愕然とした。

磨き上げられていたはずの城内は、どこもかしこも煤と泥に塗れていた。

煌びやかだったシャンデリアは傾き、いくつも蜘蛛の巣が張っている。あちこちの扉が壊れて開けっ放しとなり、窓ガラスは無事なものが見当たらないほどの無残な状況だ。

蓮樹が元の世界に戻って、十か月。こちらの時間では、まだわずか二十日程度しか過ぎていないはずなのに。その間に、いったいなにが起きたというのだろう。

荒れ果てた城内には、誰かがいる気配をまるで感じない。

血痕などはなく、悲鳴が聞こえてこないのだけが救いだが、だからといって、楽観視していられる要素はひとつもない。蓮樹は強い胸騒ぎを感じた。

(……妖精王と、マルたちはどこに……?)

皆の安否が心配でたまらない。

ぐったりとした小さな妖精を背負ったまま、彼らを捜す。階段を上がっていくにつれ、城内の荒廃は深まっていくばかりだった。蓮樹がいたときは塵ひとつなく磨き上げられていたのに、いまはまるでべつの城のようだ。あまりの惨状に、まさか自分のいない間に戦争が起きて、他国に攻め込まれでもしたのかとも考えたが、壊れた箇所に人為的な痕跡は見当たらない。どちらかといえば、巨大な台風に襲われたあと、何年も放置されたみたいな状態に思える。それ以外に、短期間にこうまで城が荒れ果てる理由がわからず、進みながら蓮樹は恐怖を感じた。

背負ったまったく重さを感じない妖精を気にかけながら、枯れ木や抜け落ちた階段を乗り越え、やっとの思いで最上階まで辿りつく。

おそるおそる部屋に入ると、ウィルバートはそこにいた。寝台の上に仰向けになり、どうやら眠っているようだ。

彼の部屋の中も、無残なほど荒廃が深い。一瞬最悪の事態を想像しかけた蓮樹は、ウィルバートの無事な姿を見て泣きたいほど嬉しくなった。

「ウィルバート……っ」

だが、急いで寝台に近づき、彼の顔を覗き込んで、一気に血の気が引いた。

いつも乳白色をしている彼の美しい肌が、なぜか土気色に変わっていたのだ。蓮樹は息を呑み、引き攣った声で「ウィルバート？」と彼の名を呼ぶ。

うっすらと目を開けた彼が、だるそうな掠れ声を出す。

「誰だ……」

「ウィルバート、僕、蓮樹です……！」

慌てて言ったが「私の名を知っているのか」と怪訝そうな目で見られるだけだ。

「レンジュ……？　知らない名前だ。お前は……ああ、人間か。どこから迷い込んできた。さっさと自分の世界に戻れ」

すでに彼から完全に忘れられてしまっているらしいことに、蓮樹は愕然とした。

ショックで動けずにいる蓮樹を力のない目で見上げ、彼は苛立ったように掠れ声で命じてくる。

「さあ、早く我が寝室から出て行け……ああ、なぜその子を背負っている。大切な我が子だ、置いていけ」

「ウィルバート、ちょっと、待って……！」

背負っていた妖精が、見えない力でひょいと奪われる。目を開けた妖精が、力なく蓮樹のほうに手を伸ばそうとしたが、遅かった。

気づけば、蓮樹は城の巨大な入り口扉の前に立っていた。どうやら、ウィルバートの力で移動させられ、城から追い出されてしまったらしい。

自分が消えて、この世界ではまだ一ヶ月も経っていない。しかし、よほど悲しみが深かったのか、それとも他にもなにかが起きたのか、ウィルバートはすでに蓮樹の存在を忘れてしまっていた。戻ってくるのが遅過ぎたのだろうか。

実際に記憶から消され、知らない者を見る目で見つめられてみると、衝撃は思った以上に深かった。だが、泣いている場合ではない。

(……無理を押して、向こうの世界に帰りたがったのは、僕自身なんだから……)

きっと、帰すと決断をしたときのウィルバートは、いまの蓮樹以上に辛かったはずだ。

なにが起きたのかはわからないけれど、彼が普通の状態ではないことだけははっきりしている。この城の状態も気になるが、まるで、死の淵にいるみたいなウィルバートの様子が心配だ。このまま放っておくわけにはいかない。

(ウィルバートを助けなくちゃ……)

そのために、なにが起きたのかを知りたい。まずは、どこかにいるはずのマルと他の妖精たちを捜さなくてはと思った。

城には、ガラスが割れた隙間からなんとか侵入することができた。幸か不幸かいまの彼には、城全体に結界を張り、侵入者を排除するだけの力は残っていないようだとわかる。

顔色の異常さから見ても、おそらくは瀕死に近い状態なのだろう。

まずは、マルと妖精たちがもっともいそうな場所——三階の食事をする各部屋を捜しにいってみようと決める。障害物を除けながら階段を上り、蓮樹は朝食の間をそっと開けた。

すると、部屋の中央に、赤い髪をした男の大きな背中が覗いていてぎくりとする。

「——ああ、レーンか」

のっそりと顔だけをこちらに向けた者を見て驚く。それは、不思議な穴の中でコンタクトを取ってきた、獣人王のテオドロスだった。

なぜ彼が、この城にいるのだろう。

「なあ、この城はいったいどうしたっていうんだ？　ウィルバートの具合が悪いらしいと聞いて、遥々見舞いに来てみたら、どこもかしこも荒れ果てているじゃないか」

「僕も、さっきここに戻ってきたところなんです」

そう言うしかなく、戸惑っていると、テオドロスは自らの足元を指差した。

「この部屋に入ったら、驚いたことに、妖精たちがばたばたと倒れていてな。いま急いで介抱してやっていたんだが」

急いで近づくと、しゃがんだ獣人王の前には、確かに三人の半透明の妖精たちが仰向けになっている。いつも蓮樹の食事を運んでくれた子たちだ。全員、蓮樹を迎えに来てくれた子と同じようにげっそりとしている。しかも、彼の言うように皆意識がないようだ。

驚いて蓮樹が妖精たちの顔を覗き込んでいると、テオドロスが手にしていた赤い小瓶を見せつけるように差し出してきた。

「この子達の命の火が消えかけているようだとわかったから、止む無く、取り急ぎで我が国の秘薬を使った。どんな病でもたちどころに治すという国の宝で、本来王である俺にしか使えないんだが……まあ、非常時だ。仕方あるまいな」

この子に使った、と指差す左端のひとりだけは、確かに頬にわずかな赤みがさし始めているようだ。本当に効く薬らしい。

他のふたりにも頼んで飲ませてもらうと、見る間にじわじわと顔色が良くなり、蓮樹は安堵の息を吐いた。

「あ、あの……その薬を、妖精王にも使ってもらえないでしょうか？」

蓮樹が急いで頼み込むと、テオドロスは立ち上がり、ふーむと鼻を鳴らす。

それから、なぜかじろじろと不躾な視線で、蓮樹を上から下まで見下ろしてきた。

彼は見せつけるように目の高さに掲げた小瓶を振る。中身の残りは、もう二分の一ほどしかないようだ。

「緊急事態だから、この子らだけは助けたが、秘薬はもうわずかしかない。万が一のときに俺が使えなくなる危険を押して残りを妖精王に使うのなら、それなりの見返りをもらいたい」

「み、見返りって？」

ウィルバートが生気を取り戻しさえすれば、彼に払えないものはないだろう。だが、毛嫌いしているらしいテオドロスの助けを借りたと知れば、ウィルバートは怒るかもしれない。

しかし、いまは非常時だ。背に腹は代えられない。切実な気持ちで蓮樹が訊ねると、テオドロスはにやりと口の端を上げて言った。

「レーン……いや、いまは『レンジュ』だったか。もし、お前が俺のものになるというのなら、この薬を使って妖精王の命を助けてやってもいい。秘薬の残りをやるから、その代わり、ともに我が城に帰って我が妻になるとこの場で誓え」

「そ、そんなこと……できません！」

有り得ない要求だった。もし蓮樹が彼の言い分を呑めば、たとえ助かっても妖精王と獣人の王との争いは免れないだろう。みすみす諍いを呼び込むような真似などできない。

しかし、蓮樹がきっぱりと拒絶すると、テオドロスはムッとした顔で赤い小瓶を高々と持ち上げ、あろうことか、パッと手を離した。

「ああっ!?」

受け止めようととっさに床に膝を突いたけれど間に合わず、中身ごと瓶は粉々に砕け散ってしまった。

「酷い……」

目の前に見えた希望を断たれ、呆然とするしかない。なぜこんな残酷なことをするのかと、思わずテオドロスをキッと睨み上げる。

涙目の蓮樹をさも愉快そうに眺めて、彼は言った

「俺のものになるのがそんなに嫌なら……そうだな、もうひとつ、妖精王が必ず助かる方法がある。知りたいか？」

また弄ばれるだけではないかと警戒したが、どんなに悔しくても聞かないという選択肢はなかった。

顔を強張らせたまま蓮樹が頷くと、ふっとテオドロスは真顔になった。

「ある方法でお前が死ねば、ウィルバートは必ず助かるだろう」

信じ難い方法に耳を疑う。彼の説明は、こうだった。

妖精王が瀕死なのは、最愛の妃の生まれ変わりである蓮樹に拒絶されて心が死にかけているからだ。その相手が死神の剣で自身の胸を貫けば、妖精王の傷心の原因そのものがなくなる。

蓮樹が消えた瞬間に、この国は元通りに美しく復活し、同時にいま死にかけている妖精王もその場で蘇るだろう――と。

(僕が死んだら……彼が助かる……?)

心が死ぬほど、蓮樹はウィルバートを傷つけてしまったのか。

それならば、自分が責任を取るのは、当然なのかもしれない。

テオドロスは、ショックを受けている蓮樹に何度も繰り返し、妖精王を助けられる方法を吹き込んだ。

件の剣は、いま宝物庫の中にはない。おそらく妖精王の寝室にあるはずだ。

妖精王と死神しか使えない剣なので、彼の手に柄を握らせた剣で、自らの胸を深く刺せばいい。

痛みや苦しみはなく、すぐに無がやってくる――とても幸福な死だ。

なにかに操られるようにして、気づけば蓮樹はふたたび妖精王の寝室に来ていた。

捜すまでもなく、使う予定の剣は、目を閉じている彼の枕元に置かれていた。

そのときわかった。武器類の小部屋でこの剣を手にしたとき、ウィルバートは蓮樹の魂を殺そうとしたのではない。

あれは、辛さのあまり、彼自身が自分の魂を消し去りたいと考えてたのかもしれない、ということに――。

そう気づいたとき、蓮樹の中で決意が固まった。

自分と彼とでは、命の重みやいなくなったときの影響が段違いだ。

選ぶ余地はなかった。

すでに意識がないようで、手にそっと触れてみても、ウィルバートは目を開けなかった。剣を持ち上げ、体温を失いつつある彼の手に、剣の柄を持たせる。その上から手を重ねて握り込み、ゆっくり鞘を抜いた。

魂を消滅させる恐ろしい剣は、その力とは裏腹に、曇りのない白銀の刃を持っていた。

彼の手の上から支えるように柄を握り、剣先を自分のほうへと向ける。

寝台の上で静かに眠る彼は、土気色の顔色をしていてすら端麗な美しさだった。

この人が、毎日嬉しげに笑い、全力で自分を求めてくれていたなんて、まるで夢みたいだと、こんなときながら小さく笑った。

「僕は……身代わりじゃ嫌だった」

ふと、笑みを消し、真剣な表情になって蓮樹は呟いた。

「いくら同じ人物だからと言われても、納得できなかった。前世の自分じゃなく……僕自身を愛してもらいたかったんです。でも、素直にそう伝えられなくて」

最後だから、命を終える前に、自分の気持ちをかけらでも彼に伝えておきたい。意を決して、切実な気持ちを口にする。

「レーンを忘れられないあなたのことを、本当に好きになってしまったから……」

死にかけているウィルバートにだから、初めて自分の気持ちを告げられた——今更、遅いけれど。

ぽとん、と蓮樹の頰を伝った涙が、彼のかたちのいい唇に滴ってしまう。

慌てて拭おうとして、ふと思い立つ。

(……最後に、お別れのキスくらい、させてもらってもいいよね……?)

彼には散々キスをされた。否応なしに、それ以上のことも。ならば、自分の恋心を成仏させるためにも、最後にキスをさせてもらってもばちは当たらないだろうと、蓮樹は躊躇いながら、ぎこちなく身を倒していく。

いったんふたりの手で握った剣を脇に避けようとしたときだ。誤って蓮樹の耳朶を剣先が掠め、ちくりと痛みが走った。ウィルバートに怪我をさせずに済んでよかったと安堵する。自分ならばもうどうでもいい。かすかな痛みに顔を顰めたけれど、どうせ死ぬ躰だと構わずにそっと身を屈める。

蓮樹はウィルバートのかたちのいい唇に、自らの唇をおずおずと重ねた。

思いの外深く切っていたのか、血は顎まで伝ったようだ。

最後のキスは、自分の血と——それから涙が混ざった複雑な味がした。

口付けを解き、いざ、胸を貫かねば、と蓮樹が決意したときだ。

「ん、ん、ン……っ？」

唐突に項に熱い手が触れ、強引に下へと引き倒される。ふたたび唇を奪われると同時に、ウィルバートの手と手を重ねて握っていた死神の剣が、大きな音を立てて、払い除けられるようにして寝台の下に転がされたのだ。

（え……!?）

いつの間に目覚めたのか、ウィルバートは蓮樹を抗えないほどしっかりと抱え込んでいる。

「う、ン……っ」

驚きで開いた唇の間に分厚い舌が入り込んできて、激しく咥内を蹂躙された。自らした、幼いキスとは別物の十か月振りの濃厚な口付けに、腰から力が抜けていく。どうしてなのか、きつく閉じた瞼の裏が眩しく感じるが、目を開けることができない。

「っ……、ぅ……っ」

散々舌を啜られて、淫らに唾液を飲まれ、唇が腫れそうなくらいなまでに濃厚なキスをされた。蓮樹が涙目になり、足ががくがくして、立っているのがやっとになった頃、ようやく満足したかのように、彼が顔を離してくれた。

視界に映る彼は、さきほどまでの土気色から健康そうな生き生きとした顔色になり、神々しいほどに美しい、いつもの妖精王ウィルバートだった。

「素晴らしく幸福な目覚めだった君が起こしてくれたんだな……ありがとう」

ゆっくりと身を起こした彼とともに、室内を見回してから、蓮樹は目を剥いた。

さきほどまでの死の城はどこへいったのか。

あれほどまでの汚れも、泥も蜘蛛の巣までもが、跡形もなく消え去っている。

彼の復活とともに、城までもが息を吹き返したようだった。

いったいなにが起きたのかと呆然としていると、ウィルバートはゆっくりと寝台から下りて、落ちていた死神の剣を手に取る。眉を顰めてその刃を鞘に納めた。

「……城に、なにか悪い虫がいるな――捕らえろ」

ウィルバートが独り言のように命じる。

待つほどもなく、屈強な姿をして軍服を纏った青年の妖精たちに両手を捕らえられてきたのは、驚いたことに、獣人王テオドロスだった。

苦々しい顔で、ウィルバートは彼の前に立つ。

「……お前もしつこい奴だ。まだレーンへの想いを忘れられないか。過去に私との間を引き裂こうとしただけでは飽き足らず、今生のレンジュにまで執着し続けるとは」

「ええっ!?」

苛立ちを感じさせるウィルバートの言葉に、思わず蓮樹は声を上げる。

ウィルバートの話では、前世でウィルバートの妃となったレーンが子供たちと裏庭で遊んでいるところを見初めたテオドロスは、あの手この手を使って彼女の気を引こうと、散々接触を繰り返していた男だそうだ。王を名乗っているが、無法を繰り返してすでに獣人国の王座を追われ、国からも追放されている身で、祖国にも、彼を支持する者はほとんどいないらしい。

いまは、特殊な力を持つ獣や妖精を捕らえては、他国の商人への売買に明け暮れているという噂で、ほとんどの周辺国でお尋ね者の身となっているという。

転生した蓮樹が妖精国にいると知るとすぐに、テオドロスはふたたび近づこうと策略を巡らせた。蓮樹がどれだけ望んでも、向こうの世界にひとりでは返せないとウィルバートが警戒を強めていたのは、ストーカーのようなこの男の存在を危惧していたからもあったらしい。

その話を聞いて、蓮樹は狼狽えた。すっかり彼の話を鵜呑みにしていたが、にわかに強い疑問が湧いた。レーンの死因についてだ。ウィルバートもクロードも、病でと言っていた。悲惨な死をとげたから、原因は自分に伏せているのだと思い込んでいたのだが――。

「その……前世の妃が、密通を疑ったあなたに殺されそうになった、という話は……?」

躊躇いながら訊ねると、ウィルバートは愕然とした様子で目を剥いた。

「私がレーンを？　神にかけてそんなことをするはずがない。そもそもレーンは密通などするぐらいなら死を選ぶような、真面目で芯の強い娘だった。彼女が死んだのは……自分の子供の命を救うためだ」

「子供？」

ウィルバートは苦しそうに説明した。

「ああ、小さくて躰の弱かった息子が突然の病にかかり、死ぬことがどうしても耐え切れず……その子の命を助けるために、自らの命を分け与え過ぎたんだ」

──なにもかも、話が違うではないか。

蓮樹は呆然としてテオドロスに目を向け、それから縋るようにウィルバートを見た。

「さきほど君が、なぜか死神の剣を手にしていたのを見たときから、誰かの策略だろうと気づいていた。おそらく、今世こそはレンジュを私から奪うか、それが叶わないのなら、私もろとも永遠に死なせた上で、この国を我が物にしようと考えた愚か者の仕業だろう。だが……策略はぶち壊された」

感慨深く彼は言う。

「君の涙が、私の記憶を蘇らせ……君の血が深い愛を伝えて、私に目覚めるための力を与えてくれたんだ」

自分に視線も向けてこないウィルバートに舌打ちをして、テオドロスは吐き捨てた。

「お前の妃は、必ず俺のものにする。どこの世界に逃げても、生まれ変わっても、今度こそ、ぜったいに奪ってやるからな！」

自棄(やけ)交じりのような捨て台詞に、ウィルバートが目の色を変えた。

冷たい表情になり「ならば、やむを得ない」と呟くと、死神の剣を取り上げてゆっくりと鞘から抜く。

彼が、放していい、と兵士たちに命じる。解放されたテオドロスは、唸りを上げてまっすぐに——なぜだか丸腰の蓮樹のほうへと向かってきた。

「ぐあああぁ——ッ!!」

大柄な獣人が突進してくるさまは恐怖でしかない。

とっさに逃げようと背を向けたとき、断末魔の叫びが聞こえてきて、蓮樹は驚いて振り返った。

見ると、テオドロスは側頭部を真横に向けて、死神の剣で無残なほど頭をぐっさりと突き刺されていた。

息を呑んだが、ウィルバートが剣を抜いても、不思議に血も滴らず、傷痕も見当たらない。

だが、無傷というわけではないようで、テオドロスは呆然とその場にへたり込んでいる。

魂を抜かれたような呆けた顔は、それまでの好戦的な表情とはまるで違うものだ。

連れていけ、と命じられた兵士に両腕を持ち上げられ、半ば引きずられるようにして彼は連れられていく。

「あの、テオドロスは、どうなったんですか……？」

狼狽えながら訊ねると、ウィルバートは静かに説明してくれた。

「どのようにマルが伝えたのか不明だが、この剣が持つ力は魂を消すことだけで、肉体を殺すための剣ではない。頭を刺せば知性を失い、胸を刺せば心を失う。二度と君に危害を加えようなどとは考えられないようにしておいた……君への執着を捨て切れなかった、愚かな奴だ」

つまりテオドロスは、知性を奪われて、獣同然の状態にまで堕とされたらしい。蓮樹はぞっとした。

それは、ある意味では、殺されるよりも辛い罰かもしれないと思ったのだ。

ウィルバートは蓮樹の前に立つ。

「帰ってきてくれたんだな……」

彼は信じ難いものを見るような目で、蓮樹をじっと見つめた。

「ええ……向こうの世界まで、あなたのしもべの妖精が迎えに来てくれて」

様々なことが頭の中を過り、もじもじしながら伝えて、蓮樹はハッとした。テオドロスが三人の妖精たちに秘薬を飲ませたこと。マルが見当たらないことを急いで伝える。

「あの妖精たちは実体じゃない。あの躰が薬を飲んでも、本体に影響はないので大丈夫だろう。それから……マルの居場所はおそらくわかる」

行こう、と言われて手を取られる。

ついたのは六階の『壊れた時計の間』の前だった。捜す前に、部屋の前にぽてんと転がった毛玉のような生き物が目に入る。

「――マル!?」

慌てて駆け寄って抱き上げる。マルは意識を失っているみたいで、ぐったりしている。マルはこの部屋の中をいつも気にかけていた。おそらく荒れ果てた城の中で、部屋にいる誰かをなんとかして守ろうと、扉の前にずっといたのだろう。

「大丈夫だ。すぐに目覚めさせてやる」

入ろう、と言って、驚いたことに、ウィルバートが件の部屋の扉を開けようとする。

「え、僕も、入っていいんですか?」

「構わない……いや、むしろ入ってやってほしい。皆、この部屋にいる者たちは、君の訪れを、首を長くしてずっと待っていたんだ」

薄暗い部屋の真ん中には、上のほうに大きめの時計がかかった装飾的な柱が立っている。

その柱を囲むように、小さな寝台が八つ、据えられているのが目に入った。

見上げると、複雑な仕組みをした木製の時計は、壊れているというマルの話の通り、中途半端な時間を指して止まっている。見る限りでは、どうやら手作りの精巧なからくり時計のようだ。

しかし、故障したところへ蔓が入り込んでいるらしく、中からは枯れた蔓が何本も垂れている。色褪せ、壊れて放置されているさまは、酷く物悲しい気持ちになった。

動かないその時計を見ているうち、蓮樹の閉じられた記憶の鍵が、かすかな音を立てた。

（この時計……見たことがある……？）

気配を感じて視線を向けると、柱を囲む小さな寝台には、一匹ずつ、まだ子供らしい白っぽい生き物が眠っている。室内にある他の柱は、妖精王の部屋と同じように葉を茂らせた生きている木のようだ。壁沿いには、室内ながら立派な花壇が作られている。密集して咲く花たちは、部屋が暗いからか、どれもあまり元気がないように見えた。

寝台で眠っている生き物たちの顔色を見てから、ウィルバートは蓮樹の腕の中のマルをそっと撫でる。それから彼は、部屋のカーテンを開けてバルコニーに出た。

陽光を浴びた彼の中に、みるみるうちに精気が満ちていくのを感じる。

また、妖精王から溢れた光で部屋の柱である緑が蘇り、瑞々しい葉を大きく茂らせる。

「光の花を撒こう。それで、おそらくマルが目覚めるはずだ」と彼は囁いた。

城の外にはすでに復活の予兆を感じて人々が集まっていたらしい。バルコニーに現れた妖精王の姿を見て、大きな歓声が上がった。

「皆の者、暗闇を与えてすまなかった」

ウィルバートが声を上げ、盛大に光の花を振り撒き始める。

「妖精国に幸あれ！」

途端に部屋の中にも一陣の清浄な風が吹き込んできた。きらきらの粉は寝台にも降り注ぐ。蓮樹とその腕の中にいるマルの上にもふんわりとかかった。

どうやらこの国は、ウィルバート自身と密接に繋がっているようだ。彼が復活した以上、国も城ももう大丈夫だということがわかって、蓮樹は心底ホッとした。

光の花の効果で、空気の淀んでいた国全体が、どんどん生き返っていく。光を撒く彼の背中を見ているうち、じわじわと、以前にも感じた不思議な既視感に包まれる。

この光景を、この部屋で、確かに見た覚えがあった。

『末の王子の誕生だ。皆の者、祝福に感謝する！』

宣言する嬉しげなウィルバートの声が耳の中で響く。雷に打たれたみたいに、蓮樹の頭の中は真っ白になった。次の瞬間記憶が蘇り、流れ込んでくる出来事の奔流に、立っているのがやっとになる。

見覚えのあるからくり時計を見上げる。

あの時計は、城に嫁ぎ、初めての子が生まれるときに、自分が手作りをした時計だ。

子の成長と幸福な人生を願い、穏やかにときを刻み続けるようにと祈って作った。

自分が亡くなる寸前に、その辛さに耐え切れず、自暴自棄になったウィルバートは大切な時計を壊してしまった。無理だとわかっていても、時間を止めたかったのだ。

「……お母さま」

いつの間にか、腕の中でマルが目を覚ましていた。羽つきの小さなウサギはぎゅうっと必死で蓮樹の胸に抱きついてくる。

「マル……マーレ」

蓮樹の呼ぶ声が変化したのに気づいたのか、マルの耳がぴくんと震える。もう一度、マーレ、と呼ぶと、信じられない、というようにマルは真ん丸の目を瞬かせた。

「――レンジュ？　どうした、マルも大丈夫か？」

光の花を撒き終えたらしく、ウィルバートがそばまで戻ってくる。

ふと気づくと、壁際に咲く大量の花は、光の下で見ると、明らかに種類も本数もバラバラだ。しかし、その花の種類や色の選択には不思議なくらい見覚えがあった。

もしやこれらは、蓮樹が仕入れ、ウィルバートが店から買い占めていった花ではないのか。

おそるおそる訊ねると、やはりウィルバートは頷く。眠り続けるこの子たちのそばに、なにか土産をと思い、蓮樹の店で購入した大量の花を持ち帰っていたらしい。

妖精王の力なのか、不思議なことに切り花はしっかりと花壇に根を張り、枯れる気配も見せずに美しく咲き誇っている。扉の前まで来たときに感じた花の香りは、この花たちのものだったようだ。

そして、彼がなぜこの部屋に、他の店のものではなく、『蓮樹の店の花』を持ち帰りたかったのかが、わかった気がした。

「ウィルバート……」

彼を見る。確信を持って蓮樹は口を開いた。

「この子は……この子たちは……あなたと、僕の間に生まれた、子どもなんですね」

ウィルバートの目が見開かれる。

「そうだ、みんな私たちの子供だ」

信じ難い、というように見つめられた。思い出してくれたのか、と言われて、半信半疑のまま頷く。マルに関しては、薄々そうかもしれないと思ってはいた。だが、自分でも、まだ信じられなかった。

「マル……マーレは、私と君の末の息子だ。生まれた頃は躰が弱くて、いまだに幼体のままだ。甘えん坊で、どこに行くにも君と一緒だった」

マルはその言葉通り、ぎゅうっと蓮樹にしがみついて離れない。

「あるとき、君は使用人の妖精と幼いマーレと、三人で遠出をした。マーレが行きたいと言った、私と君が出会った思い出の場所に連れていくためだ。その日、私には外せない責務があり、三人だけで送り出したのが不幸の始まりだった。マーレは目的地で熱を出し、酷く体調を崩した。すぐ妖精が私の元に知らせに来たが、マーレはすでに死の淵にいた。私が状況を知り、助けに向かう前に、君はなにひとつ躊躇わず、私から与えられた結婚指輪を抜き去り……子に嵌めさせてしまっていたんだ。自分の精気のほとんどを、瀕死のマーレに分け与えるために」

静かに説明を続ける彼の表情は、後悔の思いに満ちている。

「以前、万が一のときに子に命を分ける方法を訊かれて、教えたのは私だ。私がそばにいさえすいれば、簡単に助けられるのだからと、まさか本当にやるときがくるとは、考えてもいなかった……しかし、一度絶命した命はぜったいに戻せない。クロードのように精気を与えて助けられるのは、肉体と魂がまだ離れていないときだけだ。私がついたとき、君はもう子に精気を与え過ぎていて、魂を繋ぎ止めることは不可能だった。私は君を救えず、子の身代わりで、君は命を落とす羽目になったんだ」

聞いているうちに、そのときの光景がまざまざと思い浮かぶ。

マルを抱いたまま、寝台の上にいる白くて小さな生き物たち――いや、愛しい子供たち、ひとりひとりを見た。

「他の子供たちと元気を取り戻したマルは、君の死を知って絶望した。『お母さまが帰ってきたら、今度は自分たちの命を分け与えるんだ』と言って、上の子達は皆、君が帰るまでの間、勝手に幼体に戻り、命の力を溜めるために、自主的な眠りについてしまった。幽体として歩き回ってはいたが、たびたびお母様はいつ帰ってくるのかと泣かれて困ったよ。ああ、君の店に最後に訪れたとき、遅くなったのは子供たちに引き留められていたからだ」

「お兄ちゃまたち、起きてくださぁい！　お母さまが、お母さまが帰ってきたのです！」

マルが無我夢中で叫ぶ。

それにつられて、むく、ぴょこ、と眠っていた白い生き物たちが七つの寝台から次々と目を覚ます。

純白の羊に白い犬と白い猫、白キツネに白鹿、それから白ネズミに、真っ白なハトだ。

ふわあああとあくびをし、伸びをして、くんくんと匂いを嗅ぎ――そうしてハッとすると、いっせいに蓮樹の元へ集まってきた。

「お母さま!!」「お母さまだ!!」「ほんもののお母さま！」

わあわあと口々に言いながら、様々な生き物たちが集まって、蓮樹にしがみついてくる。モフモフの体に密着されて、身動きがとれなくなる。だが、少しも恐怖は感じなかった。

命を落とす直前、どれだけこの子達のことが気がかりだったことだろう。

「みんな、遅くなってごめんね。さあ、可愛いお顔を見せて……？」

涙に目を潤ませながら頼むと、その場でふわっと光の花を振り撒きながら、子供たちは一匹ずつ、上手に人形（ひとがた）に変化していった。

はっきりと見えるようになった子供たちの姿は、半透明だったときのしもべの妖精たちそのものだ。ウィルバートによると、幽体のとき、嬉しいと勝手に身体が実体に戻ろうとして濃く見え、不安を感じていると、魂の力が弱くなり薄く見えていたらしい。

最後に、うんうん唸っていたマルが、ぽん！と音を立てて、あたりにきらきらとした光の花を振り撒き、小さな子供の姿になった。「お母さま！」ととてて っと小走りにやってきて、マルは蓮樹にぴょーんと勢いよく抱きついた。

「マル……マーレ……！」

妖精たちの中でも、もっとも幼い。三、四歳くらいの、なんとも愛らしい男の子だ。

この子が、宝物庫に飾られていた肖像画の中に、ウィルバートとレーンとともに描かれていた赤子なのだとわかった。

子供たちの姿が明確に見えるようになると、またひとつ、謎が解けた。誰かに似ている、と思っていた妖精たちは、全員が琥珀色の目に蜂蜜色の髪をしている。こうしてみると、明らかにウィルバートと似ている。間違いなく、彼の血を引く子供だ。

幸福に彩られた思い出が、鮮やかに蘇ってくる。

「……イグニス、インベル」

向こうの世界まで蓮樹を迎えに来てくれた子と、その次に大きな子が名を呼ばれてパッと顔を輝かせる。ふたりは、妖精王との間に最初に授かった双子だ。

「ノヴァ、フロス、アモー、ヴィア、それから……テッラ」

自分の名が呼ばれるたびに、子供たちはそれぞれ跳びはねて喜びをあらわにしている。マルの次に小さなテッラは、蓮樹がウィルバートに蔓で拘束されていたとき、部屋に忍び込んで助けに来てくれた子だ。どの子も、無条件に蓮樹を慕って当然だった。クロードとふたりきりでひっそりと生きてきた自分が、ウィルバートの元に嫁いで得た、可愛い家族たち。

クロードと世話係の手を借りながら、天真爛漫な子供たちの世話をするのは、孤独だった自分には得難い幸せの日々だった。生まれつき躰の強い子も弱い子もいたが、熱を出すたびに心を痛め、その成長を毎日楽しみに見守った。

与えられる限りの愛情を注いで育てた、命より大切な宝物だ。

みんなが蓮樹に抱きつくと、マルは気を利かせたみたいに「妖精王はボクを抱っこしてくださいなのです！」とウィルバートのところに行ってねだる。

「レンジュの記憶も戻ったし、もういいだろう。妖精王ではなく、お父様と呼べ」

これまでマルが父を『妖精王』と呼んでいたのは、血縁関係にあることを知らせて、記憶のない蓮樹を驚かせないようにと、ウィルバートが配慮して指示していたためだったらしい。父を地位で呼ぶのは許容したが、どんなに言い含めても、蓮樹を母と呼ぶことだけは、マルにとってぜったいに譲れないものだったようだ。お母様と呼ばれていても、まさかマルが自分の子だとは当時は思いもしなかった。

「お父さま、マルは肩車をしてほしいのです」

素直に呼び方を戻し、マルはちょいちょいとウィルバートの服を引っ張って甘える。仕方ないなという体で彼がマルを肩に乗せると、それを見たまだ小さなヴィアとテッラが「お父さま、ボクたちも！」とウィルバートのところに走っていく。

微笑ましい光景に、イグニスたちを抱く蓮樹の頬が緩む。ゆっくりと涙が溢れて頬を伝った。

「――レンジュ、どうした」

気づいたウィルバートが今度はテッラを肩車したまま近づいてくる。テッラを下ろした彼にそっと肩を抱かれる。

大丈夫かというように顔を覗き込まれて、蓮樹は頷く。

「大丈夫です……ただ、嬉しくて……幸せ過ぎて、どうしていいかわからなくて」

周りに集まってきておろおろする子供たちを宥めながら、ウィルバートが、唇で蓮樹の涙を吸ってくれる。

どうして、こんなに大切な子供たちのことを、これまで思い出さずにいられたのだろう。

記憶が蘇ってみると、これまでの人生で自分が、ずっとどこか空虚な感覚を抱えて生きてきた理由に納得がいく。

元の世界にいた頃、蓮樹はなにもかもに強い執着がなかった。

ただ、引き取って育ててくれた祖母への恩返しがしたくて生きていた。けれど、なぜかずっと、自分のいるべきところは、ここではないというような不可思議な感覚は消えなかった。

夢見がちな奴だと笑われるだけだから、誰にも言えずにいたが、すべてを取り戻したいまは、はっきりとわかる。

なにかが足りない気がしていたのは、大切な家族と離れていたから。

――自分の本当の居場所は、ウィルバートと子供たちのいる、この国だったからだと。

その後、ウィルバートに頼み、クロードも向こうの世界から無事に連れ帰ることができた。迎えを待ちながら、彼はずっとひとりでやきもきしていたらしく、心配させたことを蓮樹は詫びた。

戻るなり、目覚めた王子たちと、記憶を取り戻した蓮樹に会うという怒涛の展開に、クロードも驚いていた。

壊れて誰も直すことのできなかった時計は、蓮樹が修理をして、また新たなときを刻みだした。生き返った思い出の時計を見て、クロードがしみじみとした様子で漏らす。

「よかったですね……本当に」

普段は冷静であまり感情を表に出すことのない彼が、涙ぐんでいる。それを見て、蓮樹もまたたまらずに目を潤ませた。

＊

もう一度、結婚式をしよう。

そう言い出したウィルバートの決断に、蓮樹は躊躇った。以前にも、彼と自分は盛大な結婚式を挙げた記憶がある。だが、彼の言い分では、当時の妃が亡くなり、その後、妖精王がずっと独り身を貫いていたことを民は皆知っている。たとえ、自分たちの間では二回目だとしても、正式に儀式を行い、国内外に向けて、蓮樹を新たな妃として迎えたと広く知らせる必要があるというのだ。

悩んだが、『君を失ったあと、私の身勝手さから関わりを断つことになった者たちを、式を機にふたたび雇い入れたり、式に招いて謝罪をしたい』というウィルバートの気持ちには同意した。彼がつき合いを絶った人々と和解できたら、それに越したことはない。

そうして式の準備が急ピッチで始まった。

元々、寡黙なたちの王だったが、以前、レーンを妃として迎えたあとは、たくさんの者が城を訪れるようになっていた。

愛妃を失い、塞ぎ込んだウィルバートは、ほとんどすべての使用人に暇を出し、王を支えてきた貴族や知人たちとも交流を絶ってしまった。

蓮樹がふたたび帰ってきたことで、彼はそれらの人々や、その縁者を続々と雇い入れることを決めた。

また城で働けると聞き、人々は嬉々として集まってきた。昔、レーンに良くしてくれた使用人の子供や、その孫やひ孫などに会える喜びは、格別なものだった。

信じられないほどの幸福の中で、にわかに妖精王の城はにぎやかになった。

結婚式が終わって一段落したら、今度こそ、彼と一緒に蓮樹が元いた世界に一度行く約束になっている。

ウィルバートは、近所の人や桜也たちに蓮樹が消えたことを心配させずに済むよう「好きな人とともに海外に移住することになった」と伝えさせるつもりのようだ。恥ずかしいが、失踪したと心配させるよりずっといいと蓮樹も納得した。それから、店を借りてくれている夫婦に、店舗と自宅の権利を譲渡することを決めた。諸々の手続きは、向こうの世界にも精通しているクロードに必要に応じて何度か行ってもらって済ませる手はずになった。

二つの世界は時間の流れが違いすぎる。もうこの先、蓮樹があちらの世界に戻ることは、おそらくないだろう。

妖精国では毎日、国を挙げての祝祭の準備が進められている。蓮樹も、長年王御用達だった仕立て人や、ふたたび雇い入れられた料理長や使用人長にあれこれと案を出されて打ち合わせをしている。可愛い子供たちに囲まれつつも幸せな忙しさに明け暮れていた。

そんなある日の午後。時間が空いたのか、ウィルバートは子供たちが昼寝をしている間に、蓮樹を天馬に乗せた。

連れていかれたのは、以前も〝デート〟をした、あの山の中腹にある草原だ。

草の上に腰を下ろした彼は、同じように隣に座った蓮樹に言った。

「あのときは、記憶が戻っていなかったから言わずにいたが……ここは、私たちの思い出の場所だった」

「ええ、思い出しました」

蓮樹は微笑んだ。ずいぶんと昔のことだが、その日のことは鮮明に覚えている。

「だって、ここは、あなたが以前、求婚してくれた場所ですから……」

前世でウィルバートは、クロードを助けてくれたあと、その後も様子を見るために何度か蓮樹の元にやってきた。

思い出したが、この草原は『レーン』が住んでいた場所を遠くに見下ろせる場所にある。

羊を放牧させている間、ここまで連れてこられた。そこで、実は自分はこの国の王で……と度肝を抜くような告白をしたあと、彼は言ったのだ。

『まだ数回しか会っていないが、妃には君しか考えられない』――と。

好きで好きでたまらず、毎日君のことを考えている。妃になってくれたら、すべてを与えるから、城に移り住んでくれないか、と。

「びっくりしてなにも言えずにいたら『もちろんクロードも一緒で構わない』って言ってくれて……」

くすくすと蓮樹は当時のことを思い出して笑う。

当時の自分は十代の娘だった。たったひとりの家族だった愛犬の命が失われそうになり、獣医師を呼びに行ったとしても、戻ってくるまでには間に合いそうになかった。手を尽くしたあとは、泣きながら天に助けを求めることしかできなかった。

そのとき、どこからともなくウィルバートが現れて、死にかけていたクロードに命を注ぎ込んでくれた。山間で暮らしていたレーンは王の姿を見たことがなかった。目を奪われるような美しさと不思議な力を持つ彼に、神様が降りてきて願いを叶えてくれたのかと思った。

クロードを救ってくれたのに、ウィルバートはなんの見返りも求めなかった。それどころか、逆にその後はたびたび美しい花束や珍しい果実、クロードには骨つき肉などを持って、彼女の元を訪れるようになった。

自分がいつしか彼に感謝の気持ち以上の想いを抱くのは、ごく自然な流れだった。

「……たくさん贈り物はくれたけど、それまでは手も握らずに帰っていたのに、いきなり求婚されて、本当に驚きました」

微笑ましい気持ちで思い出し言うと、抱き寄せられ、彼の膝の上に横抱きに乗せられた。

ウィルバートを見上げ、にっこりと笑う。すると、穏やかな表情で口の端を上げていた彼が、ふいに笑みを消す。どこか様子がおかしい。

「ウィルバート？」

しばし黙り込んだあと、彼が真剣な顔で訊ねてきた。

「もう一度結婚式を行うことには同意してくれたが……そういえば、プロポーズをしていなかったことを思い出したんだ」

「えっ……」

「で、でも、僕たちが結婚するのは、二度目ですし……」

前回も、愛が消えて別れたわけではない。改めて求婚されなくとも、互いの気持ちはもうわかっている。

「一度目でも二度目でも関係はない。最初に私たちが結ばれたときから、もうこの国の時間で百年以上も経っている。君は優しい心根の持ち主。子供たちが望んでいるから、なし崩しに私の想いを受け入れてしまった可能性もある。式の準備を始める前に、きちんと訊いておくべきだった」

そう言うと、ウィルバートはやや緊張した面持ちになり、蓮樹の両手を取った。

「――レンジュ。改めて君に頼む。もう一度、私と結婚してくれないか？」

目を見つめながら真摯に求婚をされる。これまでのことが頭を過り、胸がいっぱいになった。

一度目は愛を誓い合い、可愛い子供たちにも恵まれた。

それなのに、死によって別れることになった彼は、約束通り蓮樹を見つけ出し——自分は、記憶のないまま彼にまた恋をした。それが、二度目の初恋だとも知らないまま。

感極まって、泣きそうになりながら「はい」と答える。

「僕からも、お願いします。ふつつか者ですが、もう一度、あなたと一緒に生きていきたいです。どうか僕を、あなたの伴侶にしてください」

必死で言い切った瞬間、息を呑んだ彼に引き寄せられ、強く抱き締められた。

「可愛いことを言ってくれるな……もう、我慢できそうもない」

目を覆うように顔を撫でられ、「少しだけ目を閉じていてくれ」と頼まれた。

もう開けて構わない、と言われて、蓮樹がおそるおそる目を開けると、周辺の景色が一変していた。

「ここは、いったい……？」

蓮樹たちがいるのは、分厚い絨毯が敷かれた広々とした寝室だった。

ソファとテーブル、それから木彫りの間仕切りの向こう側には、天蓋つきの寝台が覗く。

ところどころに刻まれた剣と蝶が交わる妖精王の紋章は、過去にレーンを妃として城に迎え入れたときに作らせたもので、城の各所にも刻まれている。この空間がウィルバートの支配下にあるとわかる証しを見て、蓮樹はホッとした。

窓と扉がない部屋なので、実在しない空間だとわかる。穴に落とされたときと同じだが、以前、特殊な力を持った小猿が作ったものとは広さが何倍も違う。

「ここには私と君しかいない。こちら側の物音は誰にも聞くことができないが、誰かが私を呼べば伝わる」

どうやら、ウィルバートも密室を作れるらしい。

すごい、と驚いていると「小猿にできるようなことが、私にできないと思ったのか？」と彼は笑う。

だが、小猿の作った幻とは違い、これは現実らしい。

どこにもない空間を作り出しただけで、ここにいる彼と自分も現実のものだという。

そう説明してから、彼は懐からなにかを取り出す。

見ると、掌にはふたつの指輪が載せられている。二度目の結婚式のために新たに誂えた、ふたりのための指輪だという。

「……結婚前のいまは、君はまだ人間の躰のままで、寿命がある。だが……これから私と婚姻を交わせば、妖精王の伴侶として私と同じだけ、永遠にも近い長い年月を生き続けることになる……その覚悟は、もうできているか？」

「はい」

確認されて、躊躇いもなく蓮樹は頷いた。

不安を滲ませていたウィルバートの目に、歓喜の色が浮かぶ。感極まったように、背中に腕が回され、唐突にきつく抱き竦められた。

自分が伴侶にどれだけの長く辛い寂しさを与えたのかを、改めてひしひしと思い知る。

ふたたび指輪を嵌める日が待ち遠しい。

もう二度と離れないという、最後の永遠の約束を彼に捧げたいと蓮樹は願った。

それからウィルバートは指輪をしまうと、蓮樹の手を引いて、寝台のほうへと連れていく。

豪奢な天蓋つきの寝台に座るように促され、その前に、なぜか彼が跪く。

スッと蓮樹の手を取り、その甲に額を押しつけるようにする。蓮樹は目を瞠った。

「ウ、ウィルバート……？」

「君をやっと我が国に連れてこられた、そのあとも、なかなか妃になるとは言ってくれず、かといって記憶が戻るわけでもなく……焦れて、愚かな行動を繰り返し、辛い思いをさせてしまった」

すまない、と真摯に謝罪される。

「君を大切にする……今後は優しく愛すると、神にかけて誓おう」

しばらくして顔を上げた彼に、蓮樹は首を横に振る。

自分も記憶がない間はわからないことだらけで、ずっと不安だった。彼の身になってみれば、急いても当然だと思った。

ウィルバートは、蓮樹が生まれるよりもずっと以前から、待ち続けてくれていたのだから。

「好きにしてくれて構わないんです」と言うと、今度は彼が目を瞠る。

「式はまだでも、僕は……もう、あなたのものなんですから」

無理に優しくなどしなくていいから、愛してほしい――。

そんな思いをたどたどしく伝える。

「君は本当に、どんなときでも愛らしくて、たまらなくなるな……」

膝立ちになったウィルバートが、寝台に腰を下ろした蓮樹を抱き締める。

端正な顔を寄せられ、蓮樹はぎこちなく目を閉じる。

啄むような口付けは、すぐに濃厚なものへと変わった。

「……ん、ふ……ぅ」

舌を呑み込まされ、絡められる。

唇を奪われながら、項に手が回され、気づけば寝台に仰向けの体勢になっていた。

自らも寝台の上に乗り上げ、蓮樹に伸しかかってきた彼が、蓮樹の顔中に口付けを落とす。

こちらの世界に戻ってきてからは、子供たちと皆で寝ていたので、ふたりきりで過ごすのは久し振りだ。

「……気配を辿り、転生した君を求めて、マルを連れて向こうの世界へ捜しに行ったときのことだ」

頬を撫でられながら、唐突な思い出話に蓮樹は目を瞬かせた。

「最初に見つけたとき、君はまだ幼い子供で……店の花に囲まれていた。あまりに可愛らしくて、今度は花の妖精に生まれ変わったのかと思うほどの可憐さだった」

有り得ないほどに褒め称えられ、顔が熱くなる。まさか、そんな頃から会っていたとは知らなかった。

「そ、そんな、褒め過ぎです」

「照れる顔も可愛い。君は何歳でも、どんな姿であっても、私を虜にしてしまうな」

感嘆するように言って笑い、彼は蓮樹の首筋から鎖骨のあたりに唇を這わせてくる。今日は、服を溶かすつもりはないようだとホッとした。

熱い唇が肌に触れる。すでに快楽を教えられた乳首に彼の指が触れると、無意識に腰が揺れてしまう。ぷっくりとした小さな突起に優しく口付けられ、そっと吸われる。

「は、ぁ……」

もどかしい刺激に思わず息を漏らすと、やや強めに吸い上げられた。

空いているほうを指先で捏ねながら、もう一方をちゅくちゅくと音を立てて吸われる。

「ん、んっ」

平べったくてなにも出ない、小さな男の胸だ。そこを執拗に愛されて、なぜか躰中が熱くなっていく。

「……可愛らしい声だ。もっともっと、聞かせてくれ」

嬉しげに囁いた彼が、蓮樹の頭の横に手を突き、一度唇を重ねる。

そうされながら、ウエストの紐が解かれ、下衣が引き下ろされた。あらわになった下腹部を熱く大きな掌で撫でられて、蓮樹は我に返る。

（どうしよう……）

実は蓮樹には、ずっと気にかかっていることがあった。

前世で、彼の妃だったとき、自分は女だった。

今世で再会し、彼に連れ帰られてから、何度も情熱的に触れられていたけれど、彼は蓮樹に自らを挿入することはなかった。

その理由を彼は『無理に妃にすることはできない』からだと言っていたが、それは建前で、自分のこの躰が今世では男だから……という理由もあるのかもしれない——。

だったら、無理にしなくてもいい。今更、ウィルバートの愛を疑うことなどない。

だから、もし男の躰で気が乗らないのなら、どうか無理などしないでほしい……と、蓮樹が言おうとしたときだった。

「あ、の……」

ウィルバートがふたたび蓮樹の躰に唇を寄せる。口付けをしながら、躰を下へとずらされ、ぎくりと躰が強張った。

「君は、こんなところまで綺麗だな」

薄い性毛をなぞられ、感嘆するように漏らした彼の唇が、更に下りていく。

「えっ、あっ、あの、待って……っ」

動揺している間に、ウィルバートの手が恭しく蓮樹の性器に触れた。

口付けと胸への刺激だけで、すでに半勃ちになっている恥ずかしいそこを指で支える。

顔を近づけられ、根元から先端までねろりと舐め上げられて、息を呑んだ。予想もしなかった刺激に仰天して、蓮樹は仰向けの身を起こそうとする。

「だっ、だめ……っ、やめてください」

「――なぜだ？　痛いことも、酷いこともしていないだろう」

「っ、で、でも、僕の躰は、いまは、男だし……」

激しく狼狽えながらそう言うと、ウィルバートがぴくりと肩を揺らした。

「自分が男だと、私が愛せないだろうと……そう疑っているということか？」

怪訝そうに彼が片方の眉を上げる。そうですと頷くことができないくらい、険しい目つきだった。

「そうか……まだ、私の気持ちは、伝わり切っていなかった、ということかな」

独り言のように言って、ふむ、と頷く。彼は蓮樹の膝に手をかけた。

唐突にぐっと左右に大きく開かされて驚いていると、脚の間に彼が顔を伏せていく。

まさか、と思った。だが、止める間もなく、ウィルバートは蓮樹の性器の先端に口付ける。口を開けて、ゆっくりと小さめの茎を根元まで口に含んだ。

「や……っ！」

抗おうとする蓮樹の根元を掴み、先端まで強弱をつけてしゃぶられる。

口腔の熱さと、えも言われぬ初めての刺激に、言葉が出ない。双球を舐められたことはあったが、茎のほうは口ではされたことがなかった。

敏感な先端を執拗に刺激されて、躰が蕩けたようになった。

ちゅぷっと音を立てて強めに吸われ、どうしようもなく、びくびくと蓮樹は腰を震わせる。

口を離されると、はしたなくも、先端の孔からとろりと透明な蜜が溢れた。それすらも彼は啜って舐め取ってくれる。

巧みな愛撫に混乱し、はあはあとひたすら胸を喘がせるだけで、蓮樹は彼のされるがままだ。

「……気持ちがいいだろう？　これで、私が君の性別になどいっさいこだわっていないと、理解してくれたか？」

蓮樹のまだ昂っている性器を弄りながら、彼は楽しそうに訊ねてくる。

蓮樹は潤んだ目でウィルバートを見上げた。目が合うと、彼は笑みを消す。

自らの襟元に手をかけ、前の小さなボタンを開けていく。

そういえば、いつも躰に触れられ、一緒の寝台で眠っていたけれど、ウィルバートが服を全て脱いだところはまだ見たことがなかった。常に蓮樹が先に寝かされ、彼は早く目覚めていたからだ。

初めて、彼が服を脱いだところを見て、蓮樹は思わず目を瞬かせる。

細身に見えるウィルバートの躰は、くっきりとした筋肉の浮く、鍛え上げられたものだった。

自分と彼との力の差は、単に体格差があるせいかと思ったが、違ったようだ。

ずっと立ち仕事をしてきたけれど、少しも筋肉がつかず、ひ弱な蓮樹の少年のような躰とは完全に異なる。成熟した雄の躰だ。

彼が下衣も脱ぐと、蓮樹は一瞬ぽかんとした。ウィルバートのそこを見ることも初めてだが、蓮樹のモノとは、大人と子供ほども大きさが違う。

下生えは淡い金色で、長大な性器はすでにはっきりと上を向いている。

その様子は、彼が蓮樹との行為に興奮していることを明確に伝えていた。

「私は男だ。それでも、君は受け入れてくれるのか？」

その質問には、蓮樹は「ええ……受け入れます」と、迷いなく頷くことができた。

自分が『男』を好きかどうかというのは、正直よくわからない。だが、彼が同性なことに関しては、不思議なくらい少しも気にならないというのが本音だった。

ウィルバートは、性別など超越した類稀な美しさと強さを持っている。そして、蓮樹の前でだけ、弱さを見せ、わがままをぶつけてくれるのだ。

良いところも悪いところもすべてが愛しい。

蓮樹が彼に惹かれることは、前世の伴侶だから、ということを除いても至極当然な感情だと思えた。

「私もだよ。性別がなんであろうとも、君への想いはいっさい変わることはない」

蓮樹の答えに納得したらしく、表情を緩めた彼が、誓いを立てるように囁く。

彼は蓮樹をうつぶせにさせると、項にキスを落とす。それから肩から背中へと熱い手を這わせていく。蓮樹の小さな尻を撫でたウィルバートの手が、片方の臀部をやんわりと掴む。

窄まった後孔をそっと指でなぞられてどきどきしていると、温かな吐息が触れて、身を硬くした。

臀部と腿の裏側に、さらりと彼の長い髪が掠める。

同時に、有り得ない場所に、ぬるりとした感触を感じた。

「うっ、ウィルバート……！」

思わず声を上げる。首を捩じって振り返ると、彼は蓮樹の尻の狭間に顔を埋め、後孔を舌で舐めているではないか。

やめてほしいのに、腰をしっかりと掴まれているせいで起き上がれない。

もがこうとすると、入り口を舐めていた舌が、今度は中にまで入ってきて驚愕した。

「うっ、ぅ……っ、や……っ」

以前、彼に指でそこを弄られたことはあったけれど、舌は初めてだった。

ぬめぬめとした柔らかくて熱いものが敏感な場所を舐め回す。

嫌なのに、どうしても躰に力が入らない。

やっと舌が抜かれたと思うと、今度は太くて長い指がずぶずぶと押し込まれた。

どこから出したのか、いつかの花の蜜のような滴りを纏った指は、舌で柔らかくなった入り口を撫で、奥のほうまでその蜜を塗り込んで、蓮樹の中を濡らす。

慣らすためなのか指を抽挿されると、いやらしい音が鼓膜を刺激して、躰がいっそう熱くなる。

「う……、ん……っ」

指が増やされて、蓮樹の中の感じるところをぐりぐりと執拗に弄られる。一度出させてもらったというのに、わずかも持たず、あっという間にもう一度達してしまいそうになった。

「——どうした、苦しいのか？　痛くはないだろう？」

自らの腕に顔を埋めて必死でイくのを堪えていると、気遣うようにウィルバートが指を抜いて、顔を覗き込んできた。

尻の中を彼の指で弄られて、こんなにも感じていると知られるのが恥ずかしかった。顔を背けていると、肩に手をかけられて躰を反転させられる。

真っ赤に染まった頬と、潤んだ目をまじまじと見られて泣きたくなった。

「レンジュ」

一瞬驚いた顔をした彼が、すぐに熱っぽい口付けを与えてくる。

「恥ずかしがらないでくれ。全部見せてほしい」

そう頼みながら、両頬を大きな手で包み込み、隠れようもないほどの至近距離から、彼が愛しげに目を覗き込んでくる。

「君が花に生まれ変わっても、小鳥になっても、私の気持ちは変わらなかった。何度、なにに生まれ変わったとしても、必ず捜し出して愛した」

切実な告白だった。だが、彼の言葉は真実だった。本当に、ウィルバートは捜し出してくれたのだ——異世界の片隅に生まれ落ちた、目立たない花屋の自分を。

彼が蓮樹の両脚をぐいと持ち上げる。濡れ切った後孔に、熱く硬い昂りが触れるのを感じた。

「過去もいまも、君だけだ……そして、これからも」

「ひっ、あ……っ」

きつい中へ、大きく張り出した膨らみが、ゆっくり押し込まれていく。あまりの苦しさに息を詰めると、目を覗き込まれ、蓮樹が嫌がってはいないかを確認される。

嫌なわけなどない。ただ、混乱していた。

前世でも伴侶だった。だが、褥の出来事は、なぜだか鮮明な記憶が残っていない。

ただ、ウィルバートに抱き締められると心地が良くて、なにも考えられなくなるぐらいに幸福だったことだけが、夢の中の出来事のようにうっすらと蘇るだけだ。

そして、そんな思い出を持つ蓮樹自身の躰は、いまが正真正銘、初めての行為なのだ。

自分の中に淡く残る前世の記憶と、初めて彼と繋がろうとしているいまの躰の間で、戸惑わずにはいられない。

「レンジュ、辛いのか……？」

少しずつ呑み込ませ、なんとかすべてを収めると、ウィルバートは動かなくなった。汗の浮いた蓮樹の頬を撫で、労わるように何度も口付けを落とす。初めて彼を受け入れる蓮樹の躰をひたすら気遣ってくれているのだ。

そうしているうち、蓮樹の躰からだんだんと強張りが取れて、彼を包み込む粘膜が馴染んでくる。それが、彼にも伝わったのだろう。

「あっ……、ぅ、んっ」

見つめ合いながら、ゆるゆると繋がった奥の深いところを擦られる。

唐突に、じわっとえも言われぬ感覚が腰の奥から湧いてきた。

「レンジュ、わかるか？　君の中が、私に吸いついて、求めてくれているのを」

指摘されて、顔がいっそう熱くなるのを感じた。

「だ、だって、それは……っ」

時間をかけて丁寧に愛された躰は、いつしかウィルバートの熱を悦んで受け入れている。

「私もだよ。君と繋がれて。ただそれだけで、達しそうなほどの歓喜に包まれている」

彼の掠れた囁きに、蓮樹の中が無意識に中のモノをきつく締めつけた。

ゆっくりと、だが深く突き込まれて、重たい刺激に、蓮樹の前から蜜が伝う。

「あ、ぅ……」

ウィルバートの目が、自分に愛され、熱を高めていく蓮樹の変化を余すところなく捉える。手を深く繋がれて、シーツに押しつけられる。もう二度と離しはしないというように握り締められ、たまらなくなって、目尻から涙が零れた。

「んっ、あ……っ、あ、あ……っ！」

ふいに唇を荒々しく塞がれる。啌内と後孔の両方を最奥まで濃厚に愛されて、耐え切れず、蓮樹は触れてもらえないままの性器から蜜を噴き出していた。

二度めだというのに、薄い下腹の上に、恥ずかしいほどたくさん垂らしてしまう。

「はぁっ、あ。あっ」

びくびくと震え、達している最中の躰を押さえつけたまま、次第にウィルバートの抽挿が速まっていく。

ぐちゅぐちゅという音を立てて、快感の場所を泣きたくなるほど激しく擦り立てられる。

「ウィル、バート」

快感が過ぎて苦しくなり、必死に彼の名を呼ぶ。刺激に震える脚をぐっと開かされ、一際強く突き込まれる。全身が痺れたようになり、出したばかりなのに、また達している感覚がある。細い腰の奥に、愛する彼の胤(たね)を溢れるほど注ぎ込まれた。


密室から草原へ戻ると、もう日が暮れ初めていた。

茜色に染まる景色は見とれるほど綺麗だが、あまりにも時間が経ち過ぎだ。

密室に籠もり、いったい何時間抱き合っていたのだろうと、蓮樹がウィルバートと目を見合わせて笑ったときだった。

「――あっ、お母さまぁ！」

聞き慣れた子供の声がして、驚いて振り返る。そこには、必死に駆け寄ってくるマルと、それからそのあとを追いかけてくる、神狼のクロードの姿があった。

「マル!?　クロくんも、どうしてここに……」

人間の姿になっても、ぴょーんと抱き着いてくるマルを受け止めてやりながら、蓮樹は驚く。

翼をしまったクロードはその場に伏せ、ややお疲れの様子だ。

「お母さまとおとうさまがいらっしゃらないから、マルはびっくりして、クロちゃんといろんなとこを捜していたのです！」

見つかってよかったぁ！とマルは満足顔だ。

「やれやれ……クロードに無茶を言って、城の外まで捜索につき合わせたな？　ちゃんと夕方までには戻ると使用人に伝えておいたはずだぞ」

ウィルバートは呆れ顔で、メッと蓮樹の腕の中にいるマルを睨む。

それから、自分と同じ蜂蜜色の髪の小さな頭をくしゃくしゃと撫でた。なんだかんだいって、彼は子供たちのわがままにとても甘い。

「だって、お昼寝から目覚めたらふたりともいなくって、マルはとても寂しかったのです。お兄ちゃまたちはちゃんとお留守番してたけど、みんな、ほんとはマルといっしょに捜しに来たかったはずなのです！」

末っ子として両親に猫可愛がりされ、兄たちからも愛されているマルは、少々叱られたところで少しも堪えずににこにこ顔だ。

どれだけ捜索させられたのだろう。大丈夫かと訊ねると、肩で息をしつつクロードはこくこくと頷いている。ウィルバートと話して、帰りはマルを天馬のほうに乗せようということになった。

呼び戻した天馬がやってきて、ウィルバートは蓮樹とマルを手前に乗せてから、自らも飛び乗る。振り返ると、クロードも小休止して復活したのか、翼を羽ばたかせている。

ひとりならば問題なく帰れそうな様子にホッとした。

「さ、早く、お兄ちゃまたちが待ってるお城にかえりましょうー！」

いざー！とマルは小さな手を天に向かって突き上げる。

ご機嫌なマルの号令を聞き、蓮樹はウィルバートと顔を見合わせて微笑む。

クロードを後ろに従えた天馬は、幸福な家族を乗せ、空へと一気に駆け上がっていった。

END

あとがき

この本をお手に取ってくださり、本当にありがとうございます！

十八冊目の今回は、妖精王攻めのファンタジーＢＬになりました。

なにもかもを失った花屋の青年が、異世界である妖精国に連れてこられたけど、実は……？

みたいなお話です。

天馬とかも出てきて、たぶんこれまで書いた中でもかなりファンタジー色が強いお話な気がします。そう言えば、妖精王が裏庭の土を踏むシーンは出てこないのですが、力が強過ぎて植物に与える影響力が大きい設定なので、ハッピーエンド後の幸せいっぱいのときには、庭を歩くだけで近くの花が咲いたり、足元の草が伸びたりとかしそうな感じです。

そういえば、一角獣がすごく好きなんですけど、処女を好むとか言われているので、もし天空デートのときに妖精王が呼んだのが天馬じゃなくて一角獣だったら、つい蓮樹に懐いてしまってうっかり妖精王に追放されそうなので、なんとなく天馬にしました……いつか一角獣が攻めの話とか書いてみたいものです。

キャラ的にクロードが好きなのですが、長い間献身的に蓮樹に尽くして実らない片想いをしているので、実はまるっとクロード視点の短編をすでに書いてあったりします。発売日前後に、ツイッターかブログに上げるつもりなので、もし気にしてくださった方がいらしたらぜひぜひそちらも読んでやってください！

将来的には、いつかマルがクロードの心を溶かすことができたらいいなあなんて思うのですが、個人的には、成長したマルは兄弟の中でもっとも魔力が強くなって攻めになる気がするので、どうなるのでしょう……クロードも自分のことを攻めだと思っているので、うまいこと纏まるといいなあと思います。


ここからはお礼を書かせてください。

イラストは尾賀トモ先生が描いてくださいました。素晴らしく美麗な表紙にもう感激です……！　表紙のマルがふわふわであまりに可愛くて、触ってみたいと身悶えました。ファンタジーな世界観を素敵に描き出してくださり、本当にありがとうございました！

それから担当様、今回から初めてお世話になるというのにご面倒ばかりおかけして申し訳ありませんでした……！　的確なご指摘をくださり感謝です、次作も頑張りますので、どうぞよろしくお願いいたします。

そして、この本の製作と出版に関わってくださったすべての皆様に感謝を申し上げます。

読んでくださった方に、少しでも楽しい気持ちになってもらえたら幸せです。

また次の本でお目にかかれることを願って。

二〇二〇年三月　釘宮つかさ【@kugi_mofu】

プリズム文庫をお買い上げいただきまして
ありがとうございました。
この本を読んでのご意見・ご感想を
お待ちしております!

【ファンレターのあて先】
〒153-0051 東京都目黒区上目黒1-18-6 NMビル
(株)オークラ出版 プリズム文庫編集部
『釘宮つかさ先生』『尾賀トモ先生』係

妖精王は妃に永遠の愛を誓う

2020年04月30日 初版発行

著 者 釘宮つかさ
発行人 長嶋うつぎ
発 行 株式会社オークラ出版
〒153-0051 東京都目黒区上目黒1-18-6 NMビル
営 業 TEL:03-3792-2411 FAX:03-3793-7048
編 集 TEL:03-3793-6756
郵便振替 00170-7-581612(加入者名:オークランド)
印 刷 中央精版印刷株式会社

ISBN978-4-7755-2927-0